全国计算机等级考试考题排行榜

二级 Vsiual FoxPro 数据库程序设计高频考题导航

全国计算机等级考试命题研究组　编

南 开 大 学 出 版 社

天　津

图书在版编目(CIP)数据

二级 Visual FoxPro 数据库程序设计高频考题导航：2010 版 / 全国计算机等级考试命题研究组编. —3 版. —天津：南开大学出版社，2009. 12

(全国计算机等级考试考题排行榜)

ISBN 978-7-310-02788-0

Ⅰ. 二… Ⅱ. 全… Ⅲ. 关系数据库－数据库管理系统，Visual FoxPro－水平考试－解题 Ⅳ. TP311. 138-44

中国版本图书馆 CIP 数据核字(2009)第 194416 号

南开大学出版社出版发行

出版人：肖占鹏

地址：天津市南开区卫津路 94 号 邮政编码：300071

营销部电话：(022)23508339 23500755

营销部传真：(022)23508542 邮购部电话：(022)23502200

*

河北昌黎太阳红彩色印刷有限责任公司印刷

全国各地新华书店经销

*

2009 年 12 月第 3 版 2009 年 12 月第 3 次印刷

880×1230 毫米 32 开本 8 印张 234 千字

定价：22.00 元

如遇图书印装质量问题，请与本社营销部联系调换，电话：(022)23507125

编委会

出版前言

全国计算机等级考试(National Computer Rank Examination)是由教育部考试中心主办的全国范围内报考人数最多的国家级计算机类水平考试。该项考试有着良好的社会信誉，很多企事业单位都将本考试证书作为考核和招聘员工的一个必要条件。为了适应科学技术的发展和社会的需要，教育部考试中心于2007年10月推出了新的考试大纲（2007版）。配合新大纲的推出，并为了帮助广大考生在较短的时间内顺利通过计算机等级考试，我们组织编写了“全国计算机等级考试考题排行榜”丛书。

本套丛书具有如下几个特点：

1. 本套丛书最大的特色是**“省时，高效，高命中率”**。

2. 深入分析历年试题特点，**归纳整理出常考的TOP100[①]种题型**。这些题型在历次考试中反复出现，把这些反复出现的试题整理归类，指引考生找准方向，快速过关。

3. 每种题型作为一个专题，并分为三个板块：

- 题型点睛：浓缩该题型的要点，并加以讲解分析，便于考生理解与记忆。
- 真题分析：以真题为实例进行分析，旨在让考生彻底明白这类题型的解法。
- 即学即练：设计1～15题，让考生即学即练，即练即会，以达到举一反三的功效。

4. **配送超值上机盘（盘中有一套完整的上机考试系统，以及约210页的辅导资料）**。盘的特点及内容如下：

- 登录、抽题、答题、交卷等与真实上机考试完全一致，营造逼

[①]对于二级科目，特别增加了30种二级公共基础常考题型，即为TOP100+30种题型。

真的考试氛围。

- 自动生成试卷、自动计时，特别增加了试题评析功能，便于考生自学与提高。
- 配与各章即学即练同步的详细试题分析和解答（约 70 页）。
- 上机高频考题透解（约 80 页）。
- 3 套笔试标准预测试卷及答案详解（约 30 页）。
- 3 套上机标准预测试卷及答案详解（约 30 页）。

注意：本书光盘安装密码为：H8G3M-T1Y49-DF38D-6D7MO。

本书是广大参加全国计算机等级考试的应试人员短期冲刺训练的最佳读物，也可供各类培训班和相关院校选作教材。

参与本套丛书策划、命题研究、编写、审校等工作的人员有：陈智、钱阳勇、李秋洁、刘秉义、葛振南、孔霖、郭秀珍、徐硕、周子翔、季晖、王永国、张建林、于新豹、俞顺林、王国全、郭沛仪、陈静、李晓红、唐才琴、陈芳等。

由于时间匆促和水平有限，书中难免有不足之处，敬请有关专家和广大读者批评指正。联系邮箱：reader_service2007@126.com。

全国计算机等级考试命题研究组

目　录

第 1 章　数据结构与算法

TOP1：算法的复杂度

真题分析

【真题 1】下列叙述中正确的是________。(2007 年 4 月)

A）算法的效率只与问题的规模有关，而与数据的存储结构无关

B）算法的时间复杂度是指执行算法所需要的计算工作量

C）数据的逻辑结构与存储结构是一一对应的

D）算法的时间复杂度与空间复杂度一定相关

解析：算法的复杂度主要包括时间复杂度和空间复杂度。算法的时间复杂度是指执行算法所需要的计算工作量，可以用执行算法的过程中所需的基本运算的执行次数来度量；算法的空间复杂度是指执行这个算法所需要的内存空间。根据各自的定义可知两者不相关。数据的逻辑结构就是数据元素之间的逻辑关系，它是从逻辑上描述数据元素之间关系的，是独立于计算机的，数据的存储结构是研究数据元素和数据元素之间的关系如何在计算机中表示，它们并非一一对应。算法的执行效率不仅与问题的规模有关，还与数据的存储结构有关。

答案：B

【真题 2】下列叙述中正确的是________。(2006 年 9 月)

A）一个算法的空间复杂度大，则其时间复杂度也必定大

B）一个算法的空间复杂度大，则其时间复杂度必定小

C）一个算法的时间复杂度大，则其空间复杂度必定小

D）上述三种说法都不对

解析：根据时间复杂度和空间复杂度的定义(见真题 1 解析)可知，算法的时间复杂度与空间复杂度并不相关。

答案：D

【真题3】算法复杂度主要包括时间复杂度和________复杂度。（2005年9月）

解析：算法的复杂度主要包括时间复杂度和空间复杂度。

答案：空间

题型点睛

1．一个算法的质量优劣将影响到算法乃至程序的效率。算法分析的目的在于选择合适算法和改进算法。一个算法的评价主要从时间复杂度和空间复杂度来考虑。

2．算法的时间复杂度是指执行算法所需要的计算工作量，可以用执行算法的过程中所需的基本运算的执行次数来度量；算法的空间复杂度是指执行这个算法所需要的内存空间。

即学即练

【试题1】算法的时间复杂度是指________。

A）执行算法程序所需要的时间

B）算法程序的长度

C）算法执行过程中所需要的基本运算次数

D）算法程序中的指令条数

TOP2：逻辑结构和存储结构

真题分析

【真题1】下列叙述中正确的是________。（2005年9月）

A）一个逻辑数据结构只能有一种存储结构

B）数据的逻辑结构属于线性结构，存储结构属于非线性结构

C）一个逻辑数据结构可以有多种存储结构，且各种存储结构不影响数据处理的效率

D）一个逻辑数据结构可以有多种存储结构，且各种存储结构影响数据处理的效率

解析：一般来说，一种数据的逻辑结构根据需要可以表示成多种存储结构，常用的存储结构有顺序、链接、索引等存储结构。而采用不同的存储结构，其数据处理的效率

是不同的。由此可见，选项D正确。

答案：D

【真题 2】数据结构可以分为逻辑结构和存储结构，循环队列属于________结构。（2005 年 9 月）

解析：数据的逻辑结构在计算机存储空间中的存放形式称为数据的存储结构（也称数据的物理结构）。所谓循环队列，就是将队列存储空间的最后一个位置绕到第一个位置，形成逻辑上的环状空间，供队列循环使用。可知循环队列应当是物理结构。

答案：存储（或物理）

【真题 3】数据的存储结构是指________。（2005 年 4 月）

A）存储在外存中的数据

B）数据所占的存储空间量

C）数据在计算机中的顺序存储方式

D）数据的逻辑结构在计算机中的表示

解析：数据的逻辑结构在计算机存储空间中的存放形式称为数据的存储结构，也称数据的物理结构，所以选项D正确。

答案：D

题型点睛

1．逻辑结构是反应元素之间的逻辑关系，即先后件关系，分为线性结构（线性表、栈和队列）和非线性结构（树和图）。

2．存储结构是数据的逻辑结构在计算机存储空间中的存放形式（也称物理结构）。在数据的存储结构中，不仅要存放各数据元素的信息，还存放元素之间的前后件关系的信息。其分为顺序存储、链式存储等。

3．数据的逻辑结构与数据的存储结构不一定相同。一般来说，一种数据的逻辑结构根据需要可以表示成多种存储结构。常见的存储结构有顺序、链接、索引等。采用不同的存储结构，其数据处理的效率是不相同的。

即学即练

【试题 1】数据结构中，与所使用的计算机无关的是数据的________。

A）存储结构　　B）物理结构　　C）逻辑结构　　D）物理和存储结构

【试题 2】数据的逻辑结构有线性结构和________两大类。

TOP3：线性结构和非线性结构

真题分析

【真题 1】数据结构分为线性数据结构和非线性数据结构,带链的队列属于________。（2006 年 9 月）

解析：与栈类似，队列也是线性表，可以采用链式存储结构。所以带链的队列属于线性结构。

答案：线性结构

【真题 2】下列叙述中正确的是________。（2006 年 4 月）

A）线性链表是线性表的链式存储结构

B）栈与队列是非线性结构

C）双向链表是非线性结构

D）只有根结点的二叉树是线性结构

解析：所谓线性链表，就是指线性表的链式存储结构，简称链表。线性表链式存储结构的基本单位称为存储结点，每个存储结点包括数据域和指针域两个组成部分。栈、队列和双向链表是线性结构，二叉树是非线性结构。线性结构和非线性结构是从数据的逻辑结构角度来讲的，与该数据结构中有多少个元素没有关系，即使是空的二叉树也是非线性结构。

答案：A

题型点睛

1. 根据数据结构中各数据元素之间前后关系的复杂程度，一般将数据结构分为两大类型：线性结构与非线性结构。

2. 如果一个非空的数据结构满足下列两个条件：①有且只有一个根结点；②每一个结点最多有一个前件，也最多有一个后件，则称该数据结构为线性结构，线性表是一个典型的线性结构。栈、队列、串等都是线性结构。

3. 如果一个数据结构不是线性结构，则称之为非线性结构。数组、广义表、树和图等数据结构都是非线性结构。

即学即练

【试题1】下列叙述中正确的是________。

A）线性表是线性结构　　B）栈与队列是非线性结构

C）线性链表是非线性结构　　D）二叉树是线性结构

【试题2】以下数据结构中不属于线性数据结构的是________。

A）队列　　B）线性表　　C）二叉树　　D）栈

TOP4：栈

真题分析

【真题1】按“先进后出”原则组织数据的数据结构是________。（2006年9月）

解析：栈是限定只在一端进行插入和删除操作的线性表，通常称插入、删除的这一端为栈顶，另一端为栈底。栈按照“先进后出”或“后进先出”的原则组织数据。

答案：栈

【真题2】按照“后进先出”原则组织数据的数据结构是________。（2006年4月）

A）队列　　B）栈

C）双向链表　　D）二叉树

解析：栈的特点是栈顶元素总是最后被插入的元素，也是最早被删除的元素；栈底元素总是最早被插入的元素，也是最晚才能被删除的元素。即栈的修改原则是“后进先出”(Last In First Out，简称LIFO) 或“先进后出”(First In Last Out，简称FILO)，因此，栈也称为“后进先出”表或“先进后出”表。

答案：B

【真题3】下列关于栈的描述正确的是________。（2005年9月）

A）在栈中只能插入元素而不能删除元素

B）在栈中只能删除元素而不能插入元素

C）栈是特殊的线性表，只能在一端插入或删除元素

D）栈是特殊的线性表，只能在一端插入元素，而在另一端删除元素

解析：栈是一种特殊的线性表，其插入与删除运算都只在线性表的一端进行。由此

可见，选项A、B和D错误，正确答案是选项C。

答案：C

【真题4】下列关于栈的描述中错误的是________。（2005年4月）

A）栈是先进后出的线性表

B）栈只能顺序存储

C）栈具有记忆作用

D）对栈的插入和删除操作中，不需要改变栈底指针

解析：本题考核栈的基本概念，我们可以通过排除法来确定本题的答案。栈是限定在一端进行插入与删除的线性表，栈顶元素总是最后被插入的元素，从而也是最先能被删除的元素；栈底元素总是最先被插入的元素，从而也是最后才能被删除的元素，即栈是按照“先进后出”或“后进先出”的原则组织数据的，这便是栈的记忆作用，所以选项A和选项C正确。对栈进行插入和删除操作时，栈顶位置是动态变化的，栈底指针不变，选项D正确。由此可见，选项B错误。

答案：B

题型点睛

1. 栈（Stack）又称堆栈，它是一种运算受限的线性表，其限制是仅允许在表的一端进行插入和删除运算。人们把此端称为栈顶，栈顶的第一个元素被称为栈顶元素，相对地，把另一端称为栈底。向一个栈插入新元素又称为进栈或入栈，它是把该元素放到栈顶元素的上面，使之成为新的栈顶元素；从一个栈删除元素又称为出栈或退栈，它是把栈顶元素删除掉，使其下面的相邻元素成为新的栈顶元素。

2. 由于栈的插入和删除运算仅在栈顶一端进行，后进栈的元素必定先出栈，所以又把栈称为后进先出表(Last In First Out，简称LIFO)；先进栈的元素必定后出栈，所以又把栈称为先进后出表(First In Last Out，简称FILO)。

即学即练

【试题1】如果进栈序列为e1,e2,e3,e4，则可能的出栈序列是________。

A）e3,e1,e4,e2　　B）e2,e4,e3,e1

C）e3,e4,e1,e2　　D）任意顺序

【试题2】下列关于栈的叙述中正确的是________。

A）在栈中只能插入数据　　B）在栈中只能删除数据

C）栈是先进先出的线性表　　D）栈是先进后出的线性表

TOP5：队列

真题分析

【真题 1】下列有关队列的叙述正确的是________。（2007 年 4 月）

A）队列属于非线性表

B）队列按"先进后出"原则组织数据

C）队列在队尾删除数据

D）队列按"先进先出"原则组织数据

解析：队列是一种操作受限制的线性表。它只允许在线性表的一端进行插入操作，另一端进行删除操作。其中，允许插入的一端称为队尾（rear），允许删除的一端称为队首(front)。队列具有先进先出的特点，它是按"先进先出"的原则组织数据的，故本题答案为 D。

答案：D

题型点睛

1. 队列（Queue）简称队，它也是一种运算受限的线性表，其限制是仅允许在表的一端进行插入，而在表的另一端进行删除。我们把进行插入的一端称作队尾(rear)，进行删除的一端称作队首(front)。

2. 向队列中插入新元素称为进队或入队，新元素进队后就成为新的队尾元素；从队列中删除元素称为离队或出队，元素离队后，其后继元素就成为队首元素。

3. 由于队列的插入和删除操作分别是在各自的一端进行的，每个元素必然按照进入的次序离队，所以又把队列称为先进先出表（First In First Out，简称 FIFO）。

即学即练

【试题 1】栈和队列的共同特点是________。

A）都是先进先出　　B）都是先进后出

C）只允许在端点处插入和删除元素　　D）没有共同点

【试题 2】下列关于队列的叙述中正确的是________。

A）在队列中只能插入数据　　B）在队列中只能删除数据

C）队列是先进先出的线性表　　D）队列是先进后出的线性表

TOP6：链表

真题分析

【真题 1】下列对于线性链表的描述中正确的是______。（2005 年 4 月）

A）存储空间不一定是连续，且各元素的存储顺序是任意的

B）存储空间不一定是连续，且前件元素一定存储在后件元素的前面

C）存储空间必须连续，且各前件元素一定存储在后件元素的前面

D）存储空间必须连续，且各元素的存储顺序是任意的

解析：在链式存储结构中，存储数据的存储空间可以不连续，各数据结点的存储顺序与数据元素之间的逻辑关系可以不一致，数据元素之间的逻辑关系，是由指针域来确定的。由此可见，选项 A 的描述正确。

答案：A

题型点睛

1．数据结构中，每个数据存储在一个存储单元中，这个存储单元称为结点。在链式存储方式中，要求每个结点由两部分组成：一部分用于存放数据元素值，称为数据域；另一部分用于存放指针，称为指针域。其中指针用于指向该结点的前一个或后一个结点（即前件或后件）。

2．在链式存储结构中，存储数据结构的存储空间可以不连续，各个数据结点存储顺序与数据元素的逻辑关系可以不一致，而数据元素之间的逻辑关系是由指针来确定的。

3．线性表的链式存储结构称为线性链表。

即学即练

【试题 1】用链表表示线性表的优点是________。

A）便于随机存取

B）花费的存储空间较顺序存储少

C）便于插入和删除操作

D）数据元素的物理顺序与逻辑顺序相同

TOP7：二叉树及其基本性质

真题分析

【真题 1】某二叉树中有 n 个度为 2 的结点,则该二叉树中的叶子结点为________。（2007 年 4 月）

A）n+1　　B）n-1

C）2n　　D）n/2

解析：对于任何一棵二叉树 T，如果其终端结点（叶子）数为 n1，度为 2 的结点数为 n2，则 n1=n2+1。所以该二叉树的叶子结点数为 n+1。

答案：A

【真题 2】在深度为 7 的满二叉树中,度为 2 的结点个数为________。（2007 年 4 月）

解析：根据二叉树的性质，一棵深度为 k 的满二叉树有 2^k-1 个结点，所以深度为 7 的满二叉树有 2^7-1 个结点；又因为在任意一棵二叉树中，若终端结点的个数为 n_0，度为 2 的结点数为 n_2，则 $n_0=n_2+1$，所以总结点数为 $n_0+n_2=2n_2+1=127$，所以 $n_2=63$，即度为 2 的结点个数为 63，所以应填 63。

答案：63

【真题 3】在深度为 7 的满二叉树中，叶子结点的个数为________。（2006 年 4 月）

A）32　　B）31

C）64　　D）63

解析：满二叉树是指除最后一层外，每一层上的所有结点都有两个子结点的二叉树。满二叉树在其第 i 层上有 2^{i-1} 个结点，即每一层上的结点数都是最大结点数。对于深度为 7 的满二叉树，叶子结点所在的是第 7 层，一共有 2^{7-1}=64 个叶子结点。

答案：C

【真题 4】一棵二叉树第六层（根结点为第一层）的结点数最多为________个。（2005 年 9 月）

解析：二叉树的一个性质是，在二叉树的第 k 层上，最多有 2^{k-1}（k≥1）个结点。由此，2^{6-1}=32。所以答案为 32。

答案：32

【真题 5】某二叉树中度为 2 的结点有 18 个，则该二叉树中有________个叶子结点。（2005 年 4 月）

解析：二叉树具有如下性质：在任意一棵二叉树中，度为 0 的结点（即叶子结点）总是比度为 2 的结点多一个。根据题意，度为 2 的节点为 18 个，那么，叶子结点就应当是 19 个。

答案：19

题型点睛

1．二叉树具有以下两个特点：①非空二叉树只有一个根结点。②每一个结点最多有两棵子树，且分别称为该结点的左子树和右子树。

2．二叉树的性质

(1)在二叉树中，第 i 层的结点总数不超过 $2^{(i-1)}$；

(2)深度为 h 的二叉树最多有 2^h-1 个结点(h>=1)，最少有 h 个结点；

(3)对于任意一棵二叉树，如果其叶结点数为 N_0，而度数为 2 的结点总数为 N_2，则 $N_0=N_2+1$；

(4)具有 n 个结点的完全二叉树的深度为 int（$\log_2 n$）+1；

(5)有 N 个结点的完全二叉树各结点如果用顺序方式存储，则结点之间有如下关系：

若 I 为结点编号则 如果 I<>1，则其父结点的编号为 I/2；

如果 2*I<=N，则其左儿子（即左子树的根结点）的编号为 2*I；若 2*I>N，则无左儿子；

如果 2*I+1<=N，则其右儿子的结点编号为 2*I+1；若 2*I+1>N，则无右儿子。

3．两个重要的概念：

(1)完全二叉树：只有最下面的两层结点度小于 2，并且最下面一层的结点都集中在该层最左边的若干位置的二叉树；

(2)满二叉树：除了叶结点外，每一个结点都有左右子女且叶结点都处在最底层的二叉树。

即学即练

【试题 1】在一棵二叉树上，第 5 层的结点数最多是______。

A）8　　B）16　　C）32　　D）15

【试题 2】在深度为 5 的满二叉树中，叶子结点的个数为______。

A）32　　B）31

C）16　　D）15

【试题 3】设一棵完全二叉树共有 699 个结点，则在该二叉树中的叶子结点数为______。

A）349　　B）350

C）255　　D）351

TOP8：二叉树的遍历

真题分析

【真题 1】对下列二叉树

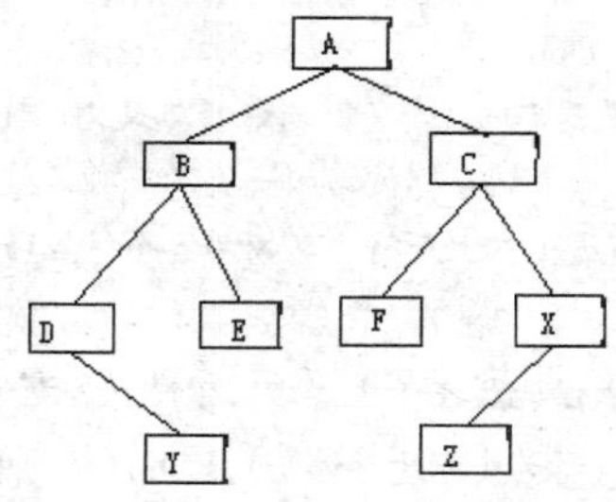

进行前序遍历的结果为________。（2007 年 4 月）

A）DYBEAFCZX　　B）YDEBFZXCA

C）ABDYECFXZ　　D）ABCDEFXYZ

解析：二叉树前序遍历的含义是：首先访问根结点，然后按前序遍历根结点的左子树，最后按前序遍历根结点的右子树，前序遍历二叉树的过程是一个递归的过程。根据题目中给出的二叉树的结构可知前序遍历的结果是：ABDYECFXZ。

答案：C

【真题 2】对下列二叉树

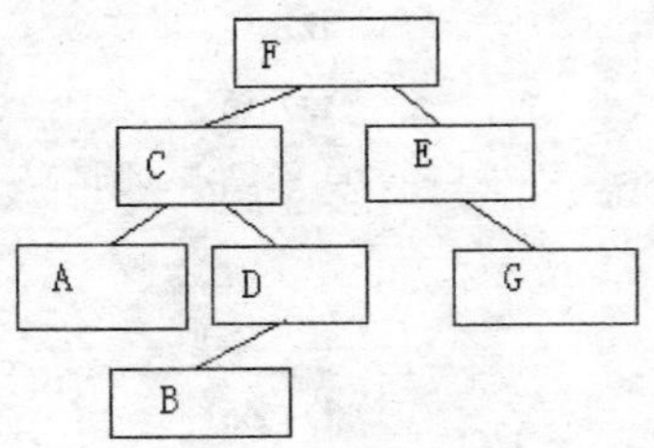

进行中序遍历的结果是________。（2006 年 9 月）

A）ACBDFEG　　B）ACBDFGE

C）ABDCGEF　　D）FCADBEG

解析：参照上题解析，根据题目中给出的二叉树的结构可知中序遍历的结果是：ACBDFEG。

答案：A

题型点睛

1．遍历是对树的一种最基本的运算，所谓遍历二叉树，就是按一定的规则和顺序走遍二叉树的所有结点，使每一个结点都被访问一次，而且只被访问一次。由于二叉树是非线性结构，因此，树的遍历实质上是将二叉树的各个结点转换成为一个线性序列来表示。

2．设 L、D、R 分别表示遍历左子树、访问根结点和遍历右子树，则对一棵二叉树的遍历有三种情况：DLR（称为先根次序遍历），LDR（称为中根次序遍历），LRD（称为后根次序遍历）。

(1)先序遍历：访问根；按先序遍历左子树；按先序遍历右子树。

(2)中序遍历：按中序遍历左子树；访问根；按中序遍历右子树。

(3)后序遍历：按后序遍历左子树；按后序遍历右子树；访问根。

即学即练

【试题 1】已知二叉树后序遍历序列是 dabec，中序遍历序列是 debac，它的前序遍历序列是________。

A）acbed　　B）decab

C）deabc　　D）cedba

【试题 2】在先左后右的原则下，根据访问根结点的次序，二叉树的遍历可以分为三种：前序遍历、______遍历和后序遍历。

TOP9：顺序查找

真题分析

【真题 1】在长度为 64 的有序线性表中进行顺序查找，最坏情况下需要比较的次数为________。（2006 年 9 月）

A）63　　B）64　　C）6　　D）7

解析：顺序查找是从线性表的第一个元素开始依次向后查找，如果线性表中第一个元素就是要查找的元素，则只需做一次比较就可查找成功；但如果要查找的元素是线性表中最后一个元素，或者要查找的元素不在线性表中，则需要与线性表中所有元素进行比较，这是顺序查找最坏情况，比较次数为线性表长度。

答案：B

【真题 2】对长度为 n 的线性表进行顺序查找，在最坏的情况下所需要的比较次数为________。（2005 年 4 月）

A）$\log_2 n$　　B）n/2

C）n　　D）n+1

解析：在长度为 n 的线性表中进行顺序查找，最坏情况下需要比较 n 次。选项 C 正确。

答案：C

题型点睛

1. 顺序查找是一种最基本和最简单的查找方法。它的思路是，从表中的第一个元素开始，将给定的值与表中逐个元素的关键字进行比较，直到两者相符，查到所要找的元素为止。否则就是表中没有要找的元素，查找不成功。

2. 对于大的线性表来说，顺序查找的效率是很低的。虽然顺序查找的效率不高，但在下列两种情况下也只能采用顺序查找：（1）线性表是无序表；（2）即使是有序线性表，如果采用链式存储结构，也只能顺序查找。

即学即练

【试题 1】对长度为 N 的线性表进行顺序查找，在最坏情况下所需要的比较次数为______。

A）N+1　　B）N　　C）(N+1)/2　　D）N/2

TOP10：二分法查找

真题分析

【真题 1】下列数据结构中，能用二分法进行查找的是______。（2005 年 9 月）

A）顺序存储的有序线性表　　B）线性链表

C）二叉链表　　D）有序线性链表

解析：二分查找只适用于顺序存储的有序表。在此所说的有序表是指线性表中的元素按值非递减排列（即从小到大，但允许相邻元素值相等）的，故选项 A 正确。

答案：A

题型点睛

1. 二分查找是针对有序表进行查找的简单、有效而又较常用的方法。其基本思想是：首先选取表中间位置的记录，将其关键字与给定关键字 k 进行比较，若相等，则查找成功；否则，若 k 值比该关键字值大，则要找的元素一定在表的后半部分（或称右子表），则继续对右子表进行二分查找；若 k 值比该关键字值小，则要找的元素一定在表的前半部分（左子表），同样应继续对左子表进行二分查找。每进行一次比较，要么找到要查找的元素，要么将查找的范围缩小一半。如此递推，直到查找成功或把要查找的范围缩小为空（查找失败）。

2. 显然，当有序线性表为顺序存储时才能用二分查找，并且，二分查找的效率要比顺序查找高得多。可以证明，对于长度为 n 的有序线性表，在最坏情况下，二分查找只需要比较 $\log_2 n$ 次，而顺序查找需要比较 n 次。

即学即练

【试题 1】在长度为 n 的有序线性表中进行二分查找。最坏的情况下，需要的比较次数为________。

TOP11：排序

真题分析

【真题 1】对长度为 10 的线性表进行冒泡排序，最坏情况下需要比较的次数为________。(2006 年 4 月)

解析：对长度 n 为 10 的线性表进行冒泡排序,最坏情况下需要比较的次数为 n(n-1)/2=5×9=45。

答案：45

【真题 2】对于长度为 n 的线性表，在最坏的情况下，下列各排序法所对应的比较次数中正确的是________。(2005 年 4 月)

A）冒泡排序为 n/2　　B）冒泡排序为 n

C）快速排序为 n　　D）快速排序为 n(n-1)/2

解析：假设线性表的长度为 n，在最坏情况下，冒泡排序和快速排序需要的比较次数为 n(n-1)/2。由此可见，选项 D 正确。

答案：D

题型点睛

1．排序是指将一个无序序列整理成按值非递减顺序排列的有序序列。

2．常用的排序方法：

交换类排序法：(1) 冒泡排序法，需要比较的次数为 n(n-1)/2；

(2) 快速排序法。

插入类排序法：(1) 简单插入排序法，最坏情况需要 n(n-1)/2 次比较；

(2) 希尔排序法，最坏情况需要 $o(n^{1.5})$ 次比较。

选择类排序法：(1) 简单选择排序法，最坏情况需要 n(n-1)/2 次比较；

(2) 堆排序法，最坏情况需要 $o(n\log_2 n)$ 次比较。

即学即练

【试题 1】已知数据表 A 中每个元素距其最终位置不远，为节省时间，应采用的算法是________。

A）堆排序　B）直接插入排序　C）快速排序　D）直接选择排序

【试题 2】在待排序的元素序列基本有序的前提下，效率最高的排序方法是________。

A）冒泡排序　B）选择排序　C）快速排序　D）归并排序

本章即学即练答案

序号	答案	序号	答案
TOP1	【试题 1】答案：C	TOP2	【试题 1】答案：C 【试题 2】答案：非线性结构
TOP3	【试题 1】答案：A 【试题 2】答案：C	TOP4	【试题 1】答案：B 【试题 2】答案：D
TOP5	【试题 1】答案：C 【试题 2】答案：C	TOP6	【试题 1】答案：C
TOP7	【试题 1】答案：B 【试题 2】答案：C 【试题 3】答案：B	TOP8	【试题 1】答案：D 【试题 2】答案：中序
TOP9	【试题 1】答案：B	TOP10	【试题 1】答案：$\log_2 n$
TOP11	【试题 1】答案：B 【试题 2】答案：A		

第2章　程序设计基础

TOP12：程序设计方法与风格

真题分析

【真题1】下列选项中不符合良好程序设计风格的是________。（2006年9月）

A）源程序要文档化　　　　B）数据说明的次序要规范化

C）避免滥用goto语句　　　D）模块设计要保证高耦合,高内聚

解析：软件设计风格是指编写程序时所表现出的特点、习惯和逻辑思路。著名的"清晰第一，效率第二"的论点已成为当今主导的程序设计风格。要形成良好的程序设计风格，主要应注意和考虑下面一些因素：源程序文档化；数据说明的次序规范化；避免乱用goto语句等，除此之外，一般较优秀的软件设计尽量做到高内聚、低耦合，这样有利于提高模块的独立性。

答案：D

题型点睛

养成良好的程序设计风格，主要考虑下述因素：

1. 源程序文档化：（1）符号名的命名有一定含义，便于理解。（2）正确的注释帮助读者理解程序。（3）程序层次清晰。

2. 数据说明的方法：（1）数据说明的次序规范化。（2）说明语句中变量安排有序化。（3）使用注释来说明复杂数据结构。

3. 语句的结构：程序应该简单易懂，语句构造应该简单直接。

4. 输入和输出。

即学即练

【试题1】对建立良好的程序设计风格，下面描述正确的是________。

A）程序应简单、清晰、可读性好　B）符号名的命名只要符合语法

C）充分考虑程序的执行效率　D）程序的注释可有可无

TOP13：结构化程序设计

真题分析

【真题 1】下列选项中不属于结构化程序设计方法的是________。（2006 年 4 月）

A）自顶向下　B）逐步求精　C）模块化　D）可复用

解析：结构化程序设计方法的主要原则是：自顶向下，逐步求精，模块化，限制使用goto语句。可复用性是指软件元素不加修改和稍加修改可在不同的软件开发过程中重复使用的性质。软件可复用性是软件工程追求的目标之一，是提高软件生产效率的最主要方法。面向对象的程序设计具有可复用性的优点。

答案：D

题型点睛

1．结构化程序设计主要目的是使程序结构良好、易读、易理解、易维护。它的原则主要包括：①自顶向下；②逐步求精；③模块化；④限制使用 goto 语句。

2．结构化程序设计方法可用三种基本结构实现：①顺序结构；②选择结构；③重复结构。

3．在结构化程序设计的具体实施中，要注意把握如下要素：

①使用程序设计语言中的顺序、选择、循环等控制结构表示程序的控制逻辑。

②选用的控制结构只准许有一个入口和一个出口。

③程序语句组成容易识别的程序专项，每块只有一个入口和一个出口。

④复杂结构应该用嵌套的基本控制结构进行组合嵌套来实现。

⑤语言中所没有的控制结构，应该采用前后一致的方法来模拟。

⑥严格控制 goto 语句使用。

即学即练

【试题 1】下面描述中，符合结构化程序设计风格的是________。

A）使用顺序、选择和重复（循环）三种基本控制结构表示程序的控制逻辑

B）模块只有一个入口，可以有多个出口

C）注重提高程序的执行效率

D）不使用goto语句

TOP14：面向对象方法

真题分析

【真题1】下面选项中不属于面向对象程序设计特征的是________。（2007年4月）

A）继承性　　B）多态性　　C）类比性　　D）封装性

解析： 面向对象程序设计的3个特征是：封装性、继承性和多态性。

答案： C

【真题2】在面向对象方法中，________描述的是具有相似属性与操作的一组对象。（2006年4月）

解析： 在面向对象方法中，类(class)描述的是具有相似属性与操作的一组对象，而一个具体对象则是其对应类的一个实例(Instance)。

答案： 类

【真题3】在面向对象方法中，类的实例称为________。（2005年4月）

解析： 类描述的是具有相似性质的一组对象。例如，每本具体的书是一个对象，而这些具体的书都有共同的性质，它们都属于更一般的概念"书"这一类对象。一个具体对象称为类的实例。

答案： 对象

题型点睛

1．对象（Object）：对象用来表示客观世界中的任何实体。面向对象的程序设计方法中涉及的对象是系统中用来描述客观事物的一个实体，是构成系统的一个基本单位，它由一组表示其静态特征的属性和它可执行的一组操作组成。

2．类（Class）和实例（Instance）：将属性、操作相似的对象归为类，类是具有共同属性、共同方法的对象的集合；一个具体对象称为类的实例。

3. 消息 (Message)：面向对象的世界是通过对象与对象彼此的相互合作来推动的，对象间的这种相互合作需要一个机制协助进行，这的机制称为“消息”。消息是一个实例与另一个实例之间传递的信息，它请求对象执行某一处理或回答某一要求的信息，它统一了数据流和控制流。

4. 继承 (Inheritance)：继承是面向对象的方法的一个主要特征。继承是使用已有的类定义作为基础（直接获得已有的性质和特征）建立新类的定义技术。已有的类可以当做基类引用，则新类可当做派生类引用。

5. 多态性 (Polymorphism)：对象根据所接受的消息而做出动作，同样的消息被不同的对象接受时可导致完全不同的行动，该现象称为多态性。

即学即练

【试题 1】在面向对象方法中，类之间共享属性和操作的机制称为 ________。

【试题 2】在面向对象的设计中，用来请求对象执行某一处理或回答某些信息的要求称为________。

本章即学即练答案

序号	答案	序号	答案
TOP12	【试题 1】答案：A	TOP13	【试题 1】答案：A
TOP14	【试题 1】答案：继承 【试题 2】答案：消息		

第3章 软件工程基础

TOP15：软件工程基本概念

真题分析

【真题1】下列描述中正确的是________。（2005年9月）

A）软件工程只是解决软件项目的管理问题

B）软件工程主要解决软件产品的生产率问题

C）软件工程的主要思想是强调在软件开发过程中需要应用工程化原则

D）软件工程只是解决软件开发中的技术问题

解析：软件工程学是研究软件开发和维护的普遍原理与技术的一门工程学科。所谓软件工程是指，采用工程的概念、原理、技术和方法指导软件的开发与维护。软件工程学的主要研究对象包括软件开发与维护的技术、方法、工具和管理等方面。

答案：C

【真题2】下列描述中正确的是________。（2005年4月）

A）程序就是软件

B）软件开发不受计算机系统的限制

C）软件既是逻辑实体，又是物理实体

D）软件是程序、数据与相关文档的集合

解析：计算机软件是计算机系统中与硬件相互依赖的另一部分，包括程序、数据及相关文档的完整集合。选项D的描述正确。

答案：D

题型点睛

1. 软件工程的主要思想是强调在软件开发过程中需要应用工程化原则，软件工程学的主要研究对象包括软件开发与维护的技术、方法、工具和管理等方面。

2. 计算机软件是计算机系统中与硬件相互依存的另一部分，是包括程序、数据及相关文档的完整集合。

3. 软件工程包括三个要素，即方法、工具和过程。

即学即练

【试题 1】下列不属于软件工程的 3 个要素的是________。

A）工具　　B）过程　　C）方法　　D）环境

【试题 2】软件工程的出现是由于________。

A）程序设计方法学的影响　　B）软件产业化的需要

C）软件危机的出现　　D）计算机的发展

TOP16：软件生命周期

真题分析

【真题 1】软件生命周期可分为多个阶段，一般分为定义阶段、开发阶段和维护阶段。编码和测试属于________阶段。（2007 年 4 月）

解析：开发软件生命周期（SDLC，软件生存周期）是软件的产生到报废的生命周期，周期内有问题定义、可行性分析、总体描述、系统设计、编码、调试和测试、验收与运行、维护升级到废弃等阶段，其中的编码和测试属于开发阶段。

答案：开发

【真题2】下列选项中不属于软件生命周期开发阶段任务的是________。（2006年9月）

A）软件测试　　B）概要设计

C）软件维护　　D）详细设计

解析：通常把软件产品从提出、实现、使用、维护到停止使用退役的过程称为软件生命周期。软件生命周期分为计划、开发和运行3个时期。其中计划期主要包括问题定义和可行性研究两个阶段；开发期包括分析、设计和实施两类任务；分析即为需求分析，设计包括总体设计和详细设计两个阶段，实施则包括编码和测试两个阶段；运行期的任务是软件维护。

答案：C

【真题 3】下列叙述中正确的是________。(2005 年 9 月)

A）软件交付使用后还需要进行维护

B）软件一旦交付使用就不需要再进行维护

C）软件交付使用后其生命周期就结束

D）软件维护是指修复程序中被破坏的指令

解析：维护是软件生命周期的最后一个阶段，也是持续时间最长、付出代价最大的阶段，在软件交付使用后，还需要进行维护。

答案：A

题型点睛

1．通常把软件产品从提出、实现、使用、维护到停止使用退役的过程称为软件生命周期。可以将软件生命周期分为软件定义、软件开发及软件运行维护三个阶段。

2. 软件生命周期的主要活动阶段是：(1) 可行性研究与计划制定；(2) 需求分析；(3) 软件设计；(4) 软件实现；(5) 软件测试；(6) 运行和维护。

即学即练

【试题 1】软件生命周期中所花费用最多的阶段是________。

A）详细设计　　B）软件编码　　C）软件测试　　D）软件维护

【试题 2】软件开发的结构化生命周期方法将软件生命周期划分成________。

A）定义、开发、运行维护

B）设计阶段、编程阶段、测试阶段

C）总体设计、详细设计、编程调试

D）需求分析、功能定义、系统设计

TOP17：软件设计基本概念

真题分析

【真题 1】从工程管理角度来看，软件设计一般分为两步完成，它们是________。(2006 年 9 月)

A）概要设计与详细设计　　　　B）数据设计与接口设计

C）软件结构设计与数据设计　　D）过程设计与数据设计

解析：软件设计是开发阶段最重要的步骤。从工程管理的角度来看可分为两步：概要设计和详细设计。从技术观点来看，软件设计包括软件结构设计、数据设计、接口设计、过程设计 4 个步骤。

答案：A

题型点睛

1．软件设计是软件工程的重要阶段，是一个把软件需求转换为软件表示的过程。软件设计的基本目标是用比较抽象概括的方式确定目标系统如何完成预定的任务，即软件设计是确定系统的物理模型。

2．从技术观点来看，软件设计包括软件结构设计、数据设计、接口设计、过程设计。

结构设计：定义软件系统各主要部件之间的关系。

数据设计：将分析时创建的模型转化为数据结构的定义。

接口设计：描述软件内部、软件和协作系统之间以及软件与人之间如何通信。

过程设计：把系统结构部件转换成软件的过程描述。

3．从工程管理角度来看，软件设计可分为两步：概要设计和详细设计。

即学即练

【试题 1】软件设计包括软件的结构、数据、接口和过程设计，其中软件的过程设计是指______。

A）模块间的关系

B）系统结构部件转换成软件的过程描述

C）软件层次结构

D）软件开发过程

TOP18：软件设计的基本原理

真题分析

【真题 1】在结构化程序设计中，模块划分的原则是________。（2007 年 4 月）

A）各模块应包括尽量多的功能

B）各模块的规模应尽量大

C）各模块之间的联系应尽量紧密

D）模块内具有高内聚度、模块间具有低耦合度

解析：在结构化程序设计中，一般较优秀的软件设计尽量做到高内聚、低耦合，这样有利于提高软件模块的独立性，这也是模块划分的原则。

答案：D

【真题 2】下列软件系统结构图的宽度为________。(2006 年 9 月)

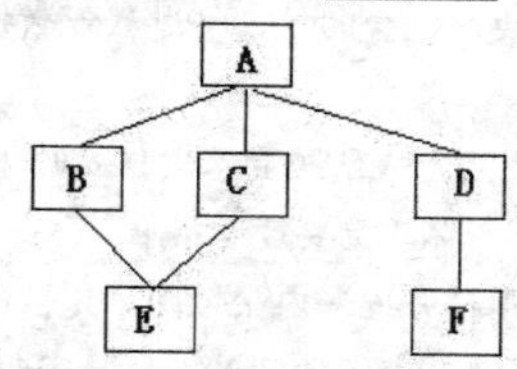

解析：在程序结构图的有关术语中，宽度的概念是：整体控制跨度，即各层中所含的模块数的最大值，由图可见，此软件系统结构图的宽度为 3。

答案：3

【真题 3】两个或两个以上模块之间关联的紧密程度称为________。(2006 年 4 月)

A）耦合度　　B）内聚度

C）复杂度　　D）数据传输特性

解析：模块的独立程度可以由两个定性标准度量：内聚性和耦合性。耦合衡量不同模块彼此间互相依赖(连接)的紧密程度；内聚衡量一个模块内部各个元素彼此结合的紧密程度。一般来说，要求模块之间的耦合尽可能地弱，而模块的内聚程度尽可能的高。

答案：A

【真题 4】为了使模块尽可能独立，要求________。(2005 年 4 月)

A）模块的内聚程度要尽量高，且各模块间的耦合程度要尽量强

B）模块的内聚程度要尽量高，且各模块间的耦合程度要尽量弱

C）模块的内聚程度要尽量低，且各模块间的耦合程度要尽量弱

D）模块的内聚程度要尽量低，且各模块间的耦合程度要尽量强

解析：系统设计的质量主要反映在模块的独立性上。评价模块独立性的主要标准有两个：一是模块之间的耦合，它表明两个模块之间互相独立的程度；二是模块内部之间的关系是否紧密，称为内聚。一般来说，要求模块之间的耦合尽可能地弱，即模块尽可

能独立，而模块的内聚程度尽量地高。综上所述，选项 B 正确。

答案：B

题型点睛

1．软件设计中应该遵循的基本原理和与软件设计有关的概念。

(1) 抽象：抽象是一种思维工具，就是把事物本质的共同特性提取出来而不考虑其他细节。

(2) 模块化：把一个待开发的软件分解成若干个小的简单的部分。

(3) 信息隐蔽：在一个模块内包含的信息（过程或数据），对于不需要这些信息的其他模块来说是不能访问的。

(4) 模块独立性：每个模块只完成系统要求的独立的子功能，并且与其他模块的联系最少且接口简单，是评价设计好坏的重要度量标准。

2．衡量软件模块独立性使用耦合性和内聚性两个定性的度量标准：

①内聚性是一个模块内部各个元素间彼此结合的紧密程度的度量。内聚是从功能角度来度量模块内的联系。

②耦合性：耦合性是模块间互相连接的紧密程度的度量。耦合性取决于各个模块之间接口的复杂度、调用方式以及哪些信息通过接口。在程序结构中各模块的内聚性越强，则耦合性越弱。优秀软件应该是高内聚、低耦合。

3．结构图（SC）是描述软件结构的图形工具。模块用一个矩形表示，箭头表示模块间的调用关系。在结构图中还可以用带注释的箭头表示模块调用过程中来回传递的信息。

即学即练

【试题 1】软件设计中，有利于提高模块独立性的一个准则是________。

A）低内聚低耦合　　　　B）低内聚高耦合

C）高内聚低耦合　　　　D）高内聚高耦合

TOP19：结构化分析方法

真题分析

【真题 1】在结构化分析使用的数据流图（DFD）中，利用________对其中的图形元素进行确切解释。（2007 年 4 月）

解析：数据字典用来定义数据流图中的各个成分的具体含义。数据字典的任务是对于数据流图中出现的所有被命名的图形元素在数据字典中加一个词条加以定义，使得每一个图形元素的名字都有一个确切的解释。

答案：数据字典

【真题 2】在软件设计中，不属于过程设计工具的是________。（2005 年 9 月）

A）PDL(过程设计语言)　　B）PAD 图

C）N-S 图　　D）DFD 图

解析：数据流图 DFD，是结构化分析方法最主要的一种图形工具，不属于过程设计工具。

答案：D

题型点睛

1．结构化方法的核心和基础是结构化程序设计理论。结构化分析方法的实质：着眼于数据流，自顶向下，逐层分解，建立系统的处理流程，以数据流图和数据字典为主要工具，建立系统的逻辑模型。

2．结构化分析的常用工具有：(1) 数据流图；(2) 数据字典；(3) 判定树；(4) 判定表。数据字典是结构化分析的核心。

即学即练

【试题 1】下列不属于结构化分析的常用工具的是________。

A）数据流图　　B）数据字典

C）判定树　　D）PAD 图

【试题 2】下列叙述中，不属于结构化分析方法的是________。

A）面向数据流的结构化分析方法

B）面向数据结构的 Jackson 方法

C）面向数据结构的结构化数据系统开发方法

D）面向对象的分析方法

TOP20：软件测试的目的和准则

真题分析

【真题 1】下列叙述中正确的是________。（2007 年 4 月）

A）软件测试的主要目的是发现程序中的错误

B）软件测试的主要目的是确定程序中错误的位置

C）为了提高软件测试的效率，最好由程序编制者自己来完成软件测试的工作

D）软件测试是证明软件没有错误

解析：软件测试是为了发现错误而执行程序的过程，为了达到好的测试效果，应该由独立的第三方来构造测试，程序员应尽量避免检查自己的程序。

答案：A

【真题 2】下列叙述中正确的是________。（2006 年 4 月）

A）软件测试应该由程序开发者来完成

B）程序经调试后一般不需要再测试

C）软件维护只包括对程序代码的维护

D）以上三种说法都不对

解析：因为测试的目的在于发现错误，从心理学角度讲，由程序的编写者自己进行测试是不合适的，为了达到最好的测试效果，应该由独立的第三方进行测试工作，所以选项 A 错误；程序调试，修改一个错误的同时可能引入了新的错误，解决的办法是在修改了错误之后，必须进行回归测试，所以选项 B 错误；所谓软件维护，就是在软件已经交付使用之后，为了改正错误或满足新的需要而修改软件的过程，可见选项 C 也是错误的。

答案：D

【真题 3】下列对于软件测试的描述中正确的是 ________。（2005 年 4 月）

A）软件测试的目的是证明程序是否正确

B）软件测试的目的是使程序运行结果正确

C）软件测试的目的是尽可能地多发现程序中的错误

D）软件测试的目的是使程序符合结构化原则

解析： 软件测试的目标是在精心控制的环境下执行程序，以发现程序中的错误，给出程序可靠性的鉴定。测试不是为了证明程序是正确的，而是在设想程序有错误的前提下进行的，其目的是设法暴露程序中的错误和缺陷。可见选项 C 的说法正确。

答案： C

题型点睛

1．软件测试定义：使用人工或自动手段来运行或测定某个系统的过程，其目的在于检验它是否满足规定的需求或是弄清预期结果与实际结果之间的差别。

2．软件测试的目的：软件测试是为了发现错误而执行程序的过程。

3．软件测试的准则：①所有测试都应追溯到需求；②严格执行测试计划，排除测试的随意性；③充分注意测试中的群集现象；④程序员应避免检查自己的程序；⑤穷举测试不可能。

即学即练

【试题 1】________的目的是暴露错误，评价程序的可靠性；而调试的目的是发现错误的位置并改正错误。

TOP21：软件测试的方法和实施

真题分析

【真题 1】软件测试分为白箱（盒）测试和黑箱（盒）测试，等价类划分法属于________测试。（2007 年 4 月）

解析： 黑箱测试是根据程序的规格说明所规定的功能来设计测试用例，它不考虑程序的内部结构和处理过程。常用的黑箱测试技术分为等价类划分、边界分析、错误猜测以及因果图等。

答案： 黑箱或黑盒

【真题 2】程序测试分为静态分析和动态测试。其中________是指不执行程序，而只是对程序文本进行检查，通过阅读和讨论，分析和发现程序中的错误。（2006 年 4 月）

解析：原则上讲，可以将软件测试方法分为两大类，即静态测试和动态测试。静态测试无须执行被测代码，而是借助专用的软件测试工具评审软件文档或程序，度量程序静态复杂度，检查软件是否符合编程标准，借以发现程序的不足之处，减少错误出现的概率。动态测试是使被测代码在相对真实环境下运行，从多角度观察程序运行时能体现的功能、逻辑、行为、结构等的行为，以发现其中的错误现象。程序测试分为静态测试和动态测试。静态测试一般是指人工评审软件文档或程序，借以发现其中的错误。由于被评审的文档或程序不必运行，所以称为静态测试。

答案：静态分析（静态测试）

【真题 3】在进行模块测试时，要为每个被测试的模块另外设计两类模块：驱动模块和承接模块（桩模块）。其中________的作用是将测试数据传送给被测试的模块，并显示被测试模块所产生的结果。（2005 年 9 月）

解析：由于模块不是一个独立的程序，不能单独运行，因此，在进行模块测试时，还应为每个被测试的模块另外设计两类模块：驱动模块和承接模块。其中驱动模块的作用是将测试数据传送给被测试的模块，并显示被测试模块所产生的结果；承接模块的作用是模拟被测试模块的下层模块。通常，承接模块有多个。

答案：驱动模块

题型点睛

1．软件测试的方法和技术分类：从是否需要执行被测试软件的角度，分为静态测试和动态测试方法；按照功能划分，分为白盒测试和黑盒测试方法。

2．静态测试包括代码检查、静态结构分析、代码质量度量。不实际运行软件，主要通过人工进行；动态测试是基本计算机的测试，主要包括白盒测试方法和黑盒测试方法。

3．白盒测试：在程序内部进行，主要用于完成软件内部操作的验证。主要方法有逻辑覆盖、基本基路径测试；黑盒测试：主要诊断功能不对或遗漏、界面错误、数据结构或外部数据库访问错误、性能错误、初始化和终止条件错，用于软件确认。主要方法有等价类划分法、边界值分析法、错误推测法、因果图等。

4．软件测试过程一般按 4 个步骤进行：单元测试、集成测试、验收测试（确认测试）和系统测试。

即学即练

【试题 1】若按功能划分，软件测试的方法通常分为白盒测试方法和______测试方法。

【试题 2】单元测试又称模块测试，一般采用______测试。

TOP22：程序的调试

真题分析

【真题 1】______的任务是诊断和改正程序中的错误。（2006年9月）

解析：在完成对程序的测试之后将进行程序调试。程序调试的任务是诊断和改正程序中的错误。

答案：程序调试

【真题 2】下列叙述中正确的是______。（2005年9月）

A）程序设计就是编制程序

B）程序的测试必须由程序员自己去完成

C）程序经调试改错后还应进行再测试

D）程序经调试改错后不必进行再测试

解析：软件测试仍然是保证软件可靠性的主要手段，测试的目的是要尽量发现程序中的错误，调试主要是推断错误的原因，从而进一步改正错误。测试和调试是软件测试阶段的两个密切相关的过程，通常是交替进行的。

答案：C

【真题 3】诊断和改正程序中错误的工作通常称为______。（2005年4月）

解析：调试也称排错，调试的目的是发现错误的位置，并改正错误。一般的调试过程分为错误侦查、错误诊断和改正错误。

答案：调试

题型点睛

1．程序调试的任务是诊断和改正程序中的错误，主要在开发阶段进行。

2．程序调试的基本步骤：(1) 错误定位；(2) 修改设计和代码，以排除错误；(3) 进行回归测试，防止引进新的错误。

3．软件调试可分为静态调试和动态调试。静态调试主要是指通过人的思维来分析源程序代码和排错，是主要的设计手段，而动态调试是辅助静态调试。主要调试方法有：(1) 强行排错法；(2) 回溯法；(3) 原因排除法。

即学即练

【试题 1】软件调试的目的是______。

A）发现错误　　　　B）改正错误

C）改善软件的性能　　　　D）挖掘软件的潜能

【试题 2】下列不属于软件调试技术的是______。

A）强行排错法　　　　B）集成测试法

C）回溯法　　　　D）原因排除法

本章即学即练答案

序号	答案	序号	答案
TOP15	【试题 1】答案：D 【试题 2】答案：C	TOP16	【试题 1】答案：D 【试题 2】答案：A
TOP17	【试题 1】答案：B	TOP18	【试题 1】答案：C
TOP19	【试题 1】答案：D 【试题 2】答案：D	TOP20	【试题 1】答案：测试
TOP21	【试题 1】答案：黑盒 【试题 2】答案：动态	TOP22	【试题 1】答案：B 【试题 2】答案：B

第 4 章　数据库设计基础

TOP23：数据库的基本概念

真题分析

【真题 1】下列叙述中错误的是________。（2007 年 4 月）

A）在数据库系统中，数据的物理结构必须与逻辑结构一致

B）数据库技术的根本目标是要解决数据的共享问题

C）数据库设计是指在已有数据库管理系统的基础上建立数据库

D）数据库系统需要操作系统的支持

解析： 数据库设计是根据用户的需求，在某一具体的数据库管理系统上设计数据库的结构并建立数据库的过程；数据库技术的根本目标是要解决数据共享的问题；数据库需要操作系统的支持；数据的物理结构又称数据的存储结构，就是数据元素在计算机存储器中的表示及其配置。数据的逻辑结构是指数据元素之间的逻辑关系，它是数据在用户或程序员面前的表现方式，在数据库系统中，数据的物理结构不一定与逻辑结构一致。

答案： A

【真题 2】在数据库系统中，实现各种数据管理功能的核心软件称为__________。（2007 年 4 月）

解析： 数据库管理系统（Database Management System）简称 DBMS，对数据库统一进行管理和控制，以保证数据库的安全性和完整性。它是数据库系统的核心软件。

答案： 数据库管理系统

【真题 3】数据库技术的根本目标是要解决数据的________。（2006 年 9 月）

A）存储问题　　　　　　B）共享问题

C）安全问题　　　　　　D）保护问题

解析：由于数据的集成性使得数据可被多个应用程序所共享，特别是在网络发达的今天，数据库与网络的结合扩大了数据库的应用范围，所以数据库技术的根本目标是解决数据的共享问题。

答案：B

【真题 4】数据库 DB、数据库系统 DBS、数据库管理系统 DBMS 之间的关系是________。(2006 年 4 月)

A）DB 包含 DBS 和 DBMS　　B）DBMS 包含 DB 和 DBS

C）DBS 包含 DB 和 DBMS　　D）没有任何关系

解析：DB 即数据库（Database），是统一管理的相关数据的集合；DBMS 即数据库管理系统（Database Management System），是位于用户与操作系统之间的数据管理软件，为用户或应用程序提供访问 DB 的方法；DBS 即数据库系统（Database System）由 5 部分组成：数据库（数据）、数据库管理系统（软件）、数据库管理员（人员）、系统平台之一——硬件平台（硬件）、系统平台之二——软件平台（软件）。

答案：C

【真题 5】数据库设计的根本目标是要解决________。(2005 年 9 月)

A）数据共享问题　　B）数据安全问题

C）大量数据存储问题　　D）简化数据维护

解析：数据库中的数据具有“集成”与“共享”的特点，亦即是数据库集中了各种应用的数据，进行统一构造与存储，而使它们可以被不同应用程序所使用，故选项 A 正确。

答案：A

【真题 6】数据库系统的核心是________。(2005 年 9 月)

A）数据模型　　B）数据库管理系统

C）数据库　　D）数据库管理员

解析：数据库管理系统 DBMS 是数据库系统的核心。DBMS 是负责数据库的建立、使用和维护的软件。DBMS 建立在操作系统之上，实施对数据库的统一管理和控制。用户使用的各种数据库命令以及应用程序的执行，最终都必须通过 DBMS。另外，DBMS 还承担着数据库的安全保护工作，按照 DBA 所规定的要求，保证数据库的完整性和安全性。

答案：B

题型点睛

1. 数据库（DataBase 简称为 DB）技术的根本目标是要解决数据的共享问题。

2. DBS 即数据库系统（Database System）由 5 部分组成：数据库（数据）、数据库管理系统（软件）、数据库管理员（人员）、系统平台之一——硬件平台（硬件）、系统平台之二——软件平台（软件）。

3. 据库管理系统（Database Management System,简称为 DBMS）是系统软件，负责对数据库的数据组织、数据操纵、数据维护、控制及保护和数据服务等。数据库管理系统是数据库系统的核心。

即学即练

【试题 1】下列有关数据库的描述，正确的是______。

A）数据库是一个 DBF 文件　　B）数据库是一个关系

C）数据库是一个结构化的数据集合　D）数据库是一组文件

【试题 2】下列叙述中正确的是______。

A）数据库是一个独立的系统，不需要操作系统的支持

B）数据库设计是指设计数据库管理系统

C）数据库技术的根本目标是要解决数据共享的问题

D）数据库系统中，数据的物理结构必须与逻辑结构一致

【试题 3】数据库系统的核心是______。

A）数据模型　　B）数据库管理系统

C）软件工具　　D）数据库

TOP24：数据库系统的发展和基本特点

真题分析

【真题 1】数据独立性分为逻辑独立性与物理独立性。当数据的存储结构改变时，其逻辑结构可以不变，因此，基于逻辑结构的应用程序不必修改，称为________。(2006 年 4 月)

解析：数据独立性是数据与程序间的互不依赖性，即数据库中的数据独立于应用程序而不依赖于应用程序。数据独立性一般分为物理独立性和逻辑独立性。物理独立性就是数据的物理结构的改变，不影响到数据库的逻辑结构，从而不致引起应用程序的改变。逻辑独立性就是数据库总体逻辑结构的改变，不需要相应修改应用程序。

答案：物理独立性

【真题 2】数据管理技术发展过程经过人工管理、文件系统和数据库系统三个阶段，其中数据独立性最高的阶段是________。（2005 年 9 月）

解析：在数据库系统管理阶段，数据是结构化的，是面向系统的，数据的冗余度小，从而节省了数据的存储空间，也减少了对数据的存取时间，提高了访问效率，避免了数据的不一致性，同时提高了数据的可扩充性和数据应用的灵活性；数据具有独立性，通过系统提供的映像功能，使数据具有两方面的独立性：一是物理独立性，二是逻辑独立性；保证了数据的完整性、安全性和并发性。综上所述，数据独立性最高的阶段是数据库系统管理阶段。

答案：数据库系统

【真题 3】数据独立性是数据库技术的重要特点之一。所谓数据独立性是指 ________。（2005 年 4 月）

A）数据与程序独立存放

B）不同的数据被存放在不同的文件中

C）不同的数据只能被对应的应用程序所使用

D）以上三种说法都不对

解析：数据具有两方面的独立性：一是物理独立性，即由于数据的存储结构与逻辑结构之间由系统提供映像，使得当数据的存储结构改变时，其逻辑结构可以不变，因此，基于逻辑结构的应用程序不必修改；二是逻辑独立性，即由于数据的局部逻辑结构（它是总体逻辑结构的一个子集，由具体的应用程序所确定，并且根据具体的需要可以作一定的修改）与总体逻辑结构之间也由系统提供映像，使得当总体逻辑结构改变时，其局部逻辑结构可以不变，从而根据局部逻辑结构编写的应用程序也可以不修改。

答案：D

题型点睛

1. 数据管理经历了人工管理、文件系统、数据库系统三个阶段。文件系统阶段的特点是数据文件是满足一个特定需要而存储，不同程序中使用的数据仍会出现重复存储，也会导致数据冗余。数据库技术的主要目的是有效地管理和存取大量的数据资源，数据库系统阶段的数据独立性最高。

2．数据库系统的特点：①数据的集成性；②数据高共享性与低冗余性；③数据独立性是数据与程序之间互不依赖，也就是数据的逻辑结构、存储结构与存取方式的改变不会影响应用程序。

3．数据独立性包括物理独立性和逻辑独立性。

物理独立性：数据的物理结构（如存储设备更换、物理存储方式）的改变，不影响数据库的逻辑结构，也不引起应用程序的变化。

逻辑独立性：数据库整体逻辑结构（如修改数据、增加新数据类型、改变数据间联系等）改变，不需要修改应用程序。

即学即练

【试题1】下列4项中说法不正确的是________。

A）数据库减少了数据冗余

B）数据库中的数据可以共享

C）数据库避免了一切数据的重复

D）数据库具有较高的数据独立性

【试题2】在数据管理技术发展过程中，文件系统与数据库系统的主要区别是数据库系统具有________。

A）特定的数据模型　　B）数据无冗余

C）数据可共享　　D）专门的数据管理软件

TOP25：数据库系统的内部体系结构

真题分析

【真题1】在数据库系统中，用户所见的数据模式为________。（2006年9月）

A）概念模式　　B）外模式

C）内模式　　D）物理模式

解析：外模式是用户与数据库系统的接口，是用户用到的那部分数据的描述。它由概念模式导出。一个概念模式可以有若干个外模式，每个用户只关心与其有关的外模式，这样不仅可以屏蔽大量无关信息，而且有利于数据维护。

答案：B

题型点睛

数据库系统在其内部具有三级模式：概念级模式、内部级模式与外部级模式。

①概念模式：是数据库系统中全局数据逻辑结构的描述，是全体用户(应用)公共数据视图。概念模式主要描述数据的概念记录类型以及它们之间的关系，它还包括一些数据间的语义约束，对它的描述可用DBMS 中的DDL 语言定义。

②内模式：又称物理模式，它给出了数据库物理存储结构与物理存取方法，如数据存储的文件结构、索引、集簇及hash 等存取方式与存取路径，内模式的物理性主要体现在操作系统及文件级上，它还未深入到设备级上(如磁盘及磁盘操作)。DBMS 一般提供相关的内模式描述语言（内模式DDL）。

③外模式：也称子模式或用户模式，它是用户的数据视图，也就是用户所见到的数据模式，它由概念模式推导而出。在一般的DBMS 中都提供有相关的外模式描述语言（外模式DDL）。

即学即练

【试题 1】单个用户使用的数据视图的描述称为________。

A）外模式　　B）概念模式

C）内模式　　D）存储模式

TOP26：数据模型的基本概念

真题分析

【真题 1】用树形结构表示实体之间联系的模型是________。（2005 年 4 月）

A）关系模型　　B）网状模型

C）层次模型　　D）以上三个都是

解析：在数据库系统中，由于采用的数据模型不同，相应的数据库管理系统（DBMS）也不同。目前常用的数据模型有三种：层次模型、网状模型和关系模型。在层次模型中，实体之间的联系是用树结构来表示的，其中实体集（记录型）是树中的结点，而树中各结点之间的连线表示它们之间的关系。

答案： C

题型点睛

1．数据模型所描述的内容有三部分：数据结构、数据操作和数据约束。

2．数据模型按不同应用层次分为三种类型：①概念数据模型。②逻辑数据模型，有层次模型（基本结构是树形结构）、网状模型（出现略晚，从图论观点看是一个不加任何条件限制的无向图）、关系模型（采用二维表来表示，简称表）、面向对象模型等。③物理数据模型。

即学即练

【试题 1】下列说法中，不属于数据模型所描述的内容的是________。

A）数据结构　　B）数据操作

C）数据查询　　D）数据约束

TOP27：E-R 模型

真题分析

【真题 1】在 E-R 图中，用来表示实体之间联系的图形是________。（2007 年 4 月）

A）矩形　　B）椭圆形　　C）菱形　　D）平行四边形

解析： E-R 模型可用 E-R 图来表示，它具有 3 个要素：①实体用矩形框表示，框内为实体名称。②属性用椭圆型来表示，并用线与实体连接。属性较多时也可以将实体及其属性单独列表。③实体间的联系用菱形框表示。用线将菱形框与实体相连，并在线上标注联系的类型。

答案： C

【真题 2】“商品”与“顾客”两个实体集之间的联系一般是________。（2006 年 4 月）

A）一对一　　B）一对多

C）多对一　　D）多对多

解析：两个实体集之间的联系实际上是实体集间的函数关系，主要有 3 种：一对一的联系、一对多的联系和多对多的联系。“商品”与“顾客”两个实体集之间的联系一般是多对多，因为，一种 “商品”可以被多个“顾客”购买，而一个“顾客”也可以购买多个“商品”。

答案：D

【真题 3】在 E-R 图中，用来表示实体的图形是________。(2006 年 4 月)

A）矩形　　B）椭圆形　　C）菱形　　D）三角形

解析：在 E-R 图中，用矩形表示实体集，用椭圆形表示属性，用菱形(内部写上联系名)表示联系。

答案：A

题型点睛

1. E-R 模型由三个基本概念组成：实体、联系和属性，三者结合起来才能表示一个现实世界。

2. 两个实体集间联系可分为：

1）一对一联系（one to ont relationship）简记为 1:1。

2）一对多联系（one to Many relationship）简记为：1:m 或 m:1。

3）多对多联系（many to many relationship）简记为：m:n。

3. E-R 模型可以用图的形式表示，这种图称为 E-R 图。在 E-R 图中分别用不同的几何图形表示 E-R 模型中的三个概念与两个联接关系。用矩形表示实体集，用椭圆形表示属性，用菱形(内部写上联系名)表示联系。

即学即练

【试题 1】将 E-R 图转换到关系模式时，实体与联系都可以表示成________。

A）属性　　B）关系　　C）键　　D）域

【试题 2】实体是信息世界中广泛使用的一个术语，它用于表示________。

A）有生命的事物　　B）无生命的事物

C）实际存在的事物　　D）一切事物

【试题 3】实体之间的联系可以归结为一对一联系、一对多（或多对一）的联系与多对多联系。如果一个教师只能归属于一个学校，则实体集学校与实体集教师之间的联系属于________的联系。

TOP28：关系模型

真题分析

【真题 1】一个关系表的行称为________。(2006 年 9 月)

解析：在关系中，水平方向的行称为元组，垂直方向的列称为属性，每一列有一个属性名。

答案：元组

【真题 2】在关系模型中，把数据看成是二维表，每一个二维表称为一个________。(2006 年 4 月、2005 年 4 月)

解析：在关系模型中，把数据看成一个二维表，每一个二维表称为一个关系。表中的每一列称为一个属性，相当于记录中的一个数据项，对属性的命名称为属性名，表中的一行称为一个元组，相当于记录值。

答案：关系（或关系表）

题型点睛

1．在关系模型中，把数据看成一个二维表，每一个二维表称为一个关系。表中的每一列称为一个属性，相当于记录中的一个数据项，对属性的命名称为属性名，表中的一行称为一个元组，相当于记录值。

2．关系模型的数据操纵即是建立在关系上的数据操纵，一般有查询、增加、删除和修改四种操作。

即学即练

【试题 1】下列有关数据库的描述，正确的是________。

A）数据处理是将信息转化为数据的过程

B）数据的物理独立性是指当数据的逻辑结构改变时，数据的存储结构不变

C）关系中的每一列称为元组，一个元组就是一个字段

D）如果一个关系中的属性或属性组并非该关系的关键字，但它是另一个关系的关键字，则称其为本关系的外关键字

【试题 2】最常用的一种基本数据模型是关系数据模型，它的表示应采用________。

A）树　　B）网络　　C）图　　D）二维表

TOP29：关系代数

真题分析

【真题 1】在下列关系运算中，不改变关系表中的属性个数但能减少元组个数的是________。（2007 年 4 月）

A）并　　B）交　　C）投影　　D）笛卡儿乘积

解析：在关系运算中，“交”的定义如下：设 R1 和 R2 为参加运算的两个关系，它们具有相同的度 n，且相对应的属性值取自同一个域，则 R1∩R2 为交运算，结果仍为度为 n 的关系，其中的元组既属于 R1 又属于 R2。根据定义可知，不改变关系表的属性个数但能减少元组个数的是交运算，故本题答案为 B。

答案：B

【真题 2】设有如下三个关系表

R

A
m
n

S

B	C
1	3

T

A	B	C
m	1	3
n	1	3

下列操作中正确的是________。（2006 年 9 月）

A）T=R∩S　　B）T=R∪S

C）T=R×S　　D）T=R/S

解析：对于两个关系的合并操作可以用笛卡尔积表示。设有 n 元关系 R 和 m 元关系 S，它们分别有 p 和 q 个元组，则 R 与 S 的笛卡尔积记为 R×S，它是一个 m+n 元关系，元组个数是 p×q，由题义可得，关系 T 是由关系 R 与关系 S 进行笛卡尔运算得到的。

答案：C

题型点睛

1．关系是有序组的集合，可将关系操作看成是集合的运算。

(1) 插入：R∪R'

(2) 删除：R-R'

(3) 修改：修改关系 R 内的元组内容可用下面方法实现：一是设需修改的元组构成关系 R'，则先做删除：R-R'。二是设修改后的元组构成关系 R''，此时将其插入即得到结果：(R-R')∪R''

(4)查询：查询可用下面运算：

投影运算：投影运算是一个一元运算，一个关系通过投影运算后仍为一个关系 R'。R'是这样一个关系，它是 R 中投影运算所指出的那些域的列所组成的关系。

选择运算：选择运算是一个一元运算，关系 R 通过选择运算后仍为一个关系。这个关系是由 R 中那些满足逻辑条件的元组所组成。

笛卡尔积运算：两个关系的合并操作可用笛卡尔积表示。设有 n 元关系 R 及 m 元关系 S，它们分别有 p、q 个元组，则 R 与 S 的笛卡尔积为 R×S，该关系是一个 n+m 元关系，元组个数是 p×q。

2．除了上面几个基本运算外，关系代数中还有如下运算：

(1) 交运算：交运算是求两个关系中共有元组。表示为：R∩S。

(2) 除运算：将一个关系中元组去除另一个关系中元组。表示为：T/S。

(3) 连接与自然连接运算。

即学即练

【试题 1】按条件 f 对关系 R 进行选择，其关系代数表达式为______。

A）R|×|R　　B）R|×|Rf　　C）6f(R)　　D）∏f(R)

TOP30：数据库设计与管理

真题分析

【真题 1】数据库设计的四个阶段是:需求分析、概念设计、逻辑设计和________。(2006 年 9 月)

A）编码设计　　B）测试阶段

C）运行阶段　　D）物理设计

解析： 数据库设计目前一般采用生命周期法，即将整个数据库应用系统的开发分解成目标独立的若干阶段。它们是：需求分析阶段、概念设计阶段、逻辑设计阶段和物理设计阶段。

答案： D

题型点睛

整个数据库应用系统的开发分解成目标独立的若干阶段：需求分析阶段、概念设计阶段、逻辑设计阶段、物理设计阶段、编码阶段、测试阶段、运行阶段和进一步修改阶段。数据库设计中采用上面的前四个阶段，并重点以数据结构与模型的设计为主线。

即学即练

【试题 1】在数据库设计中，将 E-R 图转换成关系数据模型的过程属于________。

A）需求分析阶段　　B）逻辑设计阶段

C）概念设计阶段　　D）物理设计阶段

本章即学即练答案

序号	答案	序号	答案
TOP23	【试题 1】答案：C 【试题 2】答案：C 【试题 3】答案：B	TOP24	【试题 1】答案：C 【试题 2】答案：A
TOP25	【试题 1】答案：A	TOP26	【试题 1】答案：C
TOP27	【试题 1】答案：B 【试题 2】答案：C 【试题 3】答案：一对多	TOP28	【试题 1】答案：D 【试题 2】答案：D
TOP29	【试题 1】答案：C	TOP30	【试题 1】答案：B

第5章 Visual FoxPro 基础

TOP31：数据库基础知识

真题分析

【真题1】数据库系统与文件系统的最主要区别是________。(2004年4月)

A）数据库系统复杂，而文件系统简单

B）文件系统不能解决数据冗余和数据独立问题，而数据库系统可以解决

C）文件系统只能管理程序文件，而数据库系统能够管理各种类型的文件

D）文件系统管理的数据量较少，而数据库系统可以管理庞大的数据量

解析：数据库系统最主要的特性包括：提高数据的共享性，使多个用户能够同时访问数据库中的数据；减小数据的冗余度，以提高数据的一致性和完整性；提供数据与应用程序的独立性，从而减小应用程序的开发和维护代价；文件系统的最主要特性包括：数据冗余大；容易造成数据的不一致；程序和数据之间的独立性差；数据联系弱。

答案：B

【真题 2】数据独立性是数据库技术的重要特点之一，所谓数据独立性是指________。(2005年9月)

A）数据与程序独立存放

B）不同的数据被存放在不同的文件中

C）不同的数据只能被对应的应用程序所使用

D）以上三种说法都不对

解析：本题考查数据库系统的基本特点。数据独立性是指数据与程序间的互不依赖性，即：数据的逻辑结构、存储结构与存取方式的改变不会影响应用程序，而不是从表面看来好像是数据与程序独立存放的意思。

答案：D

【真题3】数据库设计的根本目标是要解决________。(2005年9月)

A）数据共享问题　　　　B）数据安全问题

C）大量数据存储问题　　D）简化数据维护

解析：数据的共享本身可以极大地减少数据的冗余，不仅减少了不必要的存储空间，更重要的是避免了数据的不一致性。因此，数据库设计的根本目标是要解决数据共享问题。

答案：A

题型点睛

1. 计算机在数据管理方面经历了以下几个阶段：

(1) 人工管理阶段

特点：数据不保存、没有软件系统对数据进行管理、基本没有文件的概念、数据与程序不具有独立性、程序之间存在着大量的重复数据。

(2) 文件系统阶段

特点：数据长期保留在外存上、程序和数据有了一定的独立性、文件的形式多样化、数据的存取基本上以记录为单位；数据冗余大，容易造成数据的不一致、程序和数据之间的独立性差、数据联系弱。

(3) 数据库系统阶段

特点：提高了数据的共享性，使多个用户能够同时访问数据库中的数据；减小了数据的冗余度，数据的一致性和完整性得以提高；数据与应用程序的独立性提高，从而减少了应用程序的开发和维护代价。

(4) 分布式数据库系统阶段

特点：分布式数据库系统是数据库技术和计算机网络技术紧密结合的产物。在 20 世纪 70 年代后期之前，数据库系统多数是集中式的。网络技术的发展为数据库提供了分布式运行环境，从主机—终端系统结构发展到客户/服务器系统结构。

(5) 面向对象数据库系统

特点：面向对象数据库系统是数据库技术与面向对象技术相互结合的产物。它的基本设计思想是，一方面把面向对象语言向数据库系统方向扩展，使应用程序能够存取并处理对象，另一方面扩展数据库系统，使其具有面向对象的特征。因此，面向对象数据库系统首先是一个数据库系统，具备数据库系统的基本功能，其次它又是一个面向对象的系统，充分支持完整地面向对象的概念和机制。

2. 数据独立性是指数据与程序间的互不依赖性，即数据库中数据独立于应用程序而不依赖于应用程序。也就是说，数据的逻辑结构、存储结构与存取方式的改变不会影响应用程序。

3. 数据库设计的根本目标就是要解决数据共享问题。

即学即练

【试题 1】计算机在数据管理方面经历了人工管理阶段、文件系统阶段和数据库系统阶段，其中数据独立性最高的是________。

A）人工管理　　B）文件系统

C）数据库系统　　D）数据库管理

TOP32：数据库系统

真题分析

【真题 1】Visual FoxPro DBMS 是________。(2003 年 4 月)

A）操作系统的一部分　　B）操作系统支持下的系统软件

C）一种编译程序　　D）一种操作系统

解析：DBMS——DataBase Management System（数据库管理系统）是解决如何科学地组织和存储数据，如何高效地获取和维护数据的一个介于用户和操作系统之间的系统软件，是数据库系统中的一个重要组成部分。所以说，DBMS是操作系统支持下的系统软件。

答案：B

【真题 2】数据库(DB)、数据库系统(DBS)、数据库管理系统(DBMS)三者之间的关系是________。(2004 年 4 月)

A）DBS 包括 DB 和 DBMS　　B）DBMS 包括 DB 和 DBS

C）DB 包括 DBS 和 DBMS　　D）DBS 就是 DB，也就是 DBMS

解析：数据库系统由五部分组成：硬件系统、数据库集合、数据库管理系统及相关软件、数据库管理员和用户。数据库(DB)是长期存储在计算机存储设备上，结构化的相关数据的集合；数据库系统(DBS)是指带有数据库并利用数据库技术进行数据管理的计算机系统；数据库管理系统(DBMS)可以对数据库的建立、使用和维护进行管理，是数据库系统中的一个重要组成部分。所以，它们的关系是数据库系统(DBS)包括数据库(DB)和数据库管理系统(DBMS)。

答案：A

【真题3】DBMS 的含义是________。(2004 年 9 月)

A）数据库系统　　　　B）数据库管理系统

C）数据库管理员　　　D）数据库

解析：DataBase Management System(DBMS)即数据库管理系统，可以对数据库的建立、使用和维护进行管理，是数据库系统中的一个重要组成部分。

答案：B

【真题4】数据库系统中对数据进行管理的核心软件是________。(2005 年 4 月)

A）DBMS　　　　B）DB

C）OS　　　　　D）DBS

解析：数据库(DB)是存储在计算机存储设备上，结构化的数据集合。数据库系统(DBS)是指引进数据库技术后的计算机系统，实现有组织地、动态地存储大量相关数据，是提供数据处理和信息资源共享的便利手段。数据库管理系统(DBMS)可以对数据库的建立、使用和维护进行管理，是数据库系统中的一个重要组成部分。因此，数据库系统中对数据进行管理的核心软件是 DBMS。

答案：A

题型点睛

1. 有关数据库的概念

(1) 数据库(DB)：DataBase，是指长期存储在计算机存储设备上，结构化的相关数据集合。数据库不仅包括描述事物的数据本身，而且还包括相关事物之间的联系。

(2) 数据库管理系统(DBMS)：DataBase Management System，可以对数据库的建立、使用和维护进行管理，是数据库系统中的一个重要组成部分。

(3) 数据库系统(DBS)：DataBase System，是指引进数据库技术后的计算机系统，实现有组织地、动态地存储大量的相关数据，是提供数据处理和信息资源共享的便利手段。

(4) 数据库管理员(DBA)：DataBase Administrator，是指对数据库系统进行管理和控制的机构和相关人员，具有最高的数据库用户特权，负责全面管理数据库系统。

2. 数据库(DB)、数据库系统(DBS)、数据库管理系统(DBMS)三者之间的关系：DBS 包括DB和DBMS。DBMS 可以对DB的建立、使用和维护进行管理，是DBS的核心。

3. 数据库系统的特点

实现数据共享，减少数据冗余；采用特定的数据模型；具有较高的数据独立性；有统一的数据控制功能。

即学即练

【试题 1】数据库系统的核心是________。

A）操作系统　　　　B）文件

C）数据库　　　　D）数据库管理系统

【试题 2】________是存储在计算机内部的数据集合。

A）网络系统　　　　B）数据库

C）数据库管理系统　　　　D）操作系统

TOP33：实体间的联系类型

真题分析

【真题 1】设有部门和职员两个实体，每个职员只能属于一个部门，一个部门可以有多名职员，则部门与职员实体之间的联系类型是________。(2003 年 4 月)

A）m:n　　B）1:m　　C）m:k　　D）1:1

解析：实体间的联系有三种类型：一对一联系、一对多联系、多对多联系。在 Visual FoxPro 中，一对一联系表现为主表中的每一条记录只与相关表中的一条记录相关联；一对多联系表现为主表中的每一条记录与相关表中的多条记录相关联；多对多联系表现为一个表中的多个记录与相关表中的多个记录相关联。

一对一：一个部门只能有一名职员，一个职员也只能属于一个部门（1:1）

一对多：一个部门可以有多名职员，每个职员却只能属于一个部门（1:m）

多对多：一个部门可以有多个职员，一个职员也可以属于多个部门（m:n）

在本题中，每个职员只能属于一个部门，而一个部门可以有多名职员，即 1:m。

答案：B

【真题 2】在奥运会游泳比赛中，一个游泳运动员可以参加多项比赛，一个游泳比赛项目可以有多个运动员参加，游泳运动员与游泳比赛项目两个实体之间的联系是________联系。(2005 年 4 月)

解析：本题中一个游泳运动员可参加多个项目，一个项目也可有多个运动员参加，则游泳运动员与游泳比赛项目两个实体之间的联系为多对多联系。

答案：多对多

题型点睛

1．实体间的联系

实体间的对应关系称为联系，它反映了现实世界中事物之间的相互关联。

2. 实体间联系的种类

实体间联系的种类是指一个实体集中可能出现的每一个实体与另一个实体集中多少个具体实体存在联系。两个实体之间的联系有三种类型：

一对一联系：表现为主表中的每一条记录只与相关表中的一条记录相关联（简记为 1:1）。

一对多联系：表现为主表中的每一条记录与相关表中的多条记录相关联（简记为 1:m）。

多对多联系：表现为一个表中的多个记录在相关表中有多个记录与其匹配（简记为 m:n）。

即学即练

【试题 1】一个学生要上多门课程，一门课程有许多学生要上，实体学生与实体课程是________。

A）一对多的联系　　B）一对一的联系

C）多对多的联系　　D）多对一的联系

【试题 2】在 Visual FoxPro 的表之间建立一对多联系是把________的主关键字字段添加到________的表中。

TOP34：数据模型

真题分析

【真题 1】在 Visual FoxPro 中，DBMS 基于的数据模型是________。(2003 年 4 月)

A）层次型　　B）关系型　　C）网状型　　D）混合型

解析：常用的数据模型有三种：层次数据模型、网状模型、关系数据模型。DBMS 是一种关系数据库管理系统，它支持的是关系数据模型。

答案：B

【真题 2】用树形结构表示实体之间联系的模型是______。(2005 年 4 月)

A）关系模型　　B）网状模型

C）层次模型　　D）以上 3 个都是

解析：数据模型是数据库管理系统用来表示实体以及实体之间联系的方法。用树形结构表示实体以及实体之间联系的模型为层次模型。

答案：C

题型点睛

1. 数据模型定义

数据模型是数据库管理系统用来表示实体及实体间联系的方法。

2. 数据库管理系统所支持的数据模型分为三种：

层次数据模型：用树形结构表示实体以及实体之间联系的模型。

网状数据模型：用网状结构表示实体以及实体之间联系的模型。

关系数据模型：用二维表结构表示实体以及实体之间联系的模型。

即学即练

【试题 1】用二维表格来表示实体及实体之间联系的数据模型为______。

TOP35：E-R 图及 E-R 图到关系模型的转换

真题分析

【真题 1】在 E-R 图中，用来表示实体之间联系的图形是________。(2007 年 4 月)

A）矩形　　B）椭圆形　　C）菱形　　D）平行四边形

解析：E-R 图中用矩形表示实体集，用椭圆表示属性，用菱形表示联系。

答案：C

【真题 2】把实体—联系模型转换为关系模型时，实体之间多对多联系在关系模型

中是通过________。（2003 年 9 月）

A）建立新的属性来实现　　B）建立新的关键字来实现

C）建立新的关系来实现　　D）建立新的实体来实现

解析：数据模型是数据库管理系统用于表示实体及实体间联系的方法，其反映了数据之间存在的逻辑关系，一个关系的逻辑结构就是一张二维表，实体之间多对多联系在关系模型中是通过建立新的关系来实现的。

答案：C

题型点睛

1. E-R 图中用矩形表示实体集，用椭圆表示属性，用菱形表示联系。

2. 在实体-联系模型中，数据描述实体，属性描述实体的特性，关键字说明实体的查询方法，二维表格既能描述实体又能描述实体之间的联系，实体描述不能说明实体之间的联系。

3. 将实体-联系模型转换为关系模型时，实体之间多对多联系在关系模型中是通过建立新的关系来实现的。

即学即练

【试题 1】对于现实世界中事物的特征，在实体-联系模型中使用______。

A）属性描述　　B）关键字描述　　C）二维表格描述　　D）实体描述

TOP36：关系模型

真题分析

【真题 1】在关系数据库中，把数据表示成二维表，每一个二维表称为_____。（2005 年 4 月）

解析：在 Visual FoxPro 中，一个关系的逻辑结构就是一张二维表，一个表就是一个关系，表名就是关系名，用二维表的形式表示实体和实体间联系的数据模型称为关系数据模型。

答案：关系

【真题2】在Visual FoxPro中“表”是指_______。(2004年4月)

A）报表　B）关系　C）表格　D）表单

解析： Visual FoxPro是一种关系数据库管理系统。在Visual FoxPro中，一个“表”就是一个关系，一个关系就是一个“表”。

答案： B

【真题3】以下关于关系的说法正确的是_______。(2004年4月)

A）列的次序非常重要　B）当需要索引时列的次序非常重要

C）列的次序无关重要　D）关键字必须指定为第一列

解析： 在数据库理论中，关系的列的次序无关紧要，排列的顺序是随便的，任意交换两列的位置也不影响数据的实际含义。

答案： C

【真题4】对于“关系”的描述，正确的是_______。(2004年9月)

A）同一个关系中允许有完全相同的元组

B）在一个关系中元组必须按关键字升序存放

C）在一个关系中必须将关键字作为该关系的第一个属性

D）同一个关系中不能出现相同的属性

解析： 在同一个关系中不允许有完全相同的属性名。在Visual FoxPro中，不允许同一个表中有相同的字段名；关系中不允许有完全相同的元组，即冗余；在一个关系中元组的次序无关紧要；在一个关系中列的次序无关紧要。

答案： D

【真题5】Visual FoxPro是一种关系型数据库管理系统，这里关系通常是指_______。(2003年9月)

A）数据库文件（dbc文件）

B）一个数据库中两个表之间有一定的关系

C）表文件（dbf文件）

D）一个表文件中两条记录之间有一定的关系

解析： 用二维表结构来表示实体以及实体之间联系的模型称为关系模型。在关系型数据库中，每一个关系都是一个二维表，无论实体本身还是实体间的联系均用称为“关系”的二维表来表示。在Visual FoxPro中，一个“表”就是一个关系，一个关系存储为一个表文件，文件扩展名为.dbf。

答案：C

【真题 6】在 Visual FoxPro 中，以下叙述错误的是______。(2006 年 4 月)

A）关系也被称作表　　B）数据库文件不存储用户数据

C）表文件的扩展名是.dbf　　D）多个表存储在一个物理文件中

解析：一个关系的逻辑结构就是一张二维表，数据库文件对数据库表进行组织管理而不存储用户数据，表文件的扩展名是.dbf，多个表存储在一个数据库文件中，而不是存储在一个物理文件中，所以 D 选项错误。

答案：D

【真题 7】在 Visual FoxPro 中，以下叙述正确的是______。(2007 年 4 月)

A）关系也被称作表单　　B）数据库文件不存储用户数据

C）表文件的扩展名是.DBC　　D）多个表存储在一个物理文件中

解析：数据库文件对数据库表进行组织管理，不存储用户数据；关系也被称作表而不是表单；表文件的扩展名是.DBF；一个表对应磁盘上的一个物理文件，多个表存储在一个数据库文件中，而不是存储在一个物理文件中。

答案：B

【真题 8】在关系模型中，每个关系模式中的关键字______。(2007 年 4 月)

A）可由多个任意属性组成

B）最多由一个属性组成

C）可由一个或多个其值能唯一标识关系中任何元组的属性组成

D）以上说法都不对

解析：关系数据模型中的关键字可以是一个或多个属性组合，其值能够唯一标识一个元组，在 Visual FoxPro 中表示为字段或字段的组合。

答案：C

题型点睛

1. 关系模型中的关系术语

关系：一个关系就是一张二维表，每个关系有一个关系名。在 Visual FoxPro 中，一个关系存储为一个文件，文件扩展名为.dbf，称为“表”，一个表对应磁盘上的一个物理文件，多个表存储在一个数据库文件中，而不是存储在一个物理文件中。

元组：在一个二维表中，水平方向的行称为元组，每一行是一个元组。元组对应存储文件中的一个具体记录。

属性：二维表中垂直方向的列称为属性，每一列有一个属性名，在Visual FoxPro中表示为字段名。

域：属性的取值范围，即不同元组对同一个属性的取值所限定的范围。

关键字：属性或属性的组合，其值能够惟一地标识一个元组，在Visual FoxPro中表示为字段或字段的组合。

外部关键字：表中的一个字段不是本表的主关键字或候选关键字，而是另一个表的主关键字或候选关键字。

2. 关系的特点

关系必须规范化；

在同一个关系中不能出现相同的属性名，Visual FoxPro中不允许同一个表中有相同的字段名；

关系中不允许有完全相同的元组，即冗余；

关系中元组的次序无关紧要；

关系中列的次序无关紧要；

列的个数和每列的数据类型是固定的，即每列中的分量是同类型的数据，来自同一个值域。

即学即练

【试题1】二维表中的列称为关系的________；二维表中的行称为关系的________。

【试题2】下列对关系的表述中错误的是_______。

A）表中任意两列的值能相同　　B）表中任意两行的值不能相同

C）列在表中的顺序无关紧要　　D）行在表中的顺序无关紧要

【试题3】关系数据库所管理的关系是________。

【试题4】关系表中的每一列称为一个________。

A）元组　　B）字段　　C）属性　　D）域

TOP37：传统的集合运算

真题分析

【真题1】对关系S和关系R进行集合运算，结果中既包含S中元组也包含R中元组，这种集合运算称为________。(2003年9月)

A）并运算　　B）交运算

C）差运算　　D）积运算

解析：传统的集合运算：进行并、差、交集合运算的两个关系必须具有相同的关系模式，即相同结构。

并：两个相同结构关系的并是由属于这两个关系的元组组成的集合。

差：设有两个相同结构的关系R和S，差运算的结果是从R中去掉S中也有的元组。

交：两个具有相同结构的关系R和S，交运算的结果是R和S的共同元组。结果中既包含S中元组也包含R中元组的属于并运算。

答案：A

【真题2】设有如下关系表

R

A	B	C
1	1	2
2	2	3

S

A	B	C
3	1	3

T

A	B	C
1	1	2
2	2	3
3	1	3

则下列操作中，正确的是________。（2005年9月）

A）T=R∩S　　B）T=R∪S　　C）T=R×S　　D）T=R/S

解析：从图中可以看出，关系T是关系R和关系S的简单合并，合并符号为∪，所以T=R∪S。

答案：B

题型点睛

1. 关系的基本运算有两类：传统的集合运算和专门的关系运算。

2. 传统的关系运算：进行并、差、交集合运算的两个关系必须具有相同的关系模式，即相同结构。

3. 传统的集合运算包括：

并：两个相同结构关系的并是由属于这两个关系的元组组成的集合。

差：设有两个相同结构的关系R和S，差运算的结果是从R中去掉S中也有的元组。

交：两个具有相同结构的关系R和S，交运算的结果是R和S的共同元组。

即学即练

【试题 1】设有关系 R1 和 R2，经过关系运算得到结果 S，则 S 是____。

A）一个关系　　B）一个表单

C）一个数据库　　D）一个数组

TOP38：专门的关系运算

真题分析

【真题 1】专门的关系运算不包括下列中的_______。(2003 年 9 月)

A）连接运算　　B）选择运算

C）投影运算　　D）交运算

解析：关系运算包括传统集合运算和专门的关系运算。传统的集合运算包括：并、差、交；专门的关系运算包括选择、投影、连接。交运算属于传统的集合运算。

答案：D

【真题 2】从关系模式中指定若干属性组成新的关系的运算称为______。（2004 年 9 月）

A）连接　　B）投影

C）选择　　D）排序

解析：专门的关系运算有：选择、投影、连接和自然连接。

选择：从关系中找出满足给定条件的元组的操作。

投影：从关系模式中指定若干个属性组成新的关系。

连接：连接运算将两个关系模式拼接成一个更宽的关系模式，生成的新关系中包含满足连接条件的元组。

自然连接：自然连接是去掉重复值的等值连接。自然连接是最常用的连接运算。

答案：B

【真题 3】关系运算中的选择运算是_______。(2005 年 4 月)

A）从关系中找出满足给定条件的元组的操作

B）从关系中选择若干个属性组成新的关系的操作

C）从关系中选择满足给定条件的属性的操作

D）A 和 B 都对

解析：关系运算中的选择运算是指从关系中找出满足给定条件的元组的操作，选择的条件以逻辑表达式给出，使得逻辑表达式的值为真的元组将被选取。

答案：A

【真题 4】操作对象只能是一个表的关系运算是_______。(2006 年 9 月)

A）连接和选择　　　　B）连接和投影

C）选择和投影　　　　D）自然连接和选择

解析：选择和投影运算的操作对象只是一个表，相当于对一个二维表进行切割。连接运算需要两个表作为操作对象。

答案：C

题型点睛

1. 关系的基本运算有两类：传统的集合运算和专门的关系运算。

2. 专门的关系运算：在 Visual FoxPro 中，查询是高度非过程化的，用户只需要明确提出“要干什么”，而不需要指出“怎么去干”。系统将自动对查询过程进行优化，可以实现对多个相关联的表的高速存取。

3. 专门的关系运算包括：

(1) 选择：从关系中找出满足给定条件的元组的操作。

(2) 投影：从关系模式中指定若干个属性组成新的关系。

(3) 连接：连接运算将两个关系模式拼接成一个更宽的关系模式，生成的新关系中包含满足连接条件的元组。连接运算包括两个重要的特例：等值连接和自然连接。

等值连接：以字段值对应相等为条件进行的连接操作。

自然连接：自然连接是去掉重复值的等值连接。自然连接是最常用的连接运算。

即学即练

【试题 1】关系数据库的任何检索都是由三种基本运算组合而成的，这三种基本运算不包括_______。

A）交、并、差　　　　B）选择

C）连接　　　　D）投影

【试题 2】在下列的关系运算中，属于专门的关系运算的是_______。

A）并、交、差　　B）选择、投影

C）连接、排序　　D）选择、排序

【试题 3】从关系中找出满足给定条件的元组的操作称为________。

A）选择　　B）投影　　C）连接　　D）排序

TOP39：数据库设计基础

真题分析

【真题 1】数据库设计的四个阶段是：需求分析、概念设计、逻辑设计和________。(2006 年 9 月)

A）编码设计　　B）测试阶段

C）运行阶段　　D）物理设计

解析：数据库设计方法和步骤：需求分析、概念设计、逻辑设计和物理设计。

答案：D

题型点睛

1. 数据库设计方法和步骤：需求分析、概念设计、逻辑设计和物理设计。
2. 数据库设计过程：

（1）需求分析

用户需求主要包括三方面：信息需求、处理需求、安全性和完整性要求。

（2）确定需要的表

确定数据库中的表是数据库设计过程中技巧最强的一步。仔细研究需要从数据库中取出的信息，遵从概念单一化“一事一地”的原则，即一个表描述一个实体或实体间的一种联系，并把这些信息分成各种基本实体。

（3）确定所需字段

确定字段时需要注意的问题有：每个字段直接和表的实体相关，以最小的逻辑单位存储信息，表中的字段必须是原始数据，确定主关键字字段。

（4）确定联系

一对一联系：表现为主表中的每一条记录只与相关表中的一条记录相关联。

一对多联系：表现为主表中的每一条记录与相关表中的多条记录相关联。

多对多联系：表现为一个表中的多个记录在相关表中有多个记录与其匹配。

(5) 设计求精

是在设计每个表时，都要求精，无欠缺，无多余。

即学即练

【试题 1】数据库设计包括两个方面的设计内容，它们是________。

A）概念设计和逻辑设计　　B）模式设计和内模式设计

C）内模式设计和物理设计　　D）结构特性设计和行为特性设计

TOP40：Visual FoxPro 概述

真题分析

【真题 1】Visual FoxPro 6.0 是一个________位的数据库管理系统。(2002 年 9 月)

解析：Visual FoxPro 6.0 是可运行于 Windows 95/98、Windows NT 平台的 32 位数据库开发系统，能充分发挥 32 位微处理器的强大功能。

答案：32

【真题 2】Visual FoxPro 是一种________。(2007 年 4 月)

A）数据库系统　　B）数据库管理系统

C）数据库　　D）数据库应用系统

解析：Visual FoxPro 是目前微型计算机上优秀的数据库管理系统之一。数据库管理是数据库的机构，它是一种系统软件，负责数据库中的数据组织、数据操纵、数据维护、控制及保护和数据服务等。

答案：B

题型点睛

1. Visual FoxPro 简介

Visual FoxPro 6.0（中文版）是 Microsoft 公司 1998 年发布的可视化编程语言，可运行于 Windows 95/98，Windows NT 平台的 32 位数据库开发系统，能充分发挥 32 位微处理器的强大功能。一方面，它支持关系数据库的建立和管理，是一个微型计算机上的数据库管理系统；另一方面，它还提供一个集成化的开发环境，不仅支持过程式编程技术，还支持可视化的、面向对象的编程技术，是一个直观易用的编程工具。它大大简化了应用系统的开发过程，并提高了系统的模块性和紧凑性。

2. Visual FoxPro 6.0 的特点

强大的查询与管理功能；引入了数据库表的新概念；扩大了对SQL 语言的支持；大量使用可视化的界面操作工具；支持面向对象的程序设计；通过OLE 实现应用集成；支持网络应用。

即学即练

【试题1】Visual FoxPro 6.0 支持标准的面向过程的程序设计方式，还支持_____程序设计方法。

本章即学即练答案

序号	答案	序号	答案
TOP31	【试题1】答案：C	TOP32	【试题1】答案：D 【试题2】答案：B
TOP33	【试题1】答案：C 【试题2】答案：一方，多方	TOP34	【试题1】答案：关系模型
TOP35	【试题1】答案：A	TOP36	【试题 1】答案：属性，元组 【试题2】答案：A 【试题 3】答案：若干个二维表 【试题4】答案：C
TOP37	【试题1】答案：A	TOP38	【试题1】答案：A 【试题2】答案：B 【试题3】答案：A
TOP39	【试题1】答案：A	TOP40	【试题1】答案：面向对象

第6章 Visual FoxPro 系统初步

TOP41：项目管理器的选项卡

真题分析

【真题 1】在“项目管理器”下为项目建立一个新报表，应该使用的选项卡是________。(2006年9月)

A）数据　　B）文档　　C）类　　D）代码

解析： 项目管理器中，“数据”选项卡包含了一个项目中的所有数据—数据库、自由表、查询和视图；“文档”选项卡包含了处理数据时所用的三类文件，输入和查看数据所用的表单，打印表和查询结果所用的报表及标签；“代码”选项卡包括程序文件、库文件和应用程序文件；“类”选项卡创建一个可靠的面向对象的事件驱动程序。

所以，在“项目管理器”下为项目建立一个新报表，应该使用的选项卡是文档。

答案： B

【真题2】在Visual FoxPro的项目管理器中不包括的选项卡是________。(2004年4月)

A）数据　　B）文档　　C）类　　D）表单

解析： 项目管理器中包括“全部”、“数据”、“文档”、“类”、“代码”、“其他”6个选项卡。

答案： D

【真题3】可以在项目管理器的________选项卡下建立命令文件。(2006年9月)

解析： 项目管理器共有6个选项卡，“数据”、“文档”、“类”、“代码”、“其他”5个选项用于集中显示该项目中的所有文件。其中“代码”选项卡，包括三大程序：程序文件、库文件和应用程序文件，可以在该选项卡中建立命令文件。

答案： 代码

题型点睛

项目管理器共有6个选项卡，“数据”、“文档”、“类”、“代码”和“其他”5个选项用于集中显示该项目中的所有文件，“全部”选项卡用于集中显示该项目中的所有文件。

“数据”选项卡：包含了一个项目中的所有数据——数据库、自由表、查询和视图；

“文档”选项卡：包含了处理数据时所用的三类文件，输入和查看数据所用的表单，打印表和查询结果所用的报表及标签；

“代码”选项卡：包括三大程序：扩展名为.prg的程序文件，扩展名为.api库文件和扩展名为.app的应用程序文件；

“类”选项卡：创建一个可靠的面向对象的事件驱动程序；

“其他”选项卡：包括文本文件，菜单文件和其他文件；

“全部”选项卡：以上各类文件的集中显示窗口。

即学即练

【试题1】“项目管理器”的“数据”选项卡用于显示和管理________。

A）数据库、自由表和查询　　B）数据库、视图和查询

C）数据库、自由表、查询和视图　　D）数据库、表单和查询

【试题2】“项目管理器”的“文档”选项卡用于显示和管理________。

A）表单、报表和查询　　B）数据库、表单和报表

C）查询、报表和视图　　D）表单、报表和标签

TOP42：项目管理器的使用方法

真题分析

【真题1】“项目管理器”的“运行”按钮用于执行选定的文件，这些文件可以是________。(2005年9月)

A）查询、视图或表单　　B）表单、报表和标签

C）查询、表单或程序　　D）以上文件都可以

解析：数据“运行”按钮的功能是：执行选定的查询，表单或程序。当选定项目管

理器中的一个查询、表单或程序时才可使用。此按钮与“项目”菜单的“运行文件”命令作用相同。

答案：C

题型点睛

1. 项目管理器的文件操作方法如下：

(1) 创建文件

要在项目管理器中创建文件，首先要确定文件的类型，只有当选定了文件类型之后，“新建”按钮才可用。单击“新建”按钮或者从“项目”菜单中选择“新建文件”命令，即可打开相应的设计器创建一个新文件。

(2) 添加文件

选定要添加的文件类型。

单击“添加”按钮或从“项目”菜单中选择“添加文件”命令，系统弹出“打开”对话框。

单击“确定”按钮，系统便将选定的文件添加到项目文件中。

(3) 修改文件

选定要修改的文件。

单击“修改”按钮或从“项目”菜单中选择“修改文件”命令，系统将根据要修改的文件类型打开相应的设计器。

在设计器中修改选定的文件。

(4) 移去文件

选定要移去的文件。

单击“移去”按钮或从“项目”菜单中选择“移去文件”命令。

若单击提示框中的“移去”按钮，系统仅仅从项目中移去所选定的文件，被移去的文件仍存在于原目录中；若单击“删除”按钮，系统不仅从项目中移去文件，还将从磁盘中删除该文件，文件将不复存在。

2. 项目管理器中其他按钮的功能如下：

(1) “浏览”按钮：在“浏览”窗口中打开一个表，此按钮与“项目”菜单的“浏览文件”命令作用相同，且仅当选定一个表时可用。

(2) “关闭”和“打开”按钮：打开或关闭一个数据库。

(3) “预览”按钮：在打印预览方式下显示选定的报表或标签。仅当选定项目管理器中的一个报表或标签时才可用。

(4) “运行”按钮：执行选定的查询，表单或程序。仅当选定项目管理器中的一个查询、表单或程序时才可用。

(5)“连编”按钮：连编一个项目或应用程序，与“项目”菜单的“连编”命令作用相同。

即学即练

【试题 1】项目管理器的“移去”按钮有两个功能，一是把文件______，二是______文件。

TOP43：查询设计器

真题分析

【真题 1】查询设计器中“联接”选项卡对应的 SQL 短语是________。（2003 年 9 月）

A）WHERE　　B）JOIN

C）SET　　D）ORDER BY

解析：查询设计器中“联接”选项卡对应的 SQL 短语是 JOIN，WHERE 是查询设计器中“筛选”选项卡对应的 SQL 短语，ORDER BY 是查询设计器中“排序”选项卡对应的 SQL 短语，SET 用于赋值。

答案：B

【真题 2】在 Visual FoxPro 的查询设计器中“筛选”选项卡对应的 SQL 短语是________。（2004 年 4 月）

A）WHERE　　B）JOIN

C）SET　　D）ORDER BY

解析：在 Visual FoxPro 的查询设计器中，“联接”选项卡对应的 SQL 短语是 JOIN，“筛选”选项卡对应的 SQL 短语是 WHERE，“排序”选项卡对应的 SQL 短语是 ORDER BY，SET 用于赋值。

答案：A

【真题 3】以下关于查询描述正确的是________。（2004 年 4 月）

A）不能根据自由表建立查询

B）只能根据自由表建立查询

C）只能根据数据库表建立查询

D）可以根据数据库表和自由表建立查询

解析：建立查询的数据源可以是数据库表、自由表，也可以是视图。

答案：D

【真题 4】有关查询设计器，正确的描述是________。（2004 年 9 月）

A）“联接”选项卡与 SQL 语句的 GROUP BY 短语对应

B）“筛选”选项卡与 SQL 语句的 HAVING 短语对应

C）“排序依据”选项卡与 SQL 语句的 ORDER BY 短语对应

D）“分组依据”选项卡与 SQL 语句的 JOIN ON 短语对应

解析：查询设计器中，“联接”选项卡对应于 SQL 语句的 JOIN 短语；“筛选”选项卡对应于 SQL 语句的 WHERE 短语；“排序依据”选项卡与 SQL 语句的 ORDER BY 短语对应。“分组依据”选项卡对应于 SQL 语句的 GROUP BY 短语。

答案：C

【真题 5】在 Visual FoxPro 中，要运行查询文件 query1. qpr，可以使用命令______。（2005 年 9 月）

A）DO query1　　　　B）DO query1. qpr

C）DO QUERY query1　　　　D）RUN query1

解析：运行查询文件命令格式如下：

DO QueryFile

其中 QueryFile 是查询文件名，此时必须给出查询文件的扩展名 . qpr。

答案：B

【真题 6】下面关于查询描述正确的是________。（2002 年 9 月）

A）可以使用 CREATE VIEW 打开查询设计器

B）使用查询设计器可以生成所有的 SQL 查询语句

C）使用查询设计器生成的 SQL 语句存盘后将存放在扩展名为 QPR 的文件中

D）使用 DO 语句执行查询时，可以不带扩展名

解析：可以使用 CREATE QUERY 打开查询设计器建立查询，查询设计器只能建立一些简单的比较规则的查询，复杂的查询是不能使用查询设计器生成的，使用 DO 语句执行查询时，必须加上扩展名. qpr。查询是以扩展名为 QPR 的文件保存在磁盘上的，这是一个文本文件。

答案：C

【真题 7】以下关于“查询”的描述正确的是________。(2006 年 4 月)

A）查询保存在项目文件中　　　　B）查询保存在数据库文件中

C）查询保存在表文件中　　　　　D）查询保存在查询文件中

解析：查询是以扩展名为 QPR 的文件保存在磁盘上的，这是一个文本文件，它的主体是 SQL SELECT 语句，另外还有和输出定向有关的语句，所以，“查询”保存在查询文件中。

答案：D

题型点睛

1. 查询是从指定的表或视图中提取满足条件的记录，然后按照想得到的输出类型定向输出查询结果，一般设计一个查询总要反复使用，查询以扩展名为 qpr 的文件保存在磁盘上，这是一个文本文件。查询就是预先定义好的一个 SQL SELECT 语句，在不同的需要场合可以直接或反复使用，从而提高效率。

2. 建立查询的方法有以下几种：

(1) 可以用 CREATE QUERY 命令打开查询设计器建立查询；

(2) 可以选择“文件”菜单下的“新建”，或单击“常用”工具栏上的“新建”按钮，打开“新建”对话框，然后选择“查询”并单击“新建文件”打开查询设计器建立查询；

(3) 可以在项目管理器的“数据”选项卡下选择“查询”，然后单击“新建”命令按钮打开查询设计器建立查询；

(4) 如果读者熟悉 SQL SELECT，还可以直接编辑 QPR 文件建立查询。

3. 查询设计器界面的选项卡和 SQL SELECT 语句的各短语是相对应的：

“字段”选项卡对应于 SELECT 短语，指定所要查询的数据；

“联接”选项卡对应于 JOIN ON 短语，用于编辑联接条件；

“筛选”选项卡对应于 WHERE 短语，用于指定查询条件；

“排序依据”选项卡对应于 ORDER BY 短语，用于指定排序的字段和排序方式；

“分组依据”选项卡对应于 GROUP BY 短语用于分组，HAVING 短语用于限定分组必须满足的条件；

“杂项”选项卡可以指定是否要重复记录，及列在前面的记录等。

运行查询的命令为：DO <查询文件名>，查询文件名必须带扩展名.qpr。

即学即练

【试题 1】以纯文本形式保存设计结果的设计器是______。

A）查询设计器　　B）表单设计器

C）菜单设计器　　D）以上三种都不是

【试题 2】以下关于查询的描述正确的是________。

A）不能根据自由表建立查询　　B）只能根据数据库表建立查询

C）只能根据自由表建立查询　　D）可以根据数据库表或自由表建立查询

【试题 3】在 Visual FoxPro 的查询设计器中，________选项卡对应的 SQL 短语是 WHERE。

【试题 4】VFP 的查询设计器是将查询存储在______和______中的工具，其扩展名为______。

TOP44：Visual FoxPro 中常用扩展名

真题分析

【真题 1】扩展名为 pjx 的文件是________。(2006 年 9 月)

A）数据库表文件　　B）表单文件

C）数据库文件　　D）项目文件

解析：在 Visual FoxPro 中，数据库的扩展名为 DBC，数据库表的扩展名 DBF，项目文件的扩展名 PJX，表单文件的扩展名是 SCX。

答案：D

【真题 2】扩展名为 scx 的文件是________。(2006 年 4 月)

A）备注文件　　B）项目文件

C）表单文件　　D）菜单文件

解析：在 Visual FoxPro 中，FPT 是备注文件的扩展名，PJX 是项目文件的扩展名，SCX 是表单文件的扩展名，MNX 是菜单文件的扩展名。

答案：C

【真题 3】在 Visual FoxPro 中，可以用 DO 命令执行的文件不包括______。(2006 年 4 月)

A）PRG 文件　　B）MPR 文件

C）FRX 文件　　D）QPR 文件

解析：运行的命令共有 5 个，分别是：

Do 程序文件名. prg

Do 查询文件名. qpr

Do 菜单文件名. mpr

Do FORM 表单文件名. scx

Report FORM 报表文件名. frx

答案：C

【真题 4】用扩展名为 mnx 的文件是______。(2005 年 9 月)

A）备注文件　　B）项目文件

C）表单文件　　D）菜单文件

解析：在 Visual FoxPro 中，MNX 是菜单文件的扩展名，FPT 是备注文件的扩展名，SCX 是表单文件的扩展名，PJX 是项目文件的扩展名。

答案：D

题型点睛

VFP 中常用扩展名：

.prg：程序文件　　.qpr：查询文件

.mpr：菜单文件　　.mnx：菜单文件

.scx：表单文件　　.frx：报表文件

.pjx：项目文件　　.fpt：备注文件

.dbc：数据库文件　　.dbf：表文件

.dct：数据库备注文件　　. dcx：数据库索引文件

即学即练

【试题 1】在 Visual FoxPro 中，报表文件的扩展名是______。

A）pjx　　B）prg　　C）scx　　D）frx

【试题 2】扩展名为 qpr 的文件是______。

A）备注文件　　B）项目文件

C）表单文件　　D）查询文件

本章即学即练答案

序号	答案	序号	答案
TOP41	【试题 1】答案：C 【试题 2】答案：D	TOP42	【试题 1】答案：移去，删除
TOP43	【试题 1】答案：A 【试题 2】答案：D 【试题 3】答案：筛选 【试题 4】答案：表，视图，qpr	TOP44	【试题 1】答案：D 【试题 2】答案：D

第 7 章　数据与数据运算

TOP45：常量

真题分析

【真题 1】依次执行以下命令后的输出结果是________。(2005 年 9 月)

```
SET DATE TO YMD
SET CENTURY ON
SET CENTURY TO 19 ROLLOVER 10
SET MARK TO "."
? CTOD ("49-05-01")
```

A）49.05.01　　B）1949.05.01　　C）2049.05.01　　D）出错

解析：本题中命令 SET DATE TO YMD 是用来设置年月日格式的。SET CENTURY ON 设置数字年份为 4 位。SET CENTURY TO 语句指定：用 2 位数字表示年份所处的世纪，如果该日期的 2 位数字年份大于等于[年份参照值]，则它所处的世纪为[世纪值]，否则为[世纪值]+1，所以该表达式的世纪值为 19。SET MARK TO "."设置显示日期型数据时使用的分隔符为"."。

所以此题结果为 1949.05.01。

答案：B

【真题 2】设 x="11"，Y="1122"，下列表达式结果为假的是_____(2006 年 4 月)

A）NOT(X==Y)AND(X$Y)　　B）NOT(X$Y)OR(X<>Y)

C）NOT(X>=Y)　　D）NOT (X$Y)

解析："= =" 表示字符精确比较，"$" 表示子串包含测试，"<>" 表示不等于，">=" 表示大于等于，(X$Y)的值为真，所以选项 D 的结果为假。

答案：D

【真题 3】表达式{^2005-10-3 10:0:0}-{^2005-10-3 9:0:0}的数据类型是____。(2006

年 4 月）

解析： 两个日期时间数值相减结果是它们之间相差的秒数，所以结果是数值型。

答案： 数值型（N）

题型点睛

常量用以表示一个具体的、不变的值。常量通常有以下几种：

（1）数值型常量

用来表示一个数量的大小，由数字 0-9、小数点和正负号构成。

（2）货币型常量

用来表示货币值，其书写格式与数值型常量类似，但要加上一个前置的符号（$）。

（3）字符型常量

也称字符串，其表示方法是用半角单引号，双引号或方括号把字符串扩起来。

（4）日期型常量

定界符是一对花括号。日期型常量格式有三种：传统的日期格式{月/日/年}；严格的日期格式{^yyyy-mm-dd},用这种格式书写的日期常量能表达一个确切的日期，不受 SET DATE 等语句设置的影响。影响日期格式的设置命令有：SET MARK TO[日期分隔符]，如果执行 SET MARK TO 没有指定任何分隔符，表示恢复系统默认的斜杠分隔符。

SET CENTURY ON/OFF [世纪值] ROLLOVER[年份参照值]用于设置显示日期型数据时是否显示世纪。“TO”选项确定用 2 位数字表示年份所处的世纪，如果该日期的 2 位数字年份大于等于[年份参照值]，则它所处的世纪即为[世纪值]；否则为[世纪值]+1。

SET STRICTDATE TO[0/1/2]用于设置是否对日期格式进行检查。0 表示不进行严格的日期格式检查，目的是与早期 VFP 兼容；1 表示进行严格的日期格式检查，它是系统默认的设置；2 表示进行严格的日期格式检查，并且对 CTOD（）和 CTOT（）函数的格式也有效。

（5）日期时间型常量

日期时间型常量包括日期和时间两部分内容：{<日期>, <时间>}。<日期>部分与日期型常量相似，也有传统的和严格的两种格式。

（6）逻辑型常量

逻辑型数据只有逻辑真和逻辑假两个值。逻辑真的常量表示形式有.T.，.t.，.Y.，.y.。逻辑假的常量表示形式有.F.，.f.，.N.，.n.。前后两个句点作为逻辑型常量的定界符是必不可少的，否则会被误认为变量名。逻辑型数据只占用一个字节。

即学即练

【试题 1】下面日期值正确的是________。

A）{"2005-10-28"}　　B）{^2005-10-28}

C）{2005-10-28}　　D）{[2005-10-28]}

【试题 2】下列字符型常量的表示中，错误的是________。

A）"23+45"　　B）["计算机"]

C）[[等级考试]]　　D）"[a=b]"

TOP46：变量

真题分析

【真题 1】关于 Visual FoxPro 的变量，下面说法中正确的是________。（2003 年 9 月）

A）使用一个简单变量之前要先声明或定义

B）数组中各数组元素的数据类型可以不同

C）定义数组以后，系统为数组的每个数组元素赋以数值 0

D）数组元素的下标下限是 0

解析：在 Visual FoxPro 中，向一个简单内存变量赋值不必事先定义。数组在使用之前一般要先定义，数组中各个数组元素可以是不同的数据类型，数组元素下标的下限规定为 1，系统在定义数组后对数组元素赋值为逻辑假。

答案：B

【真题 2】Visual FoxPro 内存变量的数据类型不包括________。（2003 年 9 月）

A）数值型　　B）货币型

C）备注型　　D）逻辑型

解析：在 Visual FoxPro 中，内存变量的数据类型包括字符型、数值型、货币型、逻辑型、日期型和日期时间型。

答案：C

【真题 3】在 Visual FoxPro 中，说明数组的命令是________。（2004 年 4 月）

A）DIMENSION 和 ARRAY　　B）DECLARE 和 AEEAY

C）DIMENSION 和 DECLARE　　D）只有 DIMENSION

解析：创建数组命令格式为：

DIMENSION　　<数组名>

DECLARE　　<数组名>

以上两种格式的功能完全相同。其中 DIMENSION 或 DECLARE 命令是用来规定数组是一维数组还是二维数组、数组名和数组大小。

答案：C

【真题 4】执行命令 A=2005/4/2 之后，内存变量 A 的数据类型是______型。（2005 年 4 月）

解析：内存变量的类型是由变量值的类型决定的，2005/4/2 是一个数值表达式，其结果为一个数值型数据。

答案：数值

【真题 5】假设职员表已在当前工作区打开，其当前记录的“姓名”字段值为"张三"（字符型，宽度为 6）。在命令窗口输入并执行如下命令：

姓名=姓名-"您好"

？姓名

那么主窗口中将显示________。（2005 年 9 月）

A）张三　　B）张三 您好

C）张三您好　　D）出错

解析：职员表中“姓名”是字段变量，命令窗口输入姓名=姓名-“您好”是给内存变量赋值。如果字段变量和内存变量同名，则在显示变量时先显示字段变量，所以结果显示张三。

答案：A

【真题 6】在 Visual FoxPro 中，宏替换可以从变量中替换出________。（2006 年 4 月）

A）字符串　　B）数值

C）命令　　D）以上三种都可能

解析：宏替换函数可以替换出字符型变量的内容，即&的值是变量中的字符串，也可以替换出数值变量的值，或者用来执行命令。

答案：D

题型点睛

1. VFP 变量分为字段变量和内存变量

字段变量即表中的字段，字段名就是变量名。

内存变量的数据类型包括字符型（C），数值型（N），货币型（Y），逻辑型（L），日期型（D）和日期时间型（T）。

2. 简单内存变量有两种格式

<内存变量名>=<表达式>

STORE <表达式> TO <内存变量名>

赋值号一次只能给一个内存变量赋值，STORE 命令可以同时给若干个变量赋予相同的值，各内存变量名之间必须用逗号分开；在 VFP 中，一个变量在使用之前并不需要特别的声明或定义，当用 STORE 命令给变量赋值时，如果该变量并不存在，那么系统自动建立它；可以通过对内存变量重新赋值来改变其内容和类型。

3. 数组

与简单内存变量不同，数组在使用之前一般要用 DIMENSION 或 DECLARE 命令显式创建，规定数组是一维数组还是二维数组，数组大小由下标值的上、下限决定，下限规定为 1。

数组命令格式为：

DIMENSION <数组名>

DECLARE <数组名>

数组创建之后，系统自动给每个数组元素赋以逻辑假。

4. 在使用数组和数组元素时，应注意如下问题：

(1) 在一切使用简单内存变量的地方，均可以使用数组元素；

(2) 在赋值和输入语句中使用数组名时，表示将同一个值同时赋给该数组的全部元素；

(3) 在同一个运行环境下，数组名不能与简单变量名重复；

(4) 在赋值语句中的表达式位置不能出现数组名；

(5) 可以用一维数组的形式访问二维数组。

即学即练

【试题 1】在 VFP 中，下面是几个内存变量赋值语句：

X={^2005-03-09 11:23:12 PM}

Y=.T.

M=$12345

N=12345

X="12345"

执行上述赋值语句之后，内存变量 X、Y、M、N 和 Z 的数据类型分别是________。

A）D、L、M、N、C　　　　B）D、L、Y、N、C

C）T、L、M、N、C　　　　D）T、L、Y、N、C

【试题 2】在 Visual FoxPro 中说明数组后，数组的每个元素在未赋值之前的默认值是________。

【试题 3】在 Visual FoxPro 中，内存变量的数据类型包括字符型、数值型、货币型、日期型、日期时间型和______。

TOP47：表达式

真题分析

【真题 1】在 Visual FoxPro 中，下面 4 个关于日期或日期时间的表达式中，错误的是________。(2003 年 4 月)

A）{^2002. 09. 01 11:10:10AM} - {^2001. 09. 01 11:10:10AM}

B）{^01/01/2002} +20

C）{^2002. 02. 01 } + {^2001. 02. 01}

D）{^2000/02/01 } - {^2001/02/01}

解析：日期时间表达式的格式有一定的限制，不能任意组合。正确的表达格式包括：<日期> + <天数>、<天数> + <日期>、<日期> - <天数>、<日期> - <日期>、<日期时间> + <秒数>、<秒数> + <日期时间>、<日期时间> - <秒数>、<日期时间> - <日期时间>，其中<日期> - <日期>和<日期时间> - <日期时间>结果为数值型，其他表达式结果都为日期型，两个日期不能直接相加。

答案：C

【真题 2】表示“1962 年 10 月 27 日”的日期常量应该写为________。(2004 年 9 月)

解析：在 Visual FoxPro 中，日期型常量有不同的写法，格式为{^YYYY-MM-DD}，{^YYYY. MM. DD}或者{^YYYY/MM/DD}。

答案：{^1962-10-27}（或{^1962/10/27}、或{^1962. 10. 27}）

题型点睛

1. 表达式的定义

表达式是由常量、变量和函数通过特定的运算符连接起来的式子。单个的常量、变量、函数通常也被称为表达式。

2. 表达式的类型

(1) 数值表达式

数值表达式由算术运算符将数值型数据连接起来形成，其运算结果仍然是数值型数据，数值型数据可以是数值型常量或者变量。

算术运算符及其优先级

优先级	运算符	说明
1	()	形成表达式内的子表达式
2	**或^	乘方运算
3	*、/、%	乘、除运算、求余运算
4	+、-	加、减运算

(2) 字符表达式

字符表达式由字符串运算符将字符型数据连接起来形成，其运算结果仍然是字符型数据。字符串运算符有以下两个，它们的优先级相同。

“+”：前后两个字符串首尾连接形成一个新的字符串。

“-”：连接前后两个字符串，并将前字符串的尾部空格移到合并后的新字符串尾部。

(3) 日期时间表达式

日期时间表达式中可以使用的运算符也有“+”和“-”两个。日期时间表达式的格式有一定限制，不能任意组合。不能用运算符“+”将两个日期连接起来。

日期时间表达式的格式

格式	结果及种类
<日期>+<天数>	日期型。指定日期若干天后的日期
<天数>+<日期>	日期型。指定日期若干天后的日期
<日期>-<天数>	日期型。指定日期若干天前的日期
<日期>-<日期>	数值型。两个指定日期相差的天数
<日期时间>+<秒数>	日期时间型。指定日期时间若干秒后的日期时间
<秒数>+<日期时间>	日期时间型。指定日期时间若干秒后的日期时间
<日期时间>-<秒数>	日期时间型。指定日期时间若干秒前的日期时间
<日期时间>-<日期时间>	数值型。两个指定日期时间相差的秒数

符号“+”和“-”既可以作为日期时间运算符，也可以作为算术运算符和字符串连接运算符。到底作为哪种运算符使用，要看它们所连接的运算对象的数据类型而定。

(4) 关系表达式

关系表达式通常也称为简单逻辑表达式，由关系运算符和数值表达式、字符表达式、日期表达式和货币表达式组成，但运算符两边的数据类型必须一致。其运算结果为逻辑值。

(5) 逻辑表达式

逻辑型表达式由逻辑运算符将逻辑型数据连接起来而形成。其运算结果为逻辑型数据。

逻辑运算符有三个：.NOT.或！、.AND. .OR.，也可省略两端的点。优先级依次为：NOT、AND、OR。

即学即练

【试题 1】在下面 Visual FoxPro 表达式中，不正确的是________。

A）{^2005-09-01 09:09:09AM}-5　　B）{^2005-09-01}-DATE()

C）{^2005-09-01}+ DATE()　　D）{^2005-09-01}+20

TOP48：数值函数

真题分析

【真题 1】命令？ROUND（337.2007，3）的执行结果是______。（2005 年 4 月）

解析： ROUND（<数值表达式 1>，<数值表达式 2>）函数返回指定表达式在指定位置四舍五入后的结果。<数值表达式 2>指明四舍五入的位置。若<数值表达式 2>大于等于 0，那么它表示的是要保留的小数位数，若<数值表达式 2>小于 0，那么它表示的是整数部分的舍入位数。

答案： 337.201

题型点睛

1. 常用的数值函数

绝对值函数 ABS（<数值表达式>）返回指定的数值表达式的绝对值。

符号函数 SIGN（<数值表达式>）返回指定数值表达式的符号。

求平方根函数 SQRT（<数值表达式>）返回指定表达式的平方根，自变量表达式的值不能为负。

圆周率函数 PI（）返回圆周率。

求整数函数 INT（<数值表达式>）返回指定数值表达式的整数部分。

CEILING（<数值表达式>）返回大于或等于指定数值表达式的最小整数。

FLOOR（<数值表达式>）返回小于或等于指定数值表达式的最大整数。

四舍五入函数 ROUND（）返回指定表达式在指定位置四舍五入后的结果。

求余数函数 MOD（）返回两个数值相除后的余数。

求最大值和最小值函数 MAX（）计算各自变量表达式的值，并返回其中的最大值。MIN（）计算各自变量表达式的值，并返回其中的最小值。

2. 自变量表达式的类型

自变量表达式的类型可以是数值型、字符型、货币型、双精度型、浮点型、日期型和日期时间型，但所有表达式的类型必须相同。

即学即练

【试题 1】执行下列语句后，输出结果为______。

STORE –25 TO X

? SIGN（X）*SQRT（ABS（X））

A）-5　　B）5　　C）25　　D）-25

【试题 2】? INT（34.8-50）的输出结果是________。

A）-15　　B）15　　C）15.2　　D）-15.2

TOP49：字符函数

真题分析

【真题 1】表达式 STUFF("GOODBOY"，5，3，"GIRL")的运算结果是________。（2003 年 9 月）

解析：STUFF(<字符表达式 1>，<起始位置>，<长度>，<字符表达式 2>) 用<字符表达式 2>值替换<字符表达式 1>中由<起始位置>和<长度>指明的一个子串，替换和被替换的字符个数不一定相等。本题中通过“GIRL”替换现有字符表达式“GOODBOY”中从第 5 个字符开始的 3 个字符得到的。

答案：GOODGIRL

【真题 2】有如下赋值语句，结果为“大家好”的表达式是________。（2004 年 4 月）

a="你好"

b="大家"

A）b+AT(a，1)　　B）b+RIGHT(a，1)

C）b+LEFT(a，3，4)　　D）b+RIGHT(a，2)

解析：RIGHT（）从指定表达式值的右端取一个指定长度的子串作为函数值。每个汉字占两个字节，RIGHT(a，2)结果为"好"，"+"运算符能够顺序连接两个字符串，因此得到结果为大家好。

答案：D

【真题3】表达式LEN（SPACE（0））的运算结果是 ________。（2004年9月）

A）.NULL.　　B）1　　C）0　　D）""

解析：SPACE（<表达式>）的功能是返回由指定数目的空格组成的字符串，SPACE（0）返回由0个空格组成的字符串，LEN（<表达式>）的功能是返回指定字符表达式的长度，函数LEN（SPACE（0））是指测试0个空格的长度，所以结果为0。

答案：C

【真题4】下列表达式中，表达式返回结果为.F.的是______。（2005年4月）

A）AT("A"，"BCD")　　B）"[信息]"$"管理信息系统"

C）ISNULL(.NULL.)　　D）SUBSTR("计算机技术",3,2)

解析：AT（）函数指出一个字符串在另一个字符串中出现的位置，返回值为数值型，返回值为0；ISNULL（）函数是空值测试函数，判断一个表达式的运算结果是否为NULL值，若是NULL值返回逻辑真，否则返回逻辑假；SUBSTR（）函数是从指定表达式值的起始位置取指定长度的子串作为函数值；"$"是一个子串包含测试运算符，检查第一个字符串是否包含在第二个字符串中，如果包含返回逻辑真，否则返回逻辑假，本题中[信息]包含两个字符串定界符，因此不包含在第二个字符串中，返回逻辑假。

答案：B

【真题5】在下面的Visual FoxPro表达式中，运算结果为逻辑真的是________。（2005年9月）

A）EMPTY（.NULL.）　　B）LIKE('xy？'，'xyz')

C）AT('xy'，'abcxyz')　　D）ISNULL(SPACE(0))

解析：NULL值与"空"值是两个不同的概念，EMPTY(.NULL.)的返回值为逻辑假（.F.）。LIKE（）函数比较两个字符串对应位置上的字符，若所对应字符都相匹配，函数返回逻辑真，通配符？可表示任意字符。AT函数指出一个字符串在另一个字符串中出现的位置，返回值为数值型。ISNULL（）函数是空值测试函数，判断一个表达式的运算结果是否为 NULL 值。

答案：B

【真题 6】？AT（"EN"，RIGHT("STUDENT"，4)）的执行结果是________。(2007 年 4 月)

解析：RIGHT("STUDENT"，4)表示截取字符串右边的 4 个字符，结果为“DENT”，AT()函数判断第一个字符串表达式在第二个字符串表达式的位置，即“EN”在“DENT”占第几位。

答案：2

题型点睛

1. 求字符串长度函数

LEN（<字符表达式>）返回指定字符表达式值的长度，即所包含的字符个数，函数值为数值型。

2. 大小写转换函数

LOWET（）将指定表达式值中的大写字母转换成小写字母，其他字符不变。

UPPER（）将指定表达式值中的小写字母转换成大写字母，其他字符不变。

3. 空格字符串生成函数

SPACE（<字符表达式>）返回由指定数目的空格组成的字符串。

4. 删除前后空格函数

TRIM（）返回指定字符表达式值去掉尾部空格后形成的字符串。

LTRIM（）返回指定字符表达式值去掉前导空格后形成的字符串。

ALLTRIM（）返回指定字符表达式值去掉前导空格和尾部空格后形成的字符串。

5. 取子串函数

LEFT（）从指定表达式值的左端取一个指定长度的子串作为函数返回值。

RIGHT（）从指定表达式值的右端取一个指定长度的子串作为函数返回值。

SUBSTR（）从指定表达式值的指定起始位置取指定长度的子串作为函数返回值。

6. 计算子串出现次数函数

OCCURS（）返回第一个字符串在第二个字符串中出现的次数，函数值为数值型；若第一个字符串不是第二个字符串的子串，函数返回值为 0。

7. 求子串位置函数

AT（<字符表达式 1>，<字符表达式 2>，[<数值表达式>]）如果<字符表达式 1>是<字符表达式 2>的子串，则返回<字符表达式 1>值的首字符在<字符表达式 2>值中的位置，若不是子串，则返回0。

8. 子串替换函数

STUFF（<字符表达式 1>，<起始位置>，<长度>，<数值表达式 2>）用<字符表达式2>值替换<字符表达式 1>中由<起始位置>和<长度>指明的一个子串，替换和被替换的字符个数不一定相等。

9. 字符替换函数

CHRTRAN（<字符表达式 1>，<字符表达式 2>，<字符表达式 3>）当第一个字符串中的一个或多个字符与第二个字符串中的某个字符相匹配时，就用第三个字符串中的对应字符替换这些字符。

10. 字符串匹配函数

LIKE（<字符表达式1>，<字符表达式2>）比较两个字符串对应位置上的字符，若所有对应字符都相匹配，函数返回逻辑真，否则返回逻辑假。<字符表达式 1>中可以包含通配符*和？。*可与任何数目的字符相匹配，？可以与任何单个字符相匹配。

即学即练

【试题 1】LEFT("123456789"，LEN("数据库"))的计算结果是______。

【试题 2】在下面的 Visual FoxPro 表达式中，运算结果为逻辑真的是______。

A）EMPTY (.NULL.)

B）LIKE（'南京'，'南京？'）

C）AT ('计算机'，'江苏省计算机等级考试)

D）EMPTY(SPACE（2）)

【试题 3】下列函数中，函数值为数值的是______。

A）EOF（）

B）CTOD（'09/01/98'）

C）AT（'等级'，'计算机等级考试'）

D）SUBSTR（DTOC（DATE（）），7）

TOP50：日期和时间函数

真题分析

【真题 1】顺序执行下列操作后，屏幕最后显示的结果是______。（2003 年 4 月）

Y=DATE（）

？VARTYPE（Y）

解析：DATE（）函数返回当前系统日期，函数值为日期型，VARTYPE（）函数测试函数值的类型，所以显示D。

答案：D

题型点睛

1. 日期和时间函数的自变量一般是日期型数据或日期时间型数据。

2. 系统日期和时间函数

DATE () 返回当前系统日期，函数值为日期型。

TIME () 返回当前系统时间，函数值为字符型。

DATETIME () 返回当前系统日期时间，函数值为日期时间型。

3. 求年份、月份和天数

YEAR () 从指定的日期表达式或日期时间表达式中返回年份。

MONTH () 从指定的日期表达式或日期时间表达式中返回月份。

DAY () 从指定的日期表达式或日期时间表达式中返回月里面的天数。

4. 时、分和秒函数

HOUR () 从指定的日期时间表达式中返回小时部分。

MINUTE () 从指定的日期时间表达式中返回分钟部分。

SEC () 从指定的日期时间表达式中返回秒数部分。

即学即练

【试题 1】下列函数中，函数返回值的类型为字符型的是________。

A）DATE（）　　B）TIME（）

C）YEAR（）　　D）DATETIME（）

TOP51：数据类型转换函数

真题分析

【真题 1】表达式 VAL（SUBS（"奔腾 586"，5，1））*LEN("Visual FoxPro")的结果是________。(2002 年 9 月)

A）63.00　　B）64.00　　C）65.00　　D）66.00

解析：LEN（）函数返回指定字符串的长度，所以 LEN("Visual FoxPro")返回 13；SUBS（）从指定表达式值的指定起始位置取指定长度的子串作为函数值，所以 SUBS（"奔腾 586"，5，1）返回 5；最后用 VAL（）函数将由数字符号组成的字符型数据转换成相应的数值型数据。

答案：C

题型点睛

1. 数值与字符串互换的函数

STR（）将数值函数转换成字符串。

VAL（）将由数字符号组成的字符型数据转换成相应的数值型数据。

2. 字符串转换成日期或日期时间

CTOD（）将字符表达式转换成日期型数据。

CTOT（）将字符表达式转换成日期时间型数据。

3. 日期或日期时间转换字符串

DTOC（）将日期型数据或日期时间数据的日期部分转换成字符串。

TTOC（）将日期时间数据转换成字符串。

4. 宏替换函数&

替换出字符型变量的内容，即&的值是变量中的字符串。宏替换可以嵌套使用。

即学即练

【试题 1】执行 STORE '11' TO A，再执行？ '22' + '&11' 结果为________。

A）22&11　　B）33

C）2211　　D）错误信息

【试题 2】执行 VAL（"2008GO"）命令后的显示结果________。

A）"2008GO"　　B）2008GO

C）2008　　D）GO

【试题 3】执行下列操作后，屏幕显示的结果为________和________。

Y=DATE（）

H=DTOC（Y）

？VARTYPE（Y），VARTYPE（H）

TOP52：测试函数

真题分析

【真题 1】在下面的表达式中，运算结果为逻辑真的是________。（2003 年 9 月）

A）EMPTY(.NULL.)　　B）LIKE("edit"，"edi?")

C）AT("a"，"123abc")　　D）EMPTY(SPACE(10))

解析：NULL 值与“空”值是两个不同的概念，EMPTY(.NULL.)的返回值为逻辑假（.F.）。LIKE 比较两个字符串对应位置上的字符，若所有对应字符都相匹配，函数返回逻辑真（.T.），否则返回逻辑假（.F.），通配符“？”表示任意一个字符。AT 函数指出一个字符串在另一个字符串中出现的位置，返回值为数值型。SPASE（10）表示由 10 个空格组成的字符串，因此返回值为逻辑真（.T.）。

答案：D

【真题 2】函数 BETWEEN(40，34，50)的运算结果是________。(2004 年 4 月)

解析：BETWEEN(<表达式 1>，<表达式 2>，<表达式 3>)

判断<表达式 1>的值是否介于<表达式 2>和<表达式 3>的值之间。如果<表达式 1>值大于等于<表达式 2>且小于等于<表达式 3>的值，则函数值为逻辑真(.T.)，否则函数值为逻辑假(.F.)，如果<表达式 2>或<表达式 3>有一个 NULL 值，那么函数值也是 NULL 值。

答案：.T.

【真题 3】设 X=10，语句？VARTYPE（"X"）的输出结果是________。(2004 年 9 月)

A）N.　　B）C　　C）10　　D）X

解析：VARTYPE（<表达式>[，<逻辑表达式>]）

用来测试表达式的类型，返回一个大写字母，函数值为字符型。例如字母 C 表示字符型，字母 N 表示数值型等等。X 通过赋值后是一个数值型数据，但在函数测试时，添加了字符型数据的定界符，因此其返回值为字符型（C）。

答案：B

【真题4】在下面的 Visual FoxPro 表达式中，运算结果不为逻辑型的是________。(2006年4月)

A）EMPTY(SPACE(0))　　　　B）LIKE("xy*"，"xyz")

C）AT("xy"，"abcxyz")　　　D）ISNULL(.NULL.)

解析：AT（）函数是测试子串位置函数，函数值为数值型，不是逻辑型。

答案：C

【真题5】设 X=6<5，命令？VARTYPE（X）的输出是________。(2006年9月)

A）N　　　　B）C

C）L　　　　D）出错

解析：先判断“X=6<5”的值，为"="的优先级低于“<”的优先级，所以结果为逻辑假，VARTYPE（）测试表达式的类型，所以最后结果为逻辑型。

答案：C

题型点睛

1. 值域测试函数

BETWEEN（<表达式1>，<表达式2>，<表达式3>）判断一个表达式的值是否介于另外两个表达式的值之间。

2. 空值（NULL）测试函数

ISNULL（<表达式>）判断一个表达式的运算结果是否为NULL值，若是NULL值返回逻辑真，否则返回逻辑假。

3. “空”值测试函数

EMPTY（<表达式>）根据指定表达式的运算结果是否为“空”值，返回逻辑真或逻辑假。这里所指的“空”值与NULL值是两个不同的概念。函数EMPTY（.NULL.）的返回值为逻辑假。该函数自变量表达式的类型除了可以是数值型之外，还可以是字符型、逻辑型、日期型等类型。

4. 数据类型测试函数

VARTYPE（<表达式>）测试<表达式>的类型，返回一个大写字母，函数值为字符型。

5. 表文件尾测试函数

EOF（[<工作区号>|<表别名>]）测试指定文件中的记录指针是否指向文件尾，若是返回逻辑真.T.，否则返回逻辑假.F.。

6. 表文件首测试函数

BOF（[<工作区号>|<表别名>]）测试当前表文件或指定表文件中的记录指针是否指

向文件首，若是返回逻辑真.T.，否则返回逻辑假.F.。

7. 记录号测试函数

RECNO（[<工作区号>|<表别名>]）如果指定工作区上没有打开表文件，函数值为0，如果记录指针指向文件尾，函数值为表文件中的记录数加1，如果记录指针指向文件首，函数值为表文件中第一条记录的记录号。

8. 记录个数测试函数

RECCOUNT（）返回的是表文件中物理上存在的记录个数，不管记录是否被逻辑删除以及SET DELETED的状态如何，也不管记录是否被过滤，该函数都会把它们考虑在内。如果指定工作区上没有打开表文件，函数值为0。

9. 条件测试函数

IIF（<逻辑表达式>，<表达式1>，<表达式2>）测试<逻辑表达式>的值，若为逻辑真.T.，函数返回<表达式1>的值；若为逻辑假.F.，函数返回<表达式2>的值。<表达式1>和<表达式2>的类型不要求相同。

10. 记录删除测试函数

DELETED（[<表的别名>|<工作区号>]）测试指定的表或在指定工作区中所打开的表中记录指针所指的当前记录是否含有删除标记“*”。若有则返回值为真，否则返回值为假。

即学即练

【试题1】连续执行下列命令之后，最后显示的结果为________。

SET EXACT OFF

X="A"

? IIF（"A"=X，X-"BCD"，X+"BCD"）

A）A　　B）ABCD

C）BCD　　D）A　BCD

【试题2】EOF（）是测试函数，当正使用的表文件的记录指针已达到文件尾部时，返回的值为_______。

A）.T.　　B）.F.

C）0　　D）NULL

【试题3】测试数据库表记录指针是否指向表文件末尾的函数是_______。

A）BOF（）　　B）EOF（）

C）FOUND（）　　D）RECNO（）

本章即学即练答案

序号	答案	序号	答案
TOP45	【试题 1】答案：B 【试题 2】答案：C	TOP46	【试题 1】答案：B 【试题 2】答案：.F. 【试题 3】答案：逻辑型
TOP47	【试题 1】答案：C	TOP48	【试题 1】答案：A 【试题 2】答案：A
TOP49	【试题 1】答案：123456 【试题 2】答案：D 【试题 3】答案：C	TOP50	【试题 1】答案：B
TOP51	【试题 1】答案：C 【试题 2】答案：C 【试题 3】答案：D，C	TOP52	【试题 1】答案：B 【试题 2】答案：A 【试题 1】答案：B

第 8 章 Visual FoxPro 数据库及其操作

TOP53：数据库的基本概念

真题分析

【真题 1】在 Visual FoxPro 中，数据库文件的扩展名是______，数据库表文件的扩展名是______。（2003 年 4 月）

解析：在 Visual FoxPro 中，数据库文件的扩展名是.DBC，数据库表文件的扩展名是.DBF。

答案：DBC（或.DBC），DBF（或.DBF）

题型点睛

在 Visual FoxPro 中，数据库是一个逻辑上的概念和手段，通过一组系统文件将相互联系的数据库表及其相关的数据库对象统一组织和管理。因此，在 Visual FoxPro 中应该把 dbf 文件称做数据库表（简称表），而不再称做数据库或数据库文件。

在建立 Visual FoxPro 数据库时，相应的数据库名称实际是扩展名为 dbc 的文件名，同时还会自动建立一个扩展名为 dct 的数据库备注文件和一个扩展名为 dcx 的数据库索引文件。也即数据库建立后，用户可以在磁盘上看到文件名相同，但扩展名分别为 dbc，dct 和 dcx 的三个文件，它们是供 Visual FoxPro 数据库管理系统管理数据库使用的，用户一般不能直接使用这些文件。

即学即练

【试题 1】在 VFP 中，数据库文件的扩展名为________。

A）.dbc　　B）.dct　　C）.dcx　　D）.dbf

TOP54：建立数据库

真题分析

【真题 1】在 Visual FoxPro 中，创建一个名为 SDB.DBC 的数据库文件，使用的命令是________。（2003 年 4 月）

A）CREATE　　B）CREATE SDB

C）CREATE TABLE SDB　　D）CREATE DATABASE SDB

解析：Visual FoxPro 中，创建数据库的命令是：

CREATE DATABASE <数据库名>

CREATE 是创建数据表的命令，CREATE TABLE 是 SQL 中创建表的命令。

答案：D

【真题 2】在 Visual FoxPro 中，CREATE DATABASE 命令创建一个扩展名为________的数据库文件。（2003 年 9 月）

解析：在 Visual FoxPro 中，CREATE DATABASE 是创建数据库的命令，数据库文件的扩展名为 DBC。

答案：DBC（或.DBC）

题型点睛

1. 建立数据库的常用方法有以下三种：

（1）在项目管理器中建立数据库

首先在“数据”选项卡中选定“数据库”，然后单击“新建”按钮并选择“新建数据库”，接着通过创建对话框提示用户输入数据库的名称，即扩展名为.dbc 的文件名。

（2）通过“新建”对话框建立数据库

单击工具栏上的“新建”按钮或者选择“文件”菜单下的“新建”。首先在“文件类型”组框中选定“数据库”，然后单击“新建文件”按钮建立数据库。

（3）使用命令交互建立数据库

CREATE DATABASE <数据库名>

2. 注意事项

如果指定的数据库已经存在，则很可能会被覆盖掉（如果SAFETY 设置为OFF，则被直接覆盖；如果SAFETY 设置为ON，则会出现警告对话框请用户确认），所以要格外小心。

即学即练

【试题 1】在 Visual FoxPro 中，创建一个名为 ABC.DBC 的数据库文件，使用的命令是________。

【试题 2】下列创建数据库的方法中正确的是________。

A）在项目管理器中单击“数据”选项卡，单击“数据库”，单击“新建”按钮

B）在“新建”对话框上单击“数据库”，单击“新建文件夹”按钮

C）在命令窗口中输入 CREAT DATABASE <数据库文件名>

D）以上都可以

TOP55：打开数据库

真题分析

【真题 1】打开数据库 abc 的正确命令是________。（2005 年 4 月）

A）OPEN DATABASE abc　　B）USE abc

C）USE DATBASE abc　　D）OPEN abc

解析：打开数据库的命令为 OPEN DATABASE <数据库文件名>，一般简写成 OPEN DATA <数据库文件名>。直接将要打开的数据库名 abc 代入到该命令格式中，即得到 OPEN DATABASE abc 或者是 OPEN DATA abc。USE<数据表名>是打开表文件的命令。

答案：A

【真题 2】打开数据库的命令是________。（2006 年 4 月）

A）USE　　B）USEDATABASE

C）OPEN　　D）OPEN DATABASE

解析：打开数据库的命令为：OPEN DATABASE；USE 是打开表文件的命令。

答案：D

题型点睛

1. 常用数据库打开方式

(1) 在项目管理器中打开数据库

在项目管理器中选择了相应的数据库时，数据库将自动打开。

(2) 通过“打开”对话框打开数据库

单击工具栏上的“打开”按钮或者选择“文件”菜单下的“打开”，屏幕上显示“打开”对话框，在“文件类型”下拉列表框中选择“数据库”，然后选择或在“文件名”文本框后输入数据库文件名，单击“确定”按钮打开数据库。

(3) 使用命令打开数据库

OPEN DATABASE[FileName/?][EXCLUSIVE|SHARED][NOUPDATE] [VALIDATE]

EXCLUSIVE：以独占方式打开数据库，与在“打开”对话框中选择复选框“独占”等效，即不允许其他用户在同一时刻也使用该数据库。

SHARED：以共享方式打开数据库，等效于“打开”对话框中不选择复选框“独占”，即允许其他用户在同一时刻使用该数据库。默认的打开方式由 SET EXCLUSIVE ON/OFF 的设置值确定，系统原默认设置为 ON。

NOUPDATE：指定数据库按只读方式打开，等效于在“打开”对话框中选择复选框“以只读方式打开”，即不允许对数据库进行修改，默认的打开方式是读/写方式，即可修改。

VALIDATE：指定 VFP 检查在数据库中引用的对象是否合法。

2. 注意

当数据库打开时，包含在数据库中的所有表都可以使用，但是这些表不会自动打开，使用时需要用 USE 命令打开。

Visual FoxPro 在同一时刻可以打开多个数据库，但在同一时刻只有一个当前数据库，也就是说所有作用于数据库的命令或函数是对当前数据库而言的。

即学即练

【试题 1】一个数据库名为 student，要想打开该数据库，应使用命令______。

A）OPEN student　　B）OPEN DATA student

C）USE DATA student　　D）USE student

【试题 2】在 VFP 中，以只读方式打开数据库文件的命令短语是______。

A）EXCLUSIVE　　B）NOUPDATE

C）SHARED　　D）VALIDATE

TOP56：修改数据库

真题分析

【真题 1】在 Visual FoxPro 中，调用表设计器建立数据库表 STUDENT.DBF 的命令是________。（2003 年 4 月）

A）MODIFY STRUCTURE STUDENT

B）MODIFY COMMAND STUDENT

C）CREATE STUDENT

D）CREATE TABLE STUDENT

解析：在 Visual FoxPro 中，建立数据库表的命令：CREATE<数据库表>。修改数据表结构的命令是：MODIFY STRUCTURE，打开程序文件的命令是：MODIFY COMMAND，SQL 中建立表的命令：CREATE TABLE <表名>。

答案：C

【真题 2】打开数据库设计器的命令是_____DATABASE。（2003 年 4 月）

解析：MODIFY DATABASE 是打开数据库设计器对当前数据库中的对象进行修改的命令，CREATE DATABASE 是新建一个数据库的命令。

答案：MODIFY

题型点睛

1. 打开数据库设计器可以用以下三种方法：

（1）从项目管理器中打开数据库设计器

首先展开数据库分支，然后选定要修改的数据库，单击“修改”按钮则在数据库设计器中打开相应的数据库。

（2）从“打开”对话框中打开数据库设计器

在“打开”对话框中打开数据库则会自动打开数据库设计器。

（3）使用命令打开数据库设计器

MODIFY DATABASE <数据库名>

2. 注意事项

在项目管理器中打开数据库设计器时选择的是“修改”命令按钮，而在命令方式下打开数据库设计器的命令是 MODIFY DATABASE，它们都不是直接意义上的修改数据库，因为 Visual FoxPro 在建立数据库时建立了 3 个扩展名分别为.dbc、.dct 和.dcx 的文件，用户是不可能对这些文件进行修改的，在 Visual FoxPro 中，修改数据库实际是打开数据库设计器，用户可以在数据库设计器中完成各种数据库对象的建立、修改和删除等操作。

即学即练

【试题 1】在 Visual FoxPro 中，调用表设计器修改数据库表 TEACHER.DBF 结构的命令是________。

TOP57：删除数据库

真题分析

【真题 1】在 Visual FoxPro 中，删除数据库的命令为______。（2003 年 4 月）

A）DELETE DATABASE　　B）DELETE

C）ALTER DATABASE　　D）ALTER

解析：用命令删除数据库可采用如下格式：DELETE DATABASE<数据库名>。

答案：A

【真题 2】在 Visual FoxPro 中，删除数据库 abc 的正确命令是________。（2003 年 9 月）

A）MODIFY DATBASE abc　　B）MODIFY abc

C）DELETE DATBASE abc　　D）DELETE abc

解析：用命令删除数据库可采用如下命令格式：DELETE DATBASE<数据库名>，MODIFY DATBASE <数据库名> 是打开数据库设计器的命令。

答案：C

题型点睛

1. 从项目管理器中删除数据库比较简单，直接选定要删除的数据库，然后单击命令按钮，这时可以选择：

移去：从项目管理器中删除数据库，但并不从磁盘上删除相应的数据库文件。

删除：从项目管理器中删除数据库，并从磁盘上删除相应的数据库文件。

取消：取消当前的操作，即不进行删除数据库的操作。

2. 用命令删除数据库可采用如下命令格式：

DELETE DATBASE <数据库名>

即学即练

【试题 1】在 Visual FoxPro 中，删除数据库 AAA 的命令是__________。

【试题 2】利用命令删除数据库文件时，指定 RECYCLE 选项后，将会把数据库文件和表文件_______。

A）放入回收站中，而且可以还原。

B）放入回收站中，需要时可以还原。

C）彻底删除

D）重命名

TOP58：在数据库中建立表

真题分析

【真题 1】在 Visual FoxPro 中，存储图像的字段类型应该是______。（2003 年 4 月）

A）备注型　　B）通用型　　C）字符型　　D）双精度型

解析：在 Visual FoxPro 中，通用型字段用于存入电子表格、文档、图片等 OLE 对象。

答案：B

【真题 2】常量.n.表示的是_________型的数据。（2004 年 4 月）

解析：逻辑型常量有逻辑真和逻辑假两个值，各占一个字符。逻辑真的常量表示形式有：.T.，.t.，.Y.，.y.；逻辑假的常量表示形式有：.F.，.f.，.N.，.n.。

答案：逻辑

【真题 3】在 Visual FoxPro 中，字段的数据类型不可以指定为________。（2004 年 4 月）

A）日期型　　B）时间型　　C）通用型　　D）备注型

解析：在 Visual FoxPro 中，可以选择的数据类型有：字符型、货币型、数值型、浮点型、日期型、日期时间型、双精度型、整型、逻辑型、备注型、通用型、字符型（二进制）、备注型（二进制）。所以，字段的数据类型不可以被指定为时间型。

答案： B

【真题 4】数据库表的字段可以定义默认值，默认值是________。（2004 年 4 月）

A）逻辑表达式　　B）字符表达式

C）数值表达式　　D）前三种都可能

解析： 在表设计器的“字段”选项卡中有一组定义字段有效性规则的项目，它们是“规则”、“信息”、“默认值”。“默认值”的类型则以字段的类型确定。字段是何种类型，默认值也将是其对应的类型。

答案： D

【真题 5】数据库表的字段可以定义规则，规则是______。（2004 年 4 月）

A）逻辑表达式　　B）字符表达式

C）数值表达式　　D）前三种说法都不对

解析： 在表设计器的“字段”选项卡中有一组定义字段有效性规则的项目，它们是“规则”、“信息”、“默认值”。其中“规则”是逻辑表达式。

答案： A

【真题 6】在 Visual FoxPro 中，数据库表 S 中的通用型字段的内容将存储在______文件中。（2005 年 9 月）

解析： 通用型字段用于标记电子表格、文档、图片等 OLE 对象，它在表中占 4 个字节，所保存的数据信息存储在以 fpt 为扩展名的表备注文件中。

答案： 备注文件 s.fpt

题型点睛

1. 表设计器

在数据库中建立表最简单和直接的方法就是使用数据库设计器。

用户需要在表设计器中依次输入或选择字段，类型和宽度等，这些是建立表所需要的最基本内容。最后单击“确定”命令按钮则完成了对表的建立。

2. 建立数据库表的基本概念

（1）字段名

自由表字段名最长为 10 个字符，数据库表字段名最长为 128 个字符，字段名必须以字母、汉字、数字和下划线组成，字段名中不能包含空格。

(2) 空值

空值也是关系数据库中的一个重要概念，在数据库中可能会遇到尚未存储数据的字段，这时的空值与空字符串、数值0等具有不同的含义，空值就是缺值或还没有确定值，不能把它理解为任何意义的数据。

即学即练

【试题1】在 Visual FoxPro 中，学生表 STUDENT 中包含有通用型字段，表中通用型字段中的数据均存储到另一个文件中，该文件名为________。

A）STUDENT.DOC　　B）STUDENT.MEM

C）STUDENT.DBT　　D）STUDENT.FPT

【试题2】在 Visual FoxPro 中，表结构中的逻辑型、通用型、日期型字段的宽度由系统自动给出，它们分别为________。

A）1、4、8　　B）4、4、10

C）1、10、8　　D）2、8、8

【试题3】以下关于空值（NULL）叙述正确的是______。

A）空值等同于空字符串　　B）空值表示字段或变量还没确定值

C）VFP 不支持空值　　D）空值等同于数值0

TOP59：修改表结构

真题分析

【真题1】修改表结构，应使用______命令打开表设计器。(2003年4月)

解析：修改表结构时，打开表设计器的命令是 MODIFY STRUCTURE。

答案：MODIFY STRUCTURE

【真题2】在 Visual FoxPro 中，修改当前数据库表结构的命令是______。(2003年9月)

A）MODIFY STRUCTURE　　B）MODIFY DATABASE

C）MODIFY TABLE　　D）MODIFY DATABASETABLE

解析：在 Visual FoxPro 中，修改数据库表结构的命令是 MODIFY STRUCTURE，如果在当前工作区中没有打开数据库表文件，则应该先利用 USE 命令打开。

答案：A

题型点睛

1. 修改表结构概述

在 Visual FoxPro 中，表结构可以任意修改，可以增加或删除字段，可以修改字段名、字段类型、字段的宽度，可以建立、修改、删除索引，可以建立、修改、删除有效性规则等。

如果当前没在数据库设计器中，则首先要用 USE 命令打开要修改的表，然后使用 MODIFY STRUCTURE 打开表设计器，其功能是修改当前表的结构。

2. 修改表结构包括：

(1) 修改已有的字段

可以直接修改字段的名称、类型和宽度。

(2) 增加新字段

如果在原有的字段后增加新的字段，则直接将光标移动到最后，然后输入新的字段名、定义类型和宽度；如果要在原有的字段中间插入新字段，则首先将光标定位在要插入新字段的位置，然后用鼠标单击“插入”命令按钮，这时会插入一个新字段，随后输入新的字段名，定义类型和宽度。

(3) 删除不用的字段

首先将光标定位在要删除的字段上，然后用鼠标单击“删除”命令按钮。

即学即练

【试题 1】修改数据表结构的命令是________。

A）MODI STRU　　B）EDIT

C）CHANGE　　D）BROWSE

TOP60：表的基本操作

真题分析

【真题 1】在 Visual FoxPro 中，使用 LOCATE FOR <expL>命令按条件查找记录，当查找到满足条件的第一条记录后，如果还需要查找下一条满足条件的记录，应使用________。(2005 年 4 月)

A）再次使用 LOCATE FOR <expL>命令

B）SKIP 命令

C）CONTINUE 命令

D）GO 命令

解析：LOCATE 是按条件定位记录位置的命令，其命令格式为：LOCATE FOR <expL>。该命令执行后将记录指针定位在满足条件的第一条记录上，如果没有记录满足条件，则记录指针将指向文件的结束位置。如果要使指针指向下一条满足 LOCATE 条件的记录，则使用 CONTINUE 命令；如果没有记录再满足条件，则指针指向文件结束位置。

答案：C

【真题 2】当前打开的图书表中有字符字段"图书号"，要求将图书号以字母 A 开头的图书记录全部打上删除标记，通常可以使用命令__________。(2005 年 9 月)

A）DELETE FOR 图书号="A"

B）DELETE WHILE 图书号="A"

C）DELETE FOR 图书号="A*"

D）DELETE FOR 图书号 LIKE "A%"

解析：逻辑删除或删除标记的命令是 DELETE，常用格式为：DELETE [FOR<Expression>]。如果不用 FOR 指定条件，则只逻辑删除当前一条记录；如果用 FOR 短语指定了逻辑表达式，则会逻辑删除使该逻辑表达式为真的所有记录。通配符*可以代替任何字符，表示以 A 开头的所有记录可以写作：A*。

答案：C

题型点睛

1. 增加记录的命令

APPEND 命令中在表的尾部增加记录。

INSERT 命令可以在表的任意位置插入新的记录。

注：如果在表上建立了主索引或候选索引，则不能用以上的 APPEND 或 INSERT 命令插入记录，必须用 SQL 中的 INSERT 命令插入记录。

2. 删除记录的命令

逻辑删除或设置删除标记的命令是 DELETE。

恢复记录的命令 RECALL。

物理删除有删除标记的记录的命令是 PACK，执行该命令后所有有删除标记的记录将从表中被物理删除，并且不可能再恢复。

使用 ZAP 命令可以物理删除表中的全部记录，不管是否有删除标记，该命令只是删除全部记录，并没有删除表，执行完该命令后表结构仍然存在。

3. 修改记录的命令

用 EDIT 或 CHANGE 命令交互式修改。

用 REPLACE 命令直接修改。

4. 显示记录的命令

LIST/DISPLAY，LIST 默认显示全部记录；DISPLAY 默认显示当前记录。

5. 查询定位命令

用 GOTO 命令直接定位：GOTO 和 GO 命令是等价的。

LOCATE 命令定位：LOCATE 是按条件定位记录位置的命令。

即学即练

【试题 1】要使当前表中所有教师的工资增加 500 元，应该使用的命令是______。

A）EDIT 工资 WITH 工资+500

B）REPLACE 工资 WITH500

C）REPLACE 工资 WITH 工资+500

D）REPLACE ALL 工资 WITH 工资+500

【试题 2】在 VFP 中删除记录有______和______两种。

A）逻辑删除，物理删除

B）逻辑删除，彻底删除

C）物理删除，彻底删除

D）物理删除，移去删除

【试题 3】在 VFP 中，逻辑删除是指______。

A）真正从磁盘上删除表及记录

B）是指在记录旁做删除标记，不可以恢复记录

C）真正从表中删除记录

D）只是在记录旁做删除标记，必要时可以恢复记录

【试题 4】定位记录时，可以用______命令向前或后移动若干条记录位置。

A）SKIP　　B）GOTO　　C）GO　　D）LOCATE

TOP61：索引的基本概念

真题分析

【真题 1】在 Visual FoxPro 中，通过建立主索引或候选索引来实现________完整性约束。(2003 年 9 月)

解析：实体完整性是保证表中记录唯一的特性，即在一个表中不允许有重复的记录。在 Visual FoxPro 中建立主索引或候选索引的目的是实现记录的唯一性，即实现实体的完整性约束。

答案：实体

【真题 2】在关系模型中，为了实现“关系中不允许出现相同元组”的约束应使用________。(2004 年 4 月)

A）临时关键字　　B）主关键字

C）外部关键字　　D）索引关键字

解析：“关系中不允许出现相同元组”即在一个表中不允许有重复的记录。在 Visual FoxPro 中利用主关键字或候选关键字来保证表中的记录唯一，即保证实体唯一性。外部关键字是用来保证参照完整性，而索引关键字也不能保证这一条件。

答案：B

【真题 3】以下关于主索引和候选索引的叙述正确的是________。(2004 年 4 月)

A）主索引和候选索引都能保证表记录的唯一性

B）主索引和候选索引都可以建立在数据库表和自由表上

C）主索引可以保证表记录的唯一性，而候选索引不能

D）主索引和候选索引是相同的概念

解析：主索引和候选索引都要求字段值的唯一性并决定了处理记录的顺序。建立主索引的字段可以看作是主关键字，一个表只能有一个主关键字（即一个表只能创建一个主索引）。建立候选索引的字段可以看作是候选关键字（即一个表可以建立多个候选索引）。注意：主索引不能建立在自由表上。

答案：A

【真题 4】在关系模型中，“关系中不允许出现相同元组”的约束是通过______实现的。(2004 年 9 月)

解析：在指定字段或表达式中不允许出现重复值的索引，这样的索引可以起到主关键字的作用，即：“关系中不允许出现相同元组”的约束是通过主关键字来实现的。

答案：主关键字

【真题 5】在指定字段或表达式中不允许出现重复值的索引是________。(2005 年 4 月)

A）唯一索引　　B）唯一索引和候选索引

C）唯一索引和主索引　　D）主索引和候选索引

解析：主索引和候选索引具有相同的功能，除具有按升序或降序索引的功能外，都还具有关键字的特性，即可以保证唯一性——字段中拒绝重复的字段值。唯一索引和普通索引只起到排序的作用，唯一索引与字段值的唯一性无关，它的“唯一”是在使用相应的索引时，重复的索引字段值只有唯一一个值出现在索引项中。

答案：D

【真题 6】允许出现重复字段值的索引是________。(2005 年 9 月)

A）候选索引和主索引　　B）普通索引和唯一索引

C）候选索引和唯一索引　　D）普通索引和候选索引

解析：主索引是在指定字段或表达式中不允许出现重复值的索引。候选索引像主索引一样要求字段值的唯一性并决定了处理记录的顺序。唯一索引的“唯一性”是指索引项的唯一，唯一索引与字段值的唯一性无关。普通索引不仅允许字段中出现重复，并且索引项中也允许出现重复。

答案：B

【真题 7】在 Visual FoxPro 中，下面关于索引的正确描述是________。(2007 年 4 月)

A）当数据库表建立索引以后，表中的记录的物理顺序将被改变

B）索引的数据将与表的数据存储在一个物理文件中

C）建立索引是创建一个索引文件，该文件包含有指向表记录的指针

D）使用索引可以加快对表的更新操作

解析：在 Visual FoxPro 中，建立索引可以加快对数据的查询速度，建立索引是创建一个独立的索引文件，该文件包含有指向表记录的指针；索引建立后，表中的记录的物

理顺序不会改变。

答案：C

【真题 8】Visual FoxPro 的数据库表中只能有一个________。（2007 年 4 月）

A）候选索引　B）普通索引　C）主索引　D）唯一索引

解析：Visual FoxPro 的数据库表中主索引只能有一个，候选索引和普通索引可以有多个，唯一索引是指索引项的唯一，而不是字段值的唯一。

答案：C

题型点睛

1. Visual FoxPro 中的四种索引

（1）主索引

建立主索引的字段值不允许重复，如果在任何已含有重复数据的字段中建立主索引，Visual FoxPro 将产生错误信息，如果一定要在这样的字段上建立主索引，则必须首先删除重复的字段值。建立主索引的字段可以看作是主关键字，一个表只能有一个主关键字，所以一个表只能创建一个主索引。

（2）候选索引

候选索引和主索引一样要求字段值的唯一性并决定了处理记录的顺序，在数据库表和自由表中均可为每个表建立多个候选索引。

（3）唯一索引

唯一索引是为了保持同早期版本的兼容性，它的"唯一性"是指索引项的唯一，而不是字段值的唯一，在一个表中可以建立多个唯一索引。

（4）普通索引

普通索引也可以决定记录的处理顺序，它不仅允许字段中出现重复值，并且索引项中也允许出现重复值，在一个表中可以建立多个普通索引。

2. 建立索引的位置

在表设计器界面中有"字段"、"索引"和"表"三个选项卡，在"字段"选项卡中只可以创建普通索引，要创建主索引、候选索引和唯一索引，必须在"索引"选项卡中设置。

即学即练

【试题 1】在数据表中建立一个索引应当依照________。

A）多个字段　B）一个字段　C）唯一字段　D）表达式

【试题 2】在 Visual FoxPro 中，相当于主关键字的索引是______。

A）主索引　　B）普通索引　　C）唯一索引　　D）排序索引

【试题3】不允许记录中出现重复索引值的索引是________。

A）主索引、候选索引　　B）普通索引、主索引

C）主索引、候选索引、唯一索引　　D）唯一索引、普通索引

【试题4】数据库表之间的一对多联系通过主表的______索引和子表的_____索引实现。

TOP62：在表设计器中建立索引

真题分析

【真题1】在 Visual FoxPro 中，建立索引的作用之一是________。（2003 年 4 月）

A）节省存储空间　　B）便于管理

C）提高查询速度　　D）提高查询和更新速度

解析： 在 Visual FoxPro 中建立索引目的之一就是提高查询速度。

答案： C

【真题2】在 Visual FoxPro 中，数据库表中不允许有重复记录是通过指定______来实现的。（2005 年 9 月）

解析： 主索引强调的“不允许出现重复值”是指建立索引的字段值不允许重复。候选索引和主索引具有相同的特性，建立候选索引的字段可以看作是候选关键字，要求字段值的唯一性。唯一索引的“唯一性”是指索引项的唯一，而不是字段值的唯一。普通索引也可以决定记录的处理顺序，它不仅允许字段中出现重复值，并且索引项中也允许出现重复值。

答案： 主索引或候选索引

【真题3】在表设计器的“字段”选项卡中可以创建的索引是________。（2004 年 9 月）

A）唯一索引　　B）候选索引　　C）主索引　　D）普通索引

解析： 在表设计器界面中有“字段”、“索引”和“表”三个选项卡，在“字段”选项卡中只可以创建普通索引，要创建主索引、候选索引和唯一索引，必须在“索引”选项卡中设置。

答案：D

题型点睛

1. 单项索引与复合字段索引

(1) 单项索引

在表设计器界面中有“字段”、“索引”和“表”三个选项卡，在“字段”选项卡中定义字段时就可以直接指定某些字段是否是索引项，用鼠标单击定义索引的下拉列表框可以看到三个选项：无、升序和降序（默认是无）。如果选定了升序或降序，则在对应的字段上建立了一个普通索引，索引名与字段名同名，索引表达式就是对应的字段。

(2) 复合字段索引

在一个表上可以建立多个普通索引，多个唯一索引，多个候选索引，但只能建立一个主索引。通常，主索引用于主关键字字段，候选索引用于那些不作为主关键字但字段值又必须唯一的字段，普通索引用于一般地提高查询速度，唯一索引用于一些特殊的程序设计。

2. 索引说明

索引可以提高查询速度，但是维护索引是要付出代价的，当对表进行插入、删除和修改等操作时，系统会自动维护索引，即索引会降低插入、删除和修改等操作的速度。

即学即练

【试题 1】在 Visual FoxPro 中，建立索引的作用之一是提高_______速度。

【试题 2】下列更改索引类型的操作方法中，正确的是______。

A）打开表设计器，单击“字段”标签，从“索引”下拉列表框中选择

B）打开表设计器，单击“索引”标签，从“索引名”下拉列表框中选择

C）打开表设计器，单击“表”标签，从“索引名”下拉列表框中选择

D）打开表设计器，单击“索引”标签，从“类型”下拉列表框中选择

TOP63：用命令建立索引

真题分析

【真题 1】用命令“INDEX on 姓名 TAG index_name”建立索引，其索引类型

是________。(2003 年 9 月)

A）主索引　　B）候选索引　　C）普通索引　　D）唯一索引

解析：使用 INDEX 命令不能建立主索引，但可以建立普通索引、唯一索引或候选索引。如果表达式中出现 UNIQUE 选项则表示建立唯一索引，如果表达式中出现 CANDIDATE 选项则表示建立候选索引。

答案：C

【真题 2】执行命令“INDEX on 姓名 TAG index_name”建立索引后，下列叙述错误的是________。(2003 年 9 月)

A）此命令建立的索引是当前有效索引

B）此命令所建立的索引将保存在.idx 文件中

C）表中记录按索引表达式升序排序

D）此命令的索引表达式是“姓名”，索引名是“index_name”

解析：该命令的执行结果是建立一个索引表达式为“姓名”、索引名是“index_name”、按升序排序并且当是前有效的复合索引，索引文件的扩展名为.cdx，因为此命令并没有创建索引文件，所以该索引不会保存在.idx 文件中。

答案：B

【真题 3】用命令“INDEX ON 姓名 TAG index _name UNIQUE”建立索引，其索引类型是________。(2004 年 4 月)

A）主索引　　B）候选索引　　C）普通索引　　D）唯一索引

解析：使用 INDEX 命令不能建立主索引，可以建立普通索引、惟一索引或候选索引。而该命令出现了 UNIQUE，则表示该命令建立的是惟一索引。

答案：D

题型点睛

1. 建立索引的命令

建立索引的命令是 INDEX，格式如下：

```
INDEX ON eExpression TO IDXFileName/TAG TagName[OF CDXFileNsme]
[FOR lExpression][COMPACT]
[ASCENDING/DESCENDING]
[UNIQUE/CANDIDATE]
[ADDITIVE]
```

FOR <Expression>给出索引过滤条件，只索引满足条件的记录，该选项一般不使用。COMPACT 当使用 TO IDXFileName 时说明建立一个压缩的文件，复合索引总是压缩的。ASCENDING/DESCENDING 说明建立升序或降序索引，默认升序。UNIQUE 说明建立唯一索引。CANDIDATE 说明建立候选索引。ADDITIVE 与建立索引本身无关。

2. 从索引的组织方式来讲有三类索引

(1) 单独的.idx 索引，是一种非结构单索引；

(2) 采用非默认名的.cdx 索引，是非结构复合索引；

(3) 与表名同名的.cdx 索引，是结构复合索引。

3. 与表同名的.cdx 索引具有如下特性：

(1) 在打开表时自动打开；

(2) 在同一索引文件中能包含多个索引方案，或索引关键字；

(3) 在添加，更改或删除记录时自动维护索引。

即学即练

【试题 1】在当前工作区已经打开学生数据库，其中包含课程号、学号、成绩字段。不同的记录分别有重复的课程号或重复的学号，要用 COUNT 命令统计学生选修的课程门数，应在执行 COUNT 命令之前使用命令________。

A）INDEX ON 学号 TO AA

B）INDEX ON 课程号 TO AA

C）INDEX ON 学号 TO AA UNIQUE

D）INDEX ON 课程号 TO AA UNIQUE

【试题 2】已知 XS.DBF 文件有字段：姓名 C（8），性别 C（2），出生年月 D（8）等，按姓名和出生年月升序排列建立索引，应使用索引命令________。

TOP64：使用索引

真题分析

【真题 1】打开表并设置当前有效索引（相关索引已建立）的正确命令是________。（2003 年 9 月）

A）ORDER student IN 2 INDEX 学号

B）USE student IN 2 ORDER 学号

C）INDEX 学号 ORDER student

D）USE student IN 2

解析：在 Visual FoxPro 中，设置当前有效索的命令为 ORDER，USE 命令是用来打开表的。

答案：B

【真题 2】有一学生表文件，且通过表设计器已经为该表建立了若干普通索引。其中一个索引的索引表达式为姓名字段，索引名为 XM。现假设学生表已经打开，且处于当前工作区中，那么可以将上述索引设置为当前索引的命令是________。（2005 年 9 月）

A）SET INDEX TO 姓名　　　B）SET INDEX TO XM

C）SET ORDER TO 姓名　　　D）SET ORDER TO XM

解析：尽管结构索引在打开表时都能够自动打开，在使用某个特定索引项进行查询或需要记录按某个特定索引项的顺序显示时，则必须用 SET ORDER TO 命令指定当前索引项，姓名字段索引名为 XM，因此选 D。

答案：D

题型点睛

1. 打开索引文件命令：

   SET INDEX TO

2. 设置当前索引的命令：

   SET ORDER TO

3. 使用索引快速定位命令：

   SEEK

4. 删除索引命令：

   DELETE TAG

即学即练

【试题 1】在 Visual FoxPro 中，对索引快速定位的命令是______。

A）LOCATE TAG　　　B）PACK TAG

C）SEEK TAG　　　D）CLEAR

TOP65：数据完整性—实体完整性和域完整性

真题分析

【真题 1】通过指定字段的数据类型和宽度来限制该字段的取值范围，这属于数据完整性中的________。(2003 年 9 月)

A）参照完整性　　B）实体完整性

C）域完整性　　D）字段完整性

解析：数据完整性一般包括：实体完整性、域完整性、参照完整性。其中，域完整性指明字段的数据类型和宽度来限制该字段的取值范围。

答案：C

【真题 2】使用 SQL 语句增加字段的有效性规则，是为了能保证数据的________。(2004 年 9 月)

A）实体完整性　　B）表完整性

C）参照完整性　　D）域完整性

解析：数据完整性一般包括域完整性、实体完整性和参照完整性。使用 SQL 语句为字段增加有效性规则，是为了保证数据的域完整性。

答案：D

【真题 3】在创建数据库表结构时，给该表指定了主索引，这属于数据完整性中的________。(2005 年 4 月)

A）参照完整性　　B）实体完整性

C）域完整性　　D）用户定义完整性

解析：参照完整性与表之间的联系有关，是指当插入、删除或修改一个表中的数据时，通过参照引用相互关联的另一个表中的数据，来检查对表的数据操作是否正确。实体完整性是保证表中记录唯一的特性，即在一个表中不允许有重复的记录。在 Visual FoxPro 中利用主关键字或候选关键字来保证表中的记录唯一，即保证实体唯一性。

答案：B

【真题 4】在 Visual FoxPro 中，主索引可以保证数据的________完整性。(2006 年 4

月）

解析: 实体完整性是保证表中记录唯一的特征，即在一个表中不允许有重复的记录，所以，主索引可以保证数据的实体完整性。

答案: 实体

【真题5】在 Visual FoxPro 中，在数据库中创建表的 CREATE TABLE 命令中定义主索引、实现实体完整性规则的短语是__________。（2007 年 4 月）

A）FOREIGN KEY　　B）DEFAULT

C）PRIMARY KEY　　D）CHECK

解析: 在 Visual FoxPro 中，通过 CREATE TABLE 命令创建表时，用 FOREIGN KEY 来定义外键，DEFAULT 来定义默认值，PRIMARY KEY 来定义主索引、实现完整性，用 CHECK 来定义有效性规则。

答案: C

【真题6】在 Visual FoxPro 中，数据库表的字段或记录的有效性规则的设置可以在__________。（2007 年 4 月）

A）项目管理器中进行　　B）数据库设计器中进行

C）表设计器中进行　　D）表单设计器中进行

解析: Visual FoxPro 中，在表设计器中可以对数据库表的字段或记录的有效性规则进行设置。

答案: C

【真题7】数据库表上字段有效性规则是一个________表达式。（2007 年 4 月）

解析: 字段有效性规则在插入或修改字段时被激活，主要用于数据输入正确性的检验，是逻辑表达式。

答案: 逻辑

题型点睛

1. 在数据库中数据完整性是指保证数据正确的特性，数据完整性一般包括实体完整性、域完整性和参照完整性等。

2. 实体完整性与主关键字

实体完整性是保证表中记录唯一的特性，即在一个表中不允许有重复的记录。在 Visual FoxPro 中利用主关键字或候选关键字来保证表中的记录唯一，即保证实体唯一性。

在 Visual FoxPro 中将主关键字称作主索引，将候选关键字称作候选索引。

3. 域完整性与约束规则

域约束规则也称作字段有效性规则，在插入或修改字段值时被激活，主要用于数据输入正确性的检验。

注意："规则"是逻辑表达式，"信息"是字符串表达式，"默认值"的类型则以字段的类型确定。

即学即练

【试题1】在 Visual FoxPro 中建立数据库时，将年龄字段值限制在 12~40 岁之间的这种约束属于________。

A）实体完整性约束　　B）域完整性约束

C）参照完整性约束　　D）视图完整性约束

【试题2】数据库表可以设置字段有效性规则，字段有效性规则属于________。

A）实体完整性范畴　　B）参照完整性范畴

C）数据一致性范畴　　D）域完整性范畴

【试题3】在定义字段有效性规则时，在规则框中输入的表达式类型是________。

TOP66：数据完整性—参照完整性

真题分析

【真题1】Visual FoxPro 的参照完整性规则不包括______。（2003 年 4 月）

A）更新规则　　B）删除规则

C）查询规则　　D）插入规则

解析：参照完整性规则包括更新规则、删除规则和插入规则。

答案：C

【真题 2】为了设置两个表之间的数据参照完整性，要求这两个表是________。（2003 年 9 月）

A）同一个数据库中的两个表　　B）两个自由表

C）一个自由表和一个数据库表　　D）没有限制

解析：只有同一个数据库中的两个表之间才能设置参照完整性。自由表中不能建立主关键字，也就无法建立表之间的联系，更无法设置两个表之间的参照完整性。

答案： A

【真题 3】数据库表可以设置字段有效性规则，字段有效性规则属于域完整性范畴，其中的"规则"是一个________。(2003 年 9 月)

A）逻辑表达式　　B）字符表达式

C）数值表达式　　D）日期表达式

解析： 字段有效性规则用来指定该字段的值必须满足的条件，为逻辑表达式。

答案： A

【真题 4】有关参照完整性的删除规则，正确的描述是________。(2004 年 9 月)

A）如果删除规则选择的是"限制"，则当用户删除父表中的记录时，系统将自动删除子表中的所有相关记录

B）如果删除规则选择的是"级联"，则当用户删除父表中的记录时，系统将禁止删除与子表相关的父表中的记录

C）如果删除规则选择的是"忽略"，则当用户删除父表中的记录时，系统不负责做任何工作

D）以上三种说法都不对

解析： 删除规则规定了当删除父表中的记录时，如果指定为"级联"，则自动删除子表中的相关所有记录；如果指定为"限制"，若子表中有相关的记录，则禁止删除父表中的记录；如果指定为"忽略"，则不作参照完整性检查，即删除父表的记录时与子表无关。

答案： C

【真题 5】当删除父表中的记录时，若子表中的所有相关记录也能自动删除，则相应的参照完整性的删除规则为________。(2004 年 9 月)

解析： 删除规则规定了当删除父表中的记录时，如果选择"级联"，则自动删除子表中的相关所有记录。

答案： 级联

【真题 6】Visual FoxPro 的"参照完整性"中"插入规则"包括的选择是________。(2005 年 4 月)

A）级联和忽略　　B）级联和删除

C）级联和限制　　D）限制和忽略

解析： 参照完整性规则包括更新规则、插入规则和删除规则。更新规则和删除规则

都包括级联、忽略和限制，而插入规则中只包括忽略和限制。

答案：D

【真题 7】在 Visual FoxPro 中，如果在表之间的联系中设置了参照完整性规则，并在删除规则中选择了“限制”，则当删除父表中的记录时，系统反应是________。（2005 年 4 月）

A）不做参照完整性检查

B）不准删除父表中的记录

C）自动删除子表中所有相关的记录

D）若子表中有相关记录，则禁止删除父表中记录

解析：删除规则规定了当删除父表中的记录时，如果选择“限制”，若子表中有相关的记录，则禁止删除父表中的记录；

答案：D

【真题 8】在 Visual FoxPro 中，假定数据库表 S（学号，姓名，性别，年龄）和 SC（学号，课程号，成绩）之间使用“学号”建立了表之间的永久联系，在参照完整性的更新规则、删除规则和插入规则中选择设置了“限制”，如果表 S 所有的记录在表 SC 中都有相关联的记录，则________。（2007 年 4 月）

A）允许修改表 S 中的学号字段值

B）允许删除表 S 中的记录

C）不允许修改表 S 中的学号字段值

D）不允许在表 S 中增加新的记录

解析：更新规则中如果选择“限制”，若子表中有相关的记录，则禁止修改父表中的连接字段值；删除规则中如果选择“限制”，若子表中有相关的记录，则禁止删除父表中的记录；插入规则中如果选择“限制”，若父表中没有相匹配的连接字段值，则禁止插入子记录。

答案：D

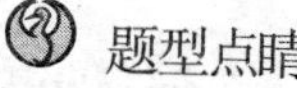

题型点睛

参照性与表之间的关联

参照完整性与表之间的联系有关，它的含义是：当插入、删除或修改一个表中的数据时，通过参照引用相互关联的另一个表中的数据，来检查对表的数据操作是否正确。

（1）建立表之间的联系

在数据库设计器中设计表之间的联系时，要在父表中建立主索引，在子表中建立普通索引，然后通过父表的主索引和子表的普通索引建立起两个表之间的联系。

(2) 设置参照完整性约束

参照完整性规则包括更新规则、删除规则和插入规则。

Ⅰ. 更新规则规定了当更新父表中的连接字段值时，如何处理相关的子表中的记录:

如果选择“级联”，则用新的连接字段值自动修改子表中的相关所有记录;

如果选择“限制”，若子表中有相关的记录，则禁止修改父表中的连接字段值;

如果选择“忽略”，则不作参照完整性检查，可以随意更新父记录的连接字段值。

Ⅱ. 删除规则当删除父表中的记录时:

如果选择“级联”，则自动删除子表中的相关所有记录;

如果选择“限制”，若子表中有相关的记录，则禁止删除父表中的连接字段值;

如果选择“忽略”，则不作参照完整性检查，可以随意删除父记录的连接字段值。

Ⅲ. 插入规则规定了当插入子表中的记录时:

如果选择“限制”，若父表中没有相匹配的连接字段值则禁止插入子记录;

如果选择“忽略”，则不作参照完整性检查，可以随意插入子记录。

即学即练

【试题1】在 Visual FoxPro 中，参照完整性规则包括更新规则、删除规则和________规则。

【试题 2】如果指定参照完整性的删除规则为“级联”，则当删除父表中的记录时________。

A）系统自动备份父表中被删除记录到一个新表中

B）若子表中有相关记录，则禁止删除父表中记录

C）会自动删除子表中所有相关记录

D）不作参照完整性检查，删除父表记录与子表无关

【试题3】Visual FoxPro 参照完整性规则不包括________。

A）更新规则　　B）限制规则

C）插入规则　　D）删除规则

【试题4】在 Visual FoxPro 中进行参照完整性设置时，要想设置成：当更改父表中的主关键字段或候选关键字段时，自动更改所有相关子表中的对应值，应选择________。

A）级联　　B）限制

C）忽略　　D）插入

【试题 5】在 Visual FoxPro 中，通过建立数据库表的主索引可以保证数据的________完整性。

TOP67：数据库表

真题分析

【真题 1】使数据库表变为自由表的命令是________。(2004 年 4 月)

A）DROP TABLE　　B）REMOVE TABLE

C）FREE TABLE　　D）RELEASE TABLE

解析：当某个数据库不再使用某个表，而其他数据库要使用该表时，必须将该表从当前数据库中移出，使之成为自由表。命令格式为：

REMOVE TABLE <数据库表名>

答案：B

【真题 2】扩展名为 dbf 的是________。(2004 年 9 月)

A）表文件　　B）表单文件

C）数据库文件　　D）项目文件

解析：扩展名为 dbf 的文件是表文件，表单的扩展名为 scx，数据库文件的扩展名为 dbc，项目文件的扩展名为 pjx。

答案：A

【真题 3】在 Visual FoxPro 中，可以在表设计器中为字段设置默认值的表是________。(2005 年 4 月)

解析：数据库表可以为字段指定标题、添加注释、指定默认值、输入掩码、规定字段级规则和记录级规则。

答案：数据库表

题型点睛

1. 数据库表

数据库表可以使用长表名，在表中可以使用长字段名，可以为数据库表中的字段指定标题和添加注释，可以为数据库表的字段指定默认值和输入掩码，数据库表的字段有默认的控件类，可以为数据库表规定字段级规则和记录级规则，数据库表支持主关键字，参照完整性和表之间的联系，还支持 INSERT，UPDATE 和 DELETE 事件的触发器。

2. 从数据库中移出表

当数据库不再使用某个表，而其他数据库要使用该表时，必须将该表从当前数据库中移出，使之成为自由表，

在项目管理器中，将数据库下的表展开，并选定所要移出的具体表，然后单击“移去”按钮。还可以用 REMOVE TABLE<数据库表名>命令将一个表从数据库中移出。

即学即练

【试题 1】使数据库表变成自由表的命令是________TABLE。

【试题 2】在 Visual FoxPro 中，可以对字段设置默认值的表是________。

A）数据库表　　B）自由表

C）自由表和数据库表　　D）以上都不对

TOP68：自由表

真题分析

【真题 1】在 Visual FoxPro 中，关于自由表叙述正确的是________。（2003 年 4 月）

A）自由表和数据库表是完全相同的

B）自由表不能建立字段级规则和约束

C）自由表不能建立候选索引

D）自由表不可以加入到数据库中

解析： 自由表不能使用长表名；自由表不能为字段指定标题、添加注释、默认值和输入掩码；自由表不能规定字段级和记录级规则，不支持主关键字、参照完整性和表之间的联系；自由表只能建立候选索引、唯一索引和普通索引，不能建立主索引。

答案： B

【真题 2】在 Visual FoxPro 中，所谓自由表就是那些不属于________的表。（2006 年 9 月）

解析：所谓自由表就是那些不属于任何数据库的表，当没有数据库打开时，建立的表就是自由表。

答案：数据库

题型点睛

1. 自由表

自由表就是那些不属于任何数据库的表，扩展名为.dbf。

2. 自由表特点

(1) 不能使用长表名；

(2) 不能为字段指定标题、添加注释、默认值和输入掩码；

(3) 不能规定字段级和记录级规则，不支持主关键字、参照完整性和表之间的联系；

(4) 只能建立候选索引、唯一索引和普通索引，不能建立主索引。

3. 将自由表添加到数据库中的命令

ADD TABLE <自由表名>

一个表只能属于一个数据库，当一个自由表添加到某个数据库后就不再是自由表了，所以不能把已经属于某个数据库的表添加到当前数据库，否则会有错误提示。

即学即练

【试题 1】下列关于自由表的叙述，正确的是________。

A）全部是用以前版本的 FOXPRO（FOXBASE）建立的表

B）可以用 VFP 建立，但是不能把它添加到数据库中

C）自由表可以添加到数据库中，数据库表也可以从数据库中移出成为自由表

D）自由表可以添加到数据库中，但数据库表不可以从数据库中移出成为自由表

TOP69：多个表的同时使用

真题分析

【真题 1】两表之间“临时性”联系称为关联，在两个表之间的关联已经建立的情况下，有关“关联”的正确叙述是________。（2003 年 9 月）

A）建立关联的两个表一定在同一个数据库中

B）两表之间“临时性”联系是建立在两表之间“永久性”联系基础之上的

C）当父表记录指针移动时，子表记录指针按一定的规则跟随移动

D）当关闭父表时，子表自动被关闭

解析：在 Visual FoxPro 中，建立“临时性”联系的两个表可以不属于同一个数据库，并且与是否存在“永久性”联系无关。当父表指针移动时，子表的记录也会按照一定的规则跟随移动。表的打开与关闭是独立进行的，一个表的打开与关闭不影响另一个表。

答案：C

【真题 2】执行下列一组命令之后，选择“职工”表所在工作区的错误命令是______。（2003 年 9 月）

```
CLOSE ALL
    USE 仓库 IN 0
    USE 职工 IN 0
```

A）SELECT 职工

B）SELECT 0

C）SELECT 2

D）SELECT B

解析：在 Visual FoxPro 中，SELECT 0 是选择一个编号最小并且没有使用的工作区。上述命令执行后，“职工”表在 2 号工作区。如果想用命令来指定工作区，可以用 SELECT <工作区号>或 SELECT <工作区别名>，“职工”表系统默认的工作区别名是表名和字母 B。

答案：B

【真题 3】在 Visual FoxPro 中选择一个没有使用的、编号最小的工作区的命令是________（关键字必须拼写完整）。（2003 年 9 月）

解析：在 Visual FoxPro 中，选择工作区的命令是 SELECT <工作区号>。0 表示没有使用的、编号最小的工作区号。

答案：SELECT 0

【真题 4】使用数据库设计器为两个表建立联系，首先应在父表中建立________索引，在子表中建立________索引。（2004 年 4 月）

解析：使用数据库设计器为两个表建立联系时，要在父表中建立主索引，在子

表中建立普通索引，然后通过父表的主索引和子表的普通索引建立起两个表之间的联系。

答案：主，普通。

【真题 5】设有两个数据库表，父表和子表之间是一对多的联系，为控制子表和父表的关联，可以设置“参照完整性规则”，为此要求这两个表________。（2005 年 4 月）

A）在父表连接字段上建立普通索引，在子表连接字段上建立主索引

B）在父表连接字段上建立主索引，在子表连接字段上建立普通索引

C）在父表连接字段上不需要建立任何索引，在子表连接字段上建立普通索引

D）在父表和子表的连接字段上都要建立主索引

解析：参照完整性与表之间的联系有关。在数据库设计器中设计表之间的联系时，要在父表中建立主索引，在子表中建立普通索引，然后通过父表的主索引和子表的普通索引建立起两个表之间的联系。

答案：B

【真题 6】下面有关表间永久联系和关联的描述中，正确的是________。（2005 年 9 月）

A）永久联系中的父表一定有索引，关联中的父表不需要有索引

B）无论是永久联系还是关联，子表一定有索引

C）永久联系中子表的记录指针会随父表的记录指针的移动而移动

D）关联中父表的记录指针会随子表的记录指针的移动而移动

解析：在开发 Visual FoxPro 应用程序时，不仅需用永久联系，有时也需使用能够控制表间记录指针关系的临时联系，这种临时联系称为关联。建立临时联系的索引关键字，一般应该是父表的主索引，子表的普通索引。

答案：B

题型点睛

1. 多工作区的概念

如果在同一时刻需要打开多个表，则只需要在不同的工作区中打开不同的表就可以了。系统默认的总是在 1 号工作区中工作，以前没有指定工作区，实际上都是在第 1 个工作区打开表和操作表。

指定工作区的命令是：

```
SELETE n
```

其中 n 是一个大于等于 0 的数字，用于指定工作区号，最小的工作区号是 1，最大的工作区号是 32767。如果这里指定为 0，则选择编号最小的可用工作区，即尚未使用的工作区。

2. 使用不同工作区的表

除了用 SELETE 命令切换工作区使用不同的表外，也允许在一个工作区中使用另外一个工作区中的表，即短语 IN，其格式为：

IN nWorkArea/cTableAlias

其中 nWorkArea 指定工作区号，cTableAlias 指定表名或表的别名。

在一个工作区中还可以直接利用表名或别名引用另一个表中的数据，具体方法是在别名后加上点号分隔符“.”或“->”操作符，然后再接字段名。

3. 表之间的关联

建立临时联系的命令：

SET RELATION TO

指定建立临时联系的索引关键字，一般应该是父表的主索引，子表的普通索引。用工作区号或表的别名说明临时联系是由当前工作区的表到哪个表的。

4. 排序

物理排序命令：

SORT

索引可以使用户按照某种顺序浏览或查找表中的记录，这时的顺序是逻辑的，是通过索引关键字实现的。

即学即练

【试题 1】在 Visual FoxPro 中，最多同时允许打开________个数据库表和自由表。

A）225　　B）10

C）32767　　D）65500

【试题 2】每个工作区同时可以打开________个数据表文件。

A）1　　B）10

C）2　　D）15

【试题 3】实现表之间临时联系的命令是________。

本章即学即练答案

序号	答案	序号	答案
TOP53	【试题 1】答案：A	TOP54	【试题 1】答案：CREATE DATABASE ABC（或 CREATE DATA ABC） 【试题 2】答案：D
TOP55	【试题 1】答案：B 【试题 2】答案：B	TOP56	【试题 1】答案：MODIFY STRUCTURE TEACHER
TOP57	【试题 1】答案：DELETE DATBASE AAA 【试题 2】答案：B	TOP58	【试题 1】答案：D 【试题 2】答案：A 【试题 3】答案：B
TOP59	【试题 1】答案：A	TOP60	【试题 1】答案：D 【试题 2】答案：A 【试题 3】答案：D 【试题 4】答案：A
TOP61	【试题 1】答案：D 【试题 2】答案：A 【试题 3】答案：C 【试题 4】答案：主、普通	TOP62	【试题 1】答案：查询 【试题 2】答案：D
TOP63	【试题 1】答案：D 【试题 2】答案：INDEX ON 姓名+DTOC（出生年月）	TOP64	【试题 1】答案：C
TOP65	【试题 1】答案：B 【试题 2】答案：D 【试题 3】答案：逻辑型	TOP66	【试题 1】答案：插入 【试题 2】答案：C 【试题 3】答案：B 【试题 4】答案：A 【试题 5】答案：实体
TOP67	【试题 1】答案：REMOVE 【试题 2】答案：A	TOP68	【试题 1】答案：C
TOP69	【试题 1】答案：C 【试题 2】答案：A 【试题 3】答案：SET RELATION TO		

第9章　关系数据库标准语言SQL

TOP70：SQL 查询语言特点

真题分析

【真题 1】在 Visual FoxPro 中，以下有关 SQL 的 SELECT 语句的叙述中，错误的是________。（2005 年 4 月）

A）SELECT 子句中可以包含表中的列和表达式

B）SELECT 子句中可以使用别名

C）SELECT 子句规定了结果集中的列顺序

D）SELECT 子句中列的顺序应该与表中列的顺序一致

解析：SELECT 子句中列的顺序不一定与原数据表一致，可以重新排列。

答案：D

【真题 2】SQL SELECT 语句的功能是 ________。（2006 年 4 月）

解析：SQL SELECT 语句的功能是进行数据查询。

答案：数据查询

【真题 3】在 SQL 语句中空值用________表示。（2006 年 9 月）

解析：在 SQL 语句中，空值用 NULL 表示。

答案：NULL

题型点睛

1. SQL 是结构化查询语言 Structured Query Language 的缩写。

2. SQL 语言的主要特点

(1) SQL 语言是一种高度非过程化的语言，它没有必要一步步地告诉计算机“如何”去做，而只需要描述清楚用户要“做什么”，SQL 语言就可以将要求交给系统，自动完成全部工作。

(2) SQL 是一种一体化的语言，它包括了数据定义、数据查询、数据操纵和数据控制等方面的功能，它可以完成数据库活动中的全部工作。

(3) SQL 语言可以直接以命令方式交互使用，也可以嵌入到程序设计语言中以程序方式使用。

(4) SQL 语言非常简洁。

即学即练

【试题 1】SQL 是英文单词________的缩写。

A）Standard Query Language　　B）Structured Query Language

C）Select Query Language　　D）以上都不是

TOP71：查询功能的命令语法

真题分析

【真题1】SQL支持集合的并运算，运算符是______。（2006年4月）

解析：SQL支持集合的并运算，运算符为UNION。

答案：UNION

【真题 2】以下有关 SELECT 语句的叙述中错误的是______。（2007 年 4 月）

A）SELECT 语句中可以使用别名

B）SELECT 语句中只能包含表中的列及其构成的表达式

C）SELECT 语句规定了结果集中的顺序

D）如果 FORM 短语引用的两个表有同名的列，则 SELECT 短语引用它们时必须使用表名前缀加以限定

解析：SELECT 语句中除了包含表中的列及其构成的表达式外，还可以包括常量等其他元素。

答案：B

题型点睛

1. 简单查询的格式如下:

SELECT Item

FROM Table

WHETE Condition

2. SQL 中主要短语的含义如下：

SELECT 说明要查询的数据；

FROM 说明要查询的数据来自哪个表，可以对单个表进行查询；

WHERE 说明查询条件，即选择元组的条件。

即学即练

【试题 1】SQL 语句中条件语句的关键字是______。

A）WHILE B）WHERE C）FOR D）CONDITON

TOP72：分组、排序查询

真题分析

【真题 1】假设“订单”表中有订单号、职员号、客户号和金额字段，正确的 SQL 语句只能是________。（2006 年 4 月）

A）SELECT 职员号 FROM 订单

GROUP BY 职员号 HAVING COUNT（*）>3 AND AVG_金额>200

B）SELECT 职员号 FROM 订单

GROUP BY 职员号 HAVING COUNT（*）>3 AND AVG（金额）>200

C）SELECT 职员号 FROM 订单

GROUP BY 职员号 HAVING COUNT（*）>3 WHERE AVG 金额>200

D）SELECT 职员号 FROM 订单

GROUP BY 职员号 WHERE COUNT（*）>3 AND AVG_金额>200

解析：HAVING短语必须跟随GROUP BY使用，用来限定分组必须满足的条件，求平均值用AVG()，所以B正确。

答案：B

【真题 2】SQL 的 SELECT 语句中，“HAVING<条件表达式>”用来筛选满足条件的

________。(2007 年 4 月)

A）列　　B）行　　C）关系　　D）分组

解析: HAVING 必须与 GROUP BY 一起使用，而 GROUP BY 短语对查询结果分组，所以"HAVING<条件表达式>"用来筛选满足条件的分组。

答案: D

【真题 3】在 SELECT 语句中，以下有关 HAVING 语句的正确叙述是________。(2007 年 4 月)

A）HAVING 短语必须与 GROUP BY 短语同时使用

B）使用 HAVING 短语的同时不能使用 WHERE 短语

C）HAVING 短语可以在任意的一个位置出现

D）HAVING 短语与 WHERE 短语功能相同

解析: HAVING 子句与 WHERE 子句并不矛盾；在查询中是先用 WHERE 子句限定元组，然后进行分组，最后在用 HAVING 子句限定元组；HAVING 子句总是跟在 GROUP BY 子句之后。所以 A 正确。

答案: A

【真题 4】在 SQL SELECT 语句的 ORDER BY 短语中如果指定了多个字段，则________。(2006 年 9 月)

A）无法进行排序　　B）只按第一个字段排序

C）按从左至右优先依次排序　　D）按字段排序优先级依次排序。

解析: ORDER BY 可以按多个列进行排序，缺省值为升序，即在 ORDER BY 后最先列示的列优先，即按从左至右优先依次排序。

答案: C

【真题 5】歌手"表中有"歌手号"、"姓名"和"最后得分"三个字段，"最后得分"越高名次越靠前，查询前 10 名歌手的 SQL 语句是:

SELECT * ________ FROM 歌手 ORDER BY 最后得分 ________。(2007 年 4 月)

解析: 查询前 10 名歌手应用"TOP"短语，最后得分应按降序排列，则用"DESC"短语。

答案: TOP 10，DESC

【真题 6】在 SQL 的 SELECT 查询中使用________子句消除查询结果中的重复记录。(2005 年 9 月)

解析：SQL 语句中，DISTINCT 短语是查询结果中不允许出现重复值。

答案：DISTINCT

【真题 7】在 SQL 的 SELECT 查询结果中，消除重复记录的方法是______。(2007 年 4 月)

A）通过指定主索引实现　　　　B）通过指定唯一索引实现

C）使用 DISTINCT 短语实现　　D）使用 WHERE 短语实现。

解析：在 SQL 中，如果要消除重复记录只需要使用 DISTINCT 短语。

答案：C

题型点睛

1. GROUP BY 子句和HAVING子句

在SELECT查询中，GROUP BY子句和HAVING子句有着非常大的比重，关于这两个子句的含义如下：

GROUP BY 短语用于对查询结果进行分组，可以利用它进行分组汇总；

HAVING短语必须跟随GROUP BY使用，它用来限定分组必须满足的条件。

2. ORDER BY 短语

在 SELECT 查询中还有一个短语就是 ORDER BY，ORDER BY 短语用来对查询的结果进行排序，对最终结果进行排序，不可以在子查询中使用该短语。

ORDER BY可以对多个列进行排列，缺省值为升序，即在ORDER BY后最先列示的列优先，即按从左至右优先依次排序。

3. DISTINCT短语

在SQL中另外一个经常被使用的短语是DISTINCT，DISTINCT短语的作用是去掉查询结果中的重复值。

即学即练

【试题 1】下列关于 SQL 中 HAVING 子句的描述，错误的是________。

A）HAVING 子句必须与 GROUP BY 子句同时使用

B）HAVING 子句与 GROUP BY 子句无关

C）HAVING 短语必须跟随 GROUP BY 使用，它用来限定分组必须满足的条件

D）使用 HAVING 子句的作用是限定分组的条件

【试题 2】在 SQL 的 SELECT 语句进行分组计算查询时，可以使用______子句来去掉不满足条件的分组。

【试题 3】SQL SELECT 语句中的 ORDER BY 子句对应于查询设计器中的______。

A）"字段"选项卡　　B）"筛选"选项卡

C）"排序依据"选项卡　　D）"分组依据"选项卡

【试题 4】查询设计器中的"无重复记录"等效于执行 SQL SELECT 语句中的________。

A）JOIN ON　　B）WHERE

C）ORDER BY　　D）DISTINCT

TOP73：几个特殊的运算符

真题分析

【真题 1】在 SQL 语句中，与表达式"工资 BETWEEN 1210 AND 1240"功能相同的表达式是________。（2003 年 9 月）

A）工资>=1210 AND 工资<=1240

B）工资>1210 AND 工资<1240

C）工资<=1210 AND 工资>1240

D）工资>=1210 OR 工资<=1240

解析: SQL 中的 BETWEEN……AND……表示"……和……之间"，用 BETWEEN 表示包括两个端点的值。工资 BETWEEN 1210 AND 1240 表示工资大于等于 1210 并且小于等于 1240。

答案: A

【真题 2】在 SQL 语句中，与表达式"年龄 BETWEEN 12 AND 46"功能相同的表达式是__________。（2007 年 4 月）

A）年龄>=12 OR<=46　　B）年龄>=12 AND<=46

C）年龄>=12OR 年龄<=46　　D）年龄>=12 AND 年龄<=46

解析: "BETWEEN ……AND……"表示在"……和……之间"，包括两个端点在内。

答案: D

【真题 3】在 SQL 语句中，与表达式"仓库号 NOT IN（"wh1"，"wh2"）"功能相

同的表达式是________。(2003 年 9 月)

A) 仓库号="wh1" AND 仓库号="wh2"

B) 仓库号!="wh1" OR 仓库号#"wh2"

C) 仓库号<>"wh1" OR 仓库号!="wh2"

D) 仓库号!="wh1"AND 仓库号!="wh2"

解析:"仓库号 NOT IN ("wh1","wh2")"表示仓库号不在"wh1"和"wh2"字段中,在 Visual FoxPro 中不等号用"!="表示。

答案:D

【真题 4】在 SQL 语句中,与表达式"供应商名 LIKE "%北京%""功能相同的表达式是________。(2004 年 4 月)

A) LEFT(供应商名,4)="北京"　　B) "北京" $ 供应商名

C) 供应商名 IN "%北京%"　　D) AT(供应商名,"北京")

解析:LIKE 是字符串匹配运算符,通配符%表示 0 个或多个任意字符。而 LEFT()从指定表达式值的左端取一个指定长度的子串作为函数值;$测试子串包含符,如果左边的字符串包含在右边的字符串中则结果为真,如果左边的字符串不包含在右边的字符串中则结果为假。

答案:C

题型点睛

1. 关于"BETWEEN……AND……"我们需要注意它的意义:"……和……之间",它包括两个端点在内。

2. LIKE 是字符串匹配运算符。它通常和通配符"*"、"?"使用,"*"表示 0 个或者多个字符,而"?"表示一个字符。

3. NOT 是否定运算符,应用很广,有 NOT IN,NOT BETWEEN 等。

即学即练

【试题 1】有如下 SQL SELECT 语句:

SELECT*FROM stock WHERE 单价 BETWEEN 12.76 AND 15.20

与该语句等价的是 ________。

A) SELECT*FROM stock WHERE 单价<=15.20.AND.单价>=12.76

B) SELECT*FROM stock WHERE 单价<15.20.AND.单价>12.76

C）SELECT*FROM stock WHERE 单价>=15.20.AND.单价<=12.76

D）SELECT*FROM stock WHERE 单价>15.20.AND.单价<12.76

TOP74：简单的计算查询

真题分析

【真题 1】统计只有 2 名以下（含 2 名）学生选修的课程情况，统计结果中的信息包括课程名称、开课院系和选修人数，并按选课人数排序。正确的命令是________。（2003 年 9 月）

学生.DBF：学号 C(8)，姓名 C(12)，性别 C(2)，出生日期 D，院系 C(8)

课程.DBF：课程编号 C (4)，课程名称 C(10)，开课院系 C(8)

学生成绩.DBF：学号 C(8)，课程编号 C(4)，成绩 I

A）SELECT 课程名称，开课院系，COUNT(课程编号) AS 选修人数;
FROM 学生成绩，课程 WHERE 课程.课程编号=学生成绩.课程编号;
GROUP BY 学生成绩.课程编号 HAVING COUNT(*)<=2;
ORDER BY COUNT(课程编号)

B）SELECT 课程名称，开课院系，COUNT(学号) 选修人数;
FROM 学生成绩，课程. WHERE 课程.课程编号=学生成绩.课程编号;
GROUP BY 学生成绩.学号 HAVING COUNT(*)<=2;
ORDER BY COUNT(学号)

C）SELECT 课程名称，开课院系，COUNT(学号) AS 选修人数;
FROM 学生成绩，课程 WHERE 课程.课程编号=学生成绩.课程编号;
GROUP BY 课程名称 HAVING COUNT(学号)<=2;
ORDER BY 选修人数

D）SELECT 课程名称，开课院系，COUNT(学号) AS 选修人数;
FROM 学生成绩，课程 HAVING COUNT(课程编号)<=2;
GROUP BY 课程名称 ORDER BY 选修人数

解析：在 SQL 中，统计学生学号的个数可以用 COUNT()函数来实现，学生的学号是唯一的，所以 A、B 不对，HAVING 短语只能跟随 GROUP BY 短语连用，用来限定分组的条件。对选修人数进行排序应该使用 ORDER BY 短语。

答案：C

【真题 2】查询有 10 名以上（含 10 名）职工的部门信息（部门名和职工人数），并按职工人数降序排序。正确的命令是______。（2004 年 4 月）

A）SELECT 部门名，COUNT（职工号）AS 职工人数;
FROM 部门，职工 WHERE 部门.部门号=职工.部门号;
GROUP BY 部门名 HAVING COUNT（*）>=10;
ORDER BY COUNT（职工号）ASC

B）SELECT 部门名，COUNT（职工号）AS 职工人数;
FROM 部门，职工 WHERE 部门.部门号=职工.部门号;
GROUP BY 部门名 HAVING COUNT（*）>=10;
ORDER BY COUNT（职工号）DESC

C）SELECT 部门名，COUNT（职工号）AS 职工人数;
FROM 部门，职工 WHERE 部门.部门号=职工.部门号;
GROUPBY 部门名 HAVING COUNT（*）>=10 ;
ORDER BY 职工人数 ASC

D）SELECT 部门名，COUNT（职工号）AS 职工人数;
FROM 部门，职工 WHERE 部门.部门号=职工.部门号;
GROUP BY 部门名 HAVING COUNT（*）>=10 ;
ORDER BY 职工人数 DESC

解析：用 AS 短语为 COUNT（职工号）定义新的字段名为职工人数，用 WHERE 短语通过部门表的部门号与职工表的部门号将两个表连接起来，用 GROUP BY 对部门名进行分组，HAVING COUNT（*）>=10 表示部门人数大于 10 人，用 ORDER BY 对职工人数进行排序，并按降序排列。ASC 表示按升序排列。

答案：D

【真题 3】使用 SQL 语句求"工商管理"系的所有职工的工资总和。SELECT ______(工资) FROM 教师；WHERE 系号 IN 9(SELECT 系号 FROM ______ WHERE 系名="工商管理") （2002 年 9 月）

"教师"表

职工号	姓名	职称	年龄	工资	系号
11020001	刘海洋	副教授	35	2000.00	01
11020002	张　良	教授	40	3000.00	02

"学院"表

系号	系名
01	外语
02	经管

解析：SQL 语句中，SUM()函数用来对字段值求和。"系号"字段属于学院表中的字段，所以应该 FROM 学院。

答案：SUM，学院

【真题 4】"职工"表有工资字段，计算工资合计的 SQL 语句是 SELECT________ FROM 职工。(2006 年 4 月)

解析：SUM——求和，所以计算工资合计应为：SUM(工资)

答案：SUM(工资)

【真题 5】查询每门课程的最高分，要求得到的信息包括课程名称和分数。正确的命令是________。(2003 年 9 月)

学生.DBF：学号 C(8)，姓名 C(12)，性别 C(2)，出生日期 D，院系 C(8)

课程.DBF：课程编号 C (4)，课程名称 C(10)，开课院系 C(8)

学生成绩.DBF：学号 C(8)，课程编号 C(4)，成绩 I

A）SELECT 课程名称，SUM(成绩) AS 分数 FROM 课程，学生成绩;
　WHERE 课程.课程编号=学生成绩.课程编号;
　GROUP BY 课程名称

B）SELECT 课程名称，MAX(成绩) 分数 FROM 课程，学生成绩;
　WHERE 课程.课程编号=学生成绩.课程编号;
　GROUP BY 课程名称

C）SELECT 课程名称，SUM(成绩) 分数 FROM 课程，学生成绩;
　WHERE 课程.课程编号=学生成绩.课程编号;
　GROUP BY 课程.课程编号

D）SELECT 课程名称，MAX(成绩) AS 分数 FROM 课程，学生成绩;

WHERE 课程.课程编号=学生成绩.课程编号;

GROUP BY 课程编号

解析：SQL 中，MAX()函数是查询课程的最高分，通过课程表的课程编号和学生成绩表的课程编号相同连接课程表和学生成绩表，GROUP BY 对课程编号分组，最后显示课程名称和分数字段。

答案：D

【真题 6】假设同一名称的产品有不同的型号和产地，则计算每种产品平均单价的 SQL 语句是________。（2006 年 4 月）

A）SELECT 产品名称，AVG(单价)FROM 产品 GROUP BY 单价

B）SELECT 产品名称，AVG(单价)FROM 产品 ORDER BY 单价

C）SELECT 产品名称，AVG(单价)FROM 产品 ORDER BY 产品名称

D）SELECT 产品名称，AVG(单价)FROM 产品 GROUP BY 产品名称

解析：求平均使用 AVG，而 GROUP BY 对每种产品进行分组。

答案：D

题型点睛

1. 计数函数 COUNT()

在 SQL 中除了在前面提到的一些短语外，还有一些计算检索的函数，而 COUNT 就是一个对结果进行统计的函数。

2. 求和函数 SUM()

SUM 也是计算检索的函数之一，它是对一个列求和。通常在考试中需要注意的是求和的对象，要注意是哪一列。

3. 平均值函数 AVG()、最大值函数 MAX()、最小值函数 MIN()

这三个函数意思分别是求平均、求最大值、求最小值。关于这三个的考点通常不会单独命题，只会在综合题中涉及。

即学即练

【试题 1】在 SQL 中用于计算检索的函数有______、SUM、AVG、MAX 和 MIN。

【试题 2】“销售员”表中有销售额字段，计算销售额合计的 SQL 语句是：SELECT __________FROM 销售员。

【试题 3】在 SQL 中用于求最小值的计算检索函数是________。

TOP75：简单查询

真题分析

【真题 1】查询订购单号（字符型，长度为 4）尾字符是"1"的错误命令是________。（2003 年 9 月）

A）SELECT * FROM 订单 WHERE SUBSTR（订购单号，4）="1"

B）SELECT * FROM 订单 WHERE SUBSTR（订购单号，4，1）="1"

C）SELECT * FROM 订单 WHERE "1"$订购单号

D）SELECT * FROM 订单 WHERE RIGHT（订购单号，1）="1"

解析："1"$订购单号只能测试订购单号中有 1 但并不是尾字符为 1。SUBSTR()从指定表达式值的指定起始位置取指定长度的子串作为函数值。RIGHT()从指定表达式值的右端取一个指定长度的子串作为函数值。$测试字符串包含函数，如果左边的字符串包含在右边字符串中则表达式返回真，否则为假。

答案：C

【真题 2】使用 SQL 语句从表 STUDENT 中查询所有姓王的同学的信息，正确的命令是________。（2003 年 4 月）

A）SELECT * FROM STUDENT WHERE LEFT（姓名，2）= "王"

B）SELECT * FROM STUDENT WHERE RIGHT（姓名，2）= "王"

C）SELECT * FROM STUDENT WHERE TRIM（姓名，2）= "王"

D）SELECT * FROM STUDENT WHERE STR（姓名，2）= "王"

解析：LEFT()从指定表达式值的左端取一个指定长度的子串作为函数值，LEFT（姓名，2）= “王”表示从姓名字段中取第一个字为王。

答案：A

【真题 3】设有学生表 S（学号，姓名，性别，年龄），查询所有年龄小于等于 18 岁的女同学，并按年龄进行降序生成新的表 WS，正确的 SQL 命令是________。（2007 年 4 月）

A）SELECT * FROM S

```
    WHERE 性别="女"AND 年龄<=18
      ORDER BY 4 DESC INTO TABLE WS
B）SELECT * FROM S
    WHERE 性别="女" AND 年龄<=18
      ORDER BY 年龄 INTO TABLE WS
C）SELECT * FROM S
    WHERE 性别="女"AND 年龄<=18
      ORDER BY "年龄" DESC INTO TABLE WS
D）SELECT * FROM S
    WHERE 性别="女" OR 年龄<=18
      ORDER BY "年龄" ASC INTO TABLE WS
```

解析：按年龄降序排列先用 DESC 短语，对字段的排序有两种表示方式，分别是按列号和字段名排序，字段名是变量名所以不应加引号，故 C 选项错误。

答案：A

题型点睛

简单查询基于单个表，可以有简单的查询条件。这样的查询由 SELECT 和 FROM 短语构成无条件查询，或由 SELECT、FORM 和 WHERE 短语构成条件查询。

即学即练

试题 1 到试题 4 使用如下表的数据：

部门表

部门号	部门名称
40	家用电器部
10	电视录摄像机部
20	电话手机部
30	计算机部

商品表

部门号	商品号	商品名称	单价	数量	产地
40	0101	A 牌电风扇	200.00	10	广东
40	0104	A 牌微波炉	350.00	10	广东
40	0105	B 牌微波炉	600.00	20	广东
20	1032	C 牌传真机	1000.00	20	上海
40	0107	D 牌微波炉_A	420.00	10	北京
20	0110	A 牌电话机	200.00	50	广东
20	0112	B 牌手机	2000.00	10	广东
40	0202	A 牌电冰箱	3000.00	2	广东
30	1041	B 牌计算机	6000.00	10	广东
30	0204	C 牌计算机	10000.00	10	上海

【试题 1】SQL 语句：SELECT 部门号，MAX(单价*数量) FROM 商品表 GROUP BY 部门号

查询结果有________条记录。(2003 年 4 月)

A）1　　B）4　　C）3　　D）10

【试题 2】SQL 语句

SELECT 产地，COUNT(*) 提供的商品种类数；

FROM 商品表 ；

WHERE 单价>200 ；

GROUP BY 产地 HAVING COUNT(*)>=2

ORDER BY 2 DESC

查询结果的第一条记录的产地和提供的商品种类数是________。(2003 年 4 月)

A）北京，1　　B）上海，2

C）广东，5　　D）广东，7

【试题 3】SQL 语句：

SELECT 部门表.部门号，部门名称，SUM(单价*数量)

FROM 部门表，商品表

WHERE 部门表.部门号=商品表.部门号

GROUP BY 部门表. 部门号

查询结果是________。(2003 年 4 月)

A）各部门商品数量合计　　B）各部门商品金额合计

C）所有商品金额合计　　D）各部门商品金额平均值

【试题 4】SQL 语句：

SELECT 部门表. 部门号，部门名称，商品号，商品名称，单价

FROM 部门表，商品表

WHERE 部门表. 部门号=商品表. 部门号

ORDERE BY 部门表. 部门号 DESC，单价

查询结果的第一条记录的商品号是________。(2003 年 4 月)

A）0101　　B）0202　　C）0110　　D）0112

TOP76：嵌套查询

真题分析

【真题 1】有 SQL 语句：

SELECT DISTINCT 系号 FROM 教师 WHERE 工资>=

ALL(SELECT 工资 FROM 教师 WHERE 系号="02")

该语句的执行结果是系号_______。(2004 年 9 月)

A）"01"和"02"　　B）"01"和"03"

C）"01"和"04"　　D）"02"和"03"

解析：工资>=ALL(SELETE 工资 FROM 教师 WHERE 系号="02")：表示查询那些工资比 02 系工资都高的教师所在的系号，外部再对选出的结果选出他们的系号。这是一个嵌套查询，DINSTINCT 表示不允许出现重复字段。

答案：A

【真题 2】设有学生选课表 SC(学号，课程号，成绩)，用 SQL 检索同时选修课程号为“C1”和“C5”的学生的学号的正确命令是_______。(2007 年 4 月)

A）SELECT 学号 RORM SC

WHERE 课程号="C1"AND 课程号="C5"

B）SELECT 学号 RORM SC

WHERE 课程号="C1"AND 课程号=

(SELECT 课程号 FROM SC WHERE 课程号="C5")

C）SELECT 学号 RORM SC

WHERE 课程号="C1"AND 学号

=(SELECT 学号 FROM SC WHERE 课程号="C5")

D）SELECT 学号 RORM SC

WHERE 课程号="C1"AND 学号 IN

(SELECT 学号 FROM SC WHERE 课程号="C5")

解析：本题建立的是 SELECT——SQL 命令的嵌套查询语句。在这个命令中要用到两个 SELECT——FROM——WHERE 查询块，即内层块和外层块，通过查询块检索同时选修“C1”和“C5”的学生的学号。

答案：D

题型点睛

顾名思义嵌套查询就是在一个 SELECT——FROM——WHERE 查询块中插入了一个或多个查询块，而这些主要用在复杂查询或者是要求比较多的查询，在这里我们要注意两个查询块接触的地方，理解意思，使用正确的用法。

即学即练

【试题 1】设有学生表：S(学号，姓名，性别，出生日期，院系)

用 SQL 命令查询选修的每门课程的成绩都高于或等于 85 分的学生的学号和姓名，正确的命令是________。

A）SELECT 学号，姓名 FROM S WHERE NOT EXISTS

(SELECT * FROM SC WHERE SC.学号=S.学号 AND 成绩<85)

B）SELECT 学号，姓名 FROM S WHERE NOT EXISTS

(SELECT * FROM SC WHERE SC.学号=S.学号 AND 成绩>=85)

C）SELECT 学号，姓名 FROM S，SC

WHERE SC.学号=S.学号 AND 成绩>=85

D）SELECT 学号，姓名 FROM S，SC

WHERE SC.学号=S.学号 AND ALL 成绩>=85

TOP77：连接查询

真题分析

【真题 1】设有学生表 S(学号，姓名，性别，年龄)，课程表 C(课程号，课程名，学分)和学生选课表 SC(学号，课程号，成绩)，检索学号、姓名和学生所选课程名和成绩，正确的 SQL 命令是__________。(2007 年 4 月)

A）SELECT 学号，姓名，课程名，成绩 FROM S，SC，C

WHERE S.学号 =SC.学号 AND SC.学号=C.学号

B）SELECT 学号，姓名，课程名，成绩

FROM (S JOIN SC ON S.学号=SC.学号) JOIN C

ON SC.课程号 =C.课程号

C）SELECT S.学号，姓名，课程名，成绩

FROM S JOIN SC JOIN C ON S.学号=SC.学号 ON

SC.课程号 =C.课程号

D）SELECT S.学号，姓名，课程名，成绩

FROM S JOIN SC JOIN C ON

SC.课程号=C.课程号 ON S.学号 =SC.学号

解析：本题是一个连接查询，利用 WHERE 将三个表连接起来。

答案：A

题型点睛

连接查询是基于多个关系的查询。在 SQL 查询语句中建立两个表之间的连接可以用 JOIN 关键字连接左右两个<表名>所指的表。JOIN 为普通连接，在 Visual FoxPro 中称为内部连接，即只有满足连接条件的记录才会出现在查询结果中。用 ON 子句指定连接条件；也可以一次性在 WHERE 子句中指定连接条件和筛选条件。

即学即练

【试题 1】设有如下两个表：

学生表：S(学号，姓名，性别，出生日期，院系)

课程表：C(课程号，课程名，学时)

用 SQL 语言检索选修课程在 5 门以上（含 5 门）的学生的学号、姓名和平均成绩，并按平均成绩降序排序，正确的命令是________。

A）SELECT S.学号，姓名，平均成绩 FROM　S，SC
　WHERE　S.学号=SC.学号
　GROUP BY S.学号
　HAVING COUNT(*)>=5 ORDER BY 平均成绩 DESC

B）SELECT 学号，姓名，AVG(成绩)FROM　S，SC
　WHERE　S.学号=SC.学号 AND COUNT(*)>=5
　GROUP BY 学号 ORDER BY 3 DESC

C）SELECT S.学号，姓名，AVG(成绩)平均成绩 FROM　S，SC
　WHERE　S.学号=SC.学号 AND COUNT(*)>=5
　GROUP BY S.学号 ORDER BY 平均成绩 DESC

D）SELECT S.学号，姓名，AVG(成绩)平均成绩 FROM　S，SC
　WHERE　S.学号=SC.学号
　GROUP BY S.学号 HAVING COUNT(*)>=5 ORDER BY 3 DESC

TOP78：使用量词和谓语查询

真题分析

【真题 1】设有 s(学号，姓名，性别)和 sc(学号，课程号，成绩)两个表，下面 SQL 的 SELECT 语句检索选修的每门课程的成绩都高于或等于 85 分的学生的学号、姓名和性别：

SELECT 学号，姓名，性别 FROM s

WHERE______(SELECT * FROM sc WHERE sc.学号=s.学号 AND 成绩<85)（2005年9月）

解析：EXISTS 是谓词，EXISTS 或 NOT EXISTS 是用来检查在子查询中有没有结果返回，即存在元组或不存在元组。

答案：NOT EXISTS

【真题 2】设有 S(学号，姓名，性别)和 SC(学号，课程号，成绩)两个表，如下 SQL 语句检索选修的每门课程的成绩都高于或等于 85 分的学生的学号、姓名和性别，正确的是________。

A）SELECT 学号，姓名，性别 FROM S WHERE EXISTS
(SELECT * FROM SC WHERE SC.学号=S.学号 AND 成绩<=85)

B）SELECT 学号，姓名，性别 FROM S WHERE NOT EXISTS
(SELECT * FROM SC WHERE SC.学号=S.学号 AND 成绩<=85)

C）SELECT 学号，姓名，性别 FROM S WHERE EXISTS
(SELECT * FROM SC WHERE SC.学号=S.学号 AND 成绩>85)

D）SELECT 学号，姓名，性别 FROM S WHERE NOT EXISTS
(SELECT * FROM SC WHERE SC.学号=S.学号 AND 成绩>85)

解析：EXISTS 是谓词，EXISTS 或 NOT EXISTS 是用来检查在子查询中有没有结果返回，即存在元组或不存在元组。选项 D 表示显示的是成绩不低于 85 分的学生的学号、姓名和性别，与题目要求相同。

答案：D

题型点睛

使用量词和谓语查询有以下两种形式：

<表达式><比较运算符> [ANY/ALL/SOME](子查询)

[NOT] EXISTS(子查询)

ANY、ALL 和 SOME 是量词，ALL 则要求子查询中的所有行都使结果为真时，结果才为真。ANY 和 SOME 是同义词，在进行比较运算时只要子查询中有一行能使结果为真，则结果就为真。

EXISTS 是谓词，EXISTS 或 NOT EXISTS 是用来检查子查询中是否有结果返回，即存在元组或不存在元组。

[NOT]EXISTS 只是判断子查询中是否有或没有结果返回，它本身并没有任何运算或比较。

即学即练

【试题 1】在 SQL 的嵌套查询中，量词 ANY 和________是同义词。在 SQL 查询时，使用________子句指出的是查询条件。

TOP79：超联接查询

真题分析

【真题 1】查询与项目“s1”（项目号）所使用的任意一个零件相同的项目号、项目名称、零件号和零件名称，使用的 SQL 语句是：

SELECT 项目.项目号，项目名称，使用零件.零件号，零件名称;

FROM 项目，使用零件，零件 WHERE 项目.项目号=使用零件.项目号________;

使用零件.零件号=零件.零件号 AND 使用零件.零件号________;

(SELECT 零件号 FROM 使用零件 WHERE 使用零件.项目号='1')（2004 年 4 月）

解析：设置多表联接条件时，使用 AND 短语联接多个查询条件，IN(SELECT 零件号 FROM 使用零件 WHERE 使用零件.项目号='s1')限定了查询的零件号必须与 s1 所用零件号相同。

答案：AND，IN

题型点睛

联接运算有关的语法格式如下：

```
SELECT…
FROM Table INNER /LEFT/RIGHT/FULL JOIN Table
ON JoinCondition
WHERE…
```

INNER JOIN 等价于 JOIN，为普通的联接，又称为内部联接。RIGHT JOIN 为右联接。LEFT JOIN 为左联接。FULL JOIN 可以称为全联接，即两个表中的记录不管是否满足联接条件将都在目标表或查询结果中出现，不满足联接条件的记录对应部分为NULL。

ON JoinCondition 指定联接条件。它的联接条件在ON 短语中给出，而不在WHERE 短语中，联接表在FROM 中给出。

即学即练

【试题1】在全联接中不满足联接条件的记录对应的部分用_____代替。

TOP80：SQL 中的几个特殊选项

真题分析

【真题1】在 Visual FoxPro 中，使用 SQL 的 SELECT 语句将查询结果存储在一个临时表中，应该使用______子句。(2005 年 9 月)

解析：SQL 语句中，查询结果可以以多种方式输出，存放在临时表中时用 INTO CURSOR。

答案：INTO CURSOR

【真题2】Visual FoxPro 中，使用 SQL 的 SELECT 语句将查询结果存储在一个数组中，应该使用______子句。

解析：SQL 语句中，查询结果可以以多种方式输出，存放到数组中用 INTO ARRAY 子句。

答案：INTO ARRAY

【真题3】在 SQL SELECT 语句中为了将查询结果存储到永久表应该使用______短语。(2006 年 9 月)

解析：SQL 语句中，查询结果可以以多种方式输出，存放在永久表中应用 INTO DBF/TABLE。

答案：INTO DBF/TABLE

题型点睛

1. 将查询结果直接输出到打印机：TO PRINTER[PROMPT]
2. 将查询结果存放到数组中：INTO ARRAY

3. 将查询结果存放在临时文件中：INTO CURSOR

4. 将查询结果存放到永久表中：INTO DBF/TABLE

5. 将查询结果存放到文本文件中：TO FILE

6. 显示部分结果：有时只需要满足条件的前几个记录，可以使用 TOP nExpr [PERCENT]短语，其中 nExpr 是数字表达式，当不使用 PERCENT 时，nExpr 是 1 至 32767 间的整数，说明显示前几个记录；当使用 PERCENT 时，nExpr 是 0.01 至 99.99 间的实数，说明显示结果中前百分之几的记录。TOP 短语与 ORDER BY 短语同时使用才有效。

即学即练

【试题 1】在 SQL SELECT 语句中将查询结果存放在一个表中应该使用_____子句（关键字必须拼写完整）。

TOP81：数据的插入

真题分析

【真题 1】使用 SQL 语句向学生表 S(SNO，SN，AGE，SEX)中添加一条新记录，字段学号（SNO）、姓名（SN）、性别（SEX）、年龄（AGE）的值分别为 0401、王芳、女、18，正确命令是________。（2005 年 4 月）

A）APPEND INTO S(SN0，SN，SEX，AGE)VALUES('0401'，'王芳'，'女'，18)

B）APPENDN S VALUES('0401'，'王芳'，'女'，18)

C）INSERT INTO S(SN0，SN，SEX，AGE)VALUES('0401'，'王芳'，'女'，18)

D）INSERT S　VALUES('0401'，'王芳'，'女'，18)

解析：VFP 支持 SQL 插入命令的标准格式如下：

INSERT INTO <数据表名> [（字段名）] VALUES <字段值>

INTO 后面是指定的表，VALUES 后面是插入指定的各个字段的值，插入的各个字段的值要与学生表中的字段顺序对应，APPEND 命令不能插入记录。

答案：C

【真题 2】到【真题 4】使用如下三个数据库表：

金牌榜.DBF　　国家代码 C（3），金牌数 I，银牌数 I，铜牌数 I

获奖牌情况.DBF　国家代码 C（3），运动员名称 C（20），项目名称 C（30），名次 I

国家.DBF　　　　国家代码 C（3），国家名称 C（20）

"金牌榜"表中一个国家一条记录；"获奖牌情况"表中每个项目中的各个名次都有一条记录，名次只取前3名，例如：

国家代码	运动员名称	项目名称	名次
001	刘翔	男子110米栏	1
001	李小鹏	男子双杠	3
002	菲尔普斯	游泳男子200米自由泳	3
002	菲尔普斯	游泳男子400米个人混合泳	1
001	郭晶晶	女子三米板跳板	1
001	李婷/孙甜甜	网球女子双打	1

【真题 2】为表"金牌榜"增加一个字段"奖牌总数"，同时为该字段设置有效性规则：奖牌总数>=0，应使用SQL语句：ALTER　TABLE　金牌榜.

_____奖牌总数 I _____奖牌总数>=0（2005年4月）

解析：修改表结构命令如下：

ALTER TABLE

该格式可以添加（ADD）新的字段或修改（ALTER）已有的字段，也可以修改字段的类型、宽度、有效性规则（CHECK）、错误信息、默认值，定义主关键字和联系等。

答案：ADD，CHECK

【真题 3】使用"获奖牌情况"和"国家"两个表查询"中国"所获金牌（名次为1）的数量，应使用SQL语句（2005年4月）

SELECT COUNT(*) FROM 国家 INNER JOIN 获奖牌情况_______国家.国家代码=获奖牌情况.国家代码

WHERE 国家.国家名称="中国" AND 名次=1

解析：进行多表查询，指定两个关键字进行联接时，JOIN短语应该与ON短语连用。

答案：ON

【真题 4】将金牌榜.DBF中的新增加的字段奖牌总数设置为金牌数、银牌数、铜牌数三项的和，应使用SQL语句：

______金牌榜 ____奖牌总数=金牌数+银牌数+铜牌数（2005 年 4 月）

解析：SQL 中数据更新命令如下：

UPDATE<表名>

SET…

WHERE<条件>

SET 奖牌总数=金牌数+银牌数+铜牌数：将奖牌总数设置为金牌数、银牌数和铜牌数之和。

答案：UPDATE，SET

【真题 5】要在"成绩"表中插入一条记录，应该使用的 SQL 语句是：______成绩(学号，英语，数学，语文)VALUE("2001100111"，91，78，86)。（2006 年 4 月）

解析：在 SQL 中，插入记录的短语为：INSERT INTO。

答案：INSERT INTO

【真题 6】设有关系 SC(SNO，CNO，GRADE)，其中 SNO、CNO 分别表示学号、课程号（两者均为字符型），GRADE 表示成绩（数值型），若要把学号为"S101"的同学，选修课程号为"C11"，成绩为 98 分的记录插到表 SC 中，正确的语句是________。（2007 年 4 月）

A）INSERT INTO SC(SNO，CNO，GRADE)　VALUES("S101"，"C11"，"98")

B）INSERT INTO SC(SNO，CNO，GRADE) VALUES (S101，C11，98)

C）INSERT("S101"，"C11"，"98")INTO SC

D）INSERT INTO SC VALUES("S101"，"C11"，"98")

解析：SQL 中插入记录的格式为：INSERT INTO 表名（字段名列表）VALUES（字段值），字段名与字段值必须相对应。

答案：D

题型点睛

SQL 插入命令的格式有两种，第一种格式是标准格式，第二种格式是 VFP 格式。

第一种格式：

```
INSERT INTO dbf name[(fname1[，fname2，…])]
VALUES [eExpression1，eExpression2，…]
```

第二种格式：

```
INSERT INTO dbf name FROM ARRAY ArrayName/FROM MEMVAR
```

其中：INSERT INTO dbf name 说明向由 dbf name 指定的表中插入记录，当插入的不是完整的记录时，可以用 fname1，fname2，…指定字段。

VALUES eExpression1[，eExpression2，…]给出具体的记录值。

FROM ARRAY ArrayName 说明从指定的数组中插入记录值。

FROM MEMVAR 说明根据同名的内存变量来插入记录值,如果同名的变量不存在，那么相应的字段为默认值。

即学即练

【试题 1】假设有数据库表职工表.DBF 结构如下：

职工表（员工编号 C（4），姓名 C（6），性别 C（2），年龄 N（3），职务 C（10），工资 N（7，2））下面 SQL 语句正确的是________。

A）INSERT INTO 职工表(员工编号，年龄，职务)VALUES("0012"，32，"部门经理")

B）INSERT INTO 职工表(姓名，年龄，职务)VALUES("欧阳雨露"，32，"部门经理")

C）INSERT INTO 职工表(姓名，年龄，职务)VALUES("李婷"，"32"，"部门经理")

D）INSERT INTO 职工表(员工编号，性别)VALUES("0012"，男，32)

【试题 2】如果学生表 STUDENT 是使用下面的 SQL 语句正确创建的：

CREATE TABLE STUDENT(SNO C(4) PRIMARY KEY NOT NULL，

SN C(8)，SEX C(2)，AGE N(2) CHECK(AGE>15 AND AGE<30))

下面的 SQL 语句中可以正确执行的是________。

A）INSERT INTO STUDENT(SNO，SEX，AGE) VALUES("S9"，"男"，17)

B）INSERT INTO STUDENT(SN，SEX，AGE) VALUES("李安琦"，"男"，20)

C）INSERT INTO STUDENT(SEX，AGE) VALUES("男"，20)

D）INSERT INTO STUDENT(SNO，SN) VALUES("S9"，"安琦"，16)

【试题 3】向学生表插入一条记录的正确命令是________。

A）APPEND INTO 学生 VALUES("10359999"，'张三'，'男'，'会计'，{^1983-10-28})

B）INSERT INTO 学生 VALUES("10359999"，'张三'，'男'，{^1983-10-28}，会计')

C）APPEND INTO 学生 VALUES("10359999"，'张三'，'男'，{^1983-10-28}，'会计')

D）INSERT INTO 学生 VALUES("10359999"，'张三'，'男'，{^1983-10-28})

TOP82：数据的复制

真题分析

【真题1】把当前表当前记录的学号、姓名字段值复制到数组 A 的命令是：FIELD 学号，姓名________。（2003年4月）

解析：SQL 语句中，将数据复制到数组的命令格式为：

FIELD <段名> TO <数组名>

答案：TO　A

题型点睛

SQL 语句中，将数据复制到数组的命令格式为：

FIELD　<段名> TO　<数组名>

即学即练

【试题1】SQL 语句中，将数据复制到数组的命令格式为：

FIELD <段名> ________<数组名>。

TOP83：数据的更新

真题分析

【真题1】将学生表 STUDENT 中的学生年龄（字段名是 AGE）增加1岁，应该使用的 SQL 命令是：UPDATE STUDENT__________（2003年9月）

解析：数据更新命令为：

UPDATE <数据表名> SET　字段名=表达式　WHERE　条件语句

AGE=AGE+1 表示学生年龄的值增加1岁。

答案：SET AGE=AGE+1

【真题 2】要使“产品”表中所有产品的单价上浮 8%，正确的 SQL 命令是________。（2006 年 4 月）

A）UPDATE 产品 SET 单价=单价+单价*8%FOR ALL

B）UPDATE 产品 SET 单价=单价*1.08%FOR ALL

C）UPDATE 产品 SET 单价=单价+单价*8%

D）UPDATE 产品 SET 单价=单价*1.08

解析：SQL 的数据操作语句的更新用 UPDATE 命令，单价上浮 8%，所以用单价=单价*1.08。

答案：D

题型点睛

SQL 的数据更新命令格式如下：

```
UPDATE TableName
SET Column Name1=eExpression1[，Column Name2=eExpression2…]
WHERE Condition
```

使用 WHERE 子句指定条件，以更新满足条件的一些记录的字段值，并且一次可以更新多个字段；如果不使用 WHERE 子句，则更新全部记录。

即学即练

【试题 1】在 Visual FoxPro 中，使用 SQL 命令将学生表 STUDENT 中的学生年龄 AGE 字段的值增加 1 岁，应该使用的命令是________。

A）REPLACE AGE WITH AGE+1

B）UPDATE STUDENT AGE WITH AGE+1

C）UPDATE SET AGE WITH AGE+1

D）UPDATE STUDENT SET AGE=AGE+1

TOP84：数据的删除

真题分析

【真题 1】在 Visual FoxPro 中，以下关于删除记录的描述，正确的是______。（2005

年 4 月）

A）SQL 的 DELETE 命令在删除数据库表中的记录之前，不需要用 USE 命令打开表

B）SQL 的 DELETE 命令和传统 Visual FoxPro 的 DELETE 命令在删除数据库表中的记录之前，都需要用 USE 命令打开表

C）SQL 的 DELETE 命令可以物理地删除数据库表中的记录，而传统 Visual FoxPro 的 DELETE 命令只能逻辑删除数据库表中的记录

D）传统 Visual FoxPro 的 DELETE 命令在删除数据库表中的记录之前不需要用 USE 命令打开表

解析：Visual FoxPro 的 DELETE 命令在删除数据库表中的记录时需要用 USE 命令打开表。SQL 的 DELETE 命令在删除数据库表中的记录时，不需要用 USE 命令打开表。SQL 的 DELETE 命令和 Visual FoxPro 的 DELETE 命令，都只能逻辑删除数据库中的记录，进行物理删除，需用命令 PACK。

答案：A

【真题 2】SQL 的数据操作语句不包括________。（2006 年 4 月）

A）INSERT　　B）UPDATE

C）DELETE　　D）CHANGE

解析：SQL 的数据操作语句包括插入（INSERT）、更新（UPDATE）和删除（DELETE）。

答案：D

【真题 3】“图书”表中有字符型字段“图书号”。要求用 SQL DELETE 命令将图书号以字母 A 开头的图书记录全部打上删除标记，正确的命令是________。（2006 年 4 月）

A）DELETE FROM 图书 FOR 图书号 LIKE "A%"

B）DELETE FROM 图书 WHILE 图书号 LIKE "A%"

C）DELETE FROM 图书 WHERE 图书号="A*"

D）DELETE FROM 图书 WHERE 图书号 LIKE "A%"

解析：逻辑删除记录命令为：DELETE FROM …WHERE…，图书号 LIKE "A%" 表示图书号以 A 开头的图书记录。

答案：D

【真题 4】从“订单”表中删除签订日期为 2004 年 1 月 10 日之前（含）的订单记

录，正确的SQL语句是________。(2006年4月)

A）DROP FROM 订单 WHERE 签订日期<={^2004-1-10}

B）DROP FROM 订单 FOR 签订日期<={^2004-1-10}

C）DELETE FROM 订单 WHERE 签订日期<={^2004-1-10}

D）DELETE FROM 订单 FOR 签订日期<={^2004-1-10}

解析：删除记录的命令为：DELETE FROM …WHERE…

答案：C

【真题5】不带条件的 DELETE 命令（非 SQL 命令）将删除指定表的________记录。(2006年9月)

解析：DELETE 命令如果不用 FOR 短语指定逻辑条件，则只逻辑删除当前一条记录；如果用 FOR 短语指定了逻辑表达式，则逻辑删除使该逻辑表达式为真的所有记录。

答案：当前

【真题6】以下不属于 SQL 数据操作命令的是________。(2007年4月)

A）MODIFY　　B）INSERT

C）UPDATE　　D）DELETE

解析：SQL 数据操作命令包括插入（INSERT）、更新（UPDATE）和删除（DELETE）。

答案：A

题型点睛

SQL 删除数据的命令格式如下：

DELETE FROM TableName [WHERE Condition]

FROM 指定从哪个表中删除数据，WHETE 指定被删除的记录所满足的条件，如果不使用 WHERE 子句，则删除该表中的全部记录。

即学即练

【试题1】SQL 插入记录的命令是 INSERT，删除记录的命令是________，修改记录的命令是________。

【试题2】使用 SQL 语句将学生表 S 中年龄（AGE）大于 30 岁的记录删除，正确的命令是________。

A）DELETE FOR AGE>30

B）DELETE FROM S WHERE AGE>30

C）DELETE S FOR AGE>30

D）DELETE S WHERE AGE>30

TOP85：表的定义

真题分析

【真题 1】在 Visual FoxPro 中，使用 SQL 的 CREATE TABLE 语句建立数据库表时，使用______子句说明主索引。（2005 年 9 月）

解析：用 SQL 的 CREATE TABLE 语句建立数据库表时，PRIMARY KEY 说明了满足实体完整性的主关键字，即主索引。

答案：PRIMARY KEY

【真题 2】在 Visual FoxPro 中，使用 SQL 的 CREATE TABLE 语句建立数据库表时，使用______子句说明有效性规则（域完整性规则或字段取值范围）。（2005 年 9 月）

解析：用 SQL 的 CREATE TABLE 语句建立数据库表时，CHECK 说明了有效性规则。

答案：CHECK

题型点睛

VFP 中可以通过 SQL 的 CREATE TABLE 命令建立表，命令格式如下：

```
CREATE TABLE/DBF TableName1[NAME Long TableName[FREE]
  (FieldName1 FieldType[(nFieldWidth[, nPrecision])][NULL/NOT NULL]
  [CHECK lExpression1[ERROR cMessageText1]]
  [DEFAULT eExpression1]
  [PRIMARY KEY/UNIQUE]
  [REFERENCES TableName2[TAG TagName1]]
  [NOCPTRANS]
  [, FieldName2…]
  [, PRIMARY KEY eExpression2 TAG TagName2
  /,   UNIQUE eExpression3 TAG TagName3]
```

[, FOREIGN KEY eExpression4 TAG TagName4[NODUP]

REFERENCES TableName3 [TAG TagName5]]

[, CHECK lExpression2 [ERROR cMessageText2]])

/FROM ARRAY ArrayName

用 CREATE TABLE 命令建立表可以完成表设计器完成的所有功能，除了建立表的基本功能外，它还包括满足实体完整性的主关键字（主索引）PRIMARY KEY、定义域完整性的 CHECK 约束及出错信息 ERROR、定义默认值的 DEFAULT 等。另外还有描述表之间联系的 FOREIGN KEY 和 REFERRENCES 等。

即学即练

【试题 1】在 SQL 的 CREATE TABLE 语句中，为属性说明取值范围（约束）的是______短语。

TOP86：表的删除

真题分析

【真题 1】在 Visual FoxPro 中，删除数据库表 S 的 SQL 命令是______。(2005 年 4 月)

A) DROP TABLE S　　B) DELETE TABLE S

C) DELETE TABLE S.DBF　　D) ERASE TABLE S

解析：SQL 中，删除表的命令如下：

DROP TABLE <表名>

答案：A

题型点睛

SQL 删除表的命令为：

DROP TABLE <表名>

DROP TABLE 直接从磁盘上删除<表名>所对应的文件。如果<表名>是数据库中的表并且相应的数据库是当前数据库，则从数据库中删除了表；否则虽然从磁盘上删除了表名文件，但是记录在数据库文件中的信息却没有删除，此后会出现错误提示。所以要删除数据库中的表时，最好应使数据库是当前打开的数据库，在数据库中进行操作。

即学即练

【试题 1】在 Visual FoxPro 中，删除表的命令为______TABLE <表名>。

TOP87：表结构的修改

真题分析

【真题 1】SQL 语句中修改表结构的命令是________。（2006 年 4 月）

A）ALTER TABLE　　　　B）MODIFY TABLE

C）ALTER STRUCTURE　　　　D）MODIFY STRUCTURE

解析：ALTER TABLE 命令是用来修改表结构的。

答案：A

【真题 2】如下命令将“产品”表的“名称”字段名修改为“产品名称”：ALTER TABLE 产品 RENAME________名称 TO 产品名称。（2006 年 9 月）

解析：SQL 中修改表结构的命令为：ALTER TABLE …RENAME…TO …，该格式可以修改字段名（RENAME COLUMN）。

答案：COLUMN

【真题 3】在 Visual FoxPro 中，如果要将学生表 S(学号，姓名，性别，年龄)中“年龄”属性删除，正确的 SQL 命令是__________。（2007 年 4 月）

A）ALTER TABLE S DROP COLUMN 年龄

B）DELETE 年龄 FROM S

C）ALTER TABLE S DELETE COLUMN 年龄

D）ALTEER TABLE S DELETE 年龄

解析：删除表中的字段，应用 DROP 命令。

答案：A

【真题 4】已有“歌手”表，将该表中的“歌手号”字段定义为候选索引、索引名是 temp，正确的 SQL 语句是：

________TABLE 歌手 ADD UNIQUE 歌手号 TAG temp（2007 年 4 月）

解析: 这里需要修改表的结构，而修改表结构应使用 ALTER 短语。

答案: ALTER

题型点睛

修改表结构的命令为:

格式 1:

ALTER TABLE TableName1 ADD/ALTER[COLUMN]FieldName1
FieldType [(nFieldWidth[,nPrecision])][NULL/NOT NULL]
[CHECK lExpression1[ERROR cMessageText1]][DEFAULT eExpression1]
[PRIMARY KEY/UNIQUE]
[REFERENCES TableName2[TAG TagName1]]

该格式可以添加（ADD）新的字段或修改（ALTER）已有的字段，也可以修改字段的类型、宽度、有效性规则、错误信息、默认值，定义主关键字和联系等；但是不能修改字段名，不能删除字段，也不能删除已经定义的规则等。

格式 2:

ALTER TABLE TableName1 ALTER[COLUMN] FieldName2[NULL
/NOT NULL]
[SET DEFAULT eExpression2][SET CHECK lExpression2 [ERROR cMessageText2]]
[DROP DEFAULT][DROP CHECK]

该格式主要用于定义、修改和删除有效性规则和默认值定义。

格式 3:

ALTER TABLE TableName1[DROP[COLUMN] FieldName3
[SET CHECK lExpression3[ERROR cMessageText3]]
[DROP CHECK]
[ADD PRIMARY KEY eExpression3 TAG TagName2[FOR lExpression4]]
[DROP PRIMARY KEY]
[ADD UNIQUE eExpression4 [TAG TagName3[FOR lExpression5]]]
[DROP UNIQUE TAG TagName4]
[ADD FOREIGN KEY[eExpression5] TAG TagName4[FOR lExpression6]]
REFERENCES TableName2 [TAG TagName5]
[DROP FOREIGN KEY TAG TagName6[SAVE]]
[RENAME COLUMN FieldName4 TO FieldName5]

该格式可以删除字段，可以修改字段名，可以定义、修改和删除表一级的有效性规则等。

即学即练

【试题 1】在 Visual FoxPro 中，使用 SQL 语言的 ALTER TABLE 命令给学生表 STUDENT 增加一个 Email 字段，长度为 30，命令是（关键字必须拼写完整）：ALTER TABLE STUDENT______Email C(30)

【试题 2】为“数量”字段增加有效性规则：数量>0，应该使用的 SQL 语句是：______TABLE 使用零件 ______数量 SET______数量>0

【试题 3】为“学生”表增加一个“平均成绩”字段的正确命令是

ALTER TABLE 学生 ADD______平均成绩 N(5，2)

TOP88：视图的概念

真题分析

【真题 1】建立一个由零件名称、数量、项目号、项目名称字段构成的视图，视图中只包含项目号为“s2”的数据，应该使用的 SQL 语句是

CREATE VIEW item-view____SELECT 零件.零件名称，使用零件.数量，使用零件.项目号，项目.项目名称 FROM 零件 INNER JOIN 使用零件 INNER JOIN 使用零件 ON 使用零件.项目号=项目.项目号 ON 零件.零件号=使用零件.零件号 WHERE 项目.项目号="s2"（2004 年 4 月）

解析：创建视图的命令格式为：

CREATE VIEW <视图名> AS 查询语句

其中 AS 后面的查询语句可以是任意的 SELECT 查询语句，它说明和限定了视图中的数据，视图的字段名将与视图名中指定的字段名或表中的字段名同名。联接的字段为项目号，所以连接的表是项目表。

答案：AS

【真题 2】设存在一个视图 item_view，现在要在其中查询使用数量最多的 2 个零件的信息，应该使用的 SQL 语句是：

SELECT * ____ 2 FROM item_view ____ 数量 DESC（2004 年 4 月）

解析：TOP 是显示满足条件的前 n 条记录，ORDER BY 将满足条件的记录排列。

答案：TOP，ORDER BY

【真题 3】在 Visual FoxPro 中，关于视图的正确叙述是________。（2003 年 4 月）

A）视图与数据库表相同，用来存储数据

B）视图不能同数据库表进行连接操作

C）在视图上不能进行更新操作

D）视图是从一个或多个数据库表导出的虚拟表

解析：视图兼有“表”和“查询”的特点，但与数据库表不同，它可以用来更新其中的信息，并将更新结果永久保存在磁盘上。可以用视图使数据暂时从数据库中分离成为自由数据，以便在主系统之外收集和修改数据。视图是根据表定义的。只有在包含视图的数据库打开时，才能使用视图。

答案：D

【真题 4】建立一个由零件名称、数量、项目号、项目名称字段构成的视图，视图中只包含项目号为“s2”的数据，应该使用的 SQL 语句是（2004 年 4 月）

```
CREATE VIEW item_view ________;
SELECT 零件.零件名称，使用零件.数量，使用零件.项目号，项目.项目名称;
FROM   零件 INNER JOIN 使用零件;
INNER JOIN ________;
ON   使用零件.项目号 = 项目.项目号;
ON   零件.零件号 = 使用零件.零件号;
WHERE 项目.项目号='s2'
```

解析：创建视图的命令为：

CREATE VIEW <视图名> AS 查询语句

利用 JOIN 联接两个数据表，根据题意连接的表名是项目。

答案：AS，项目

【真题 5】在 Visual FoxPro 中，关于查询和视图的正确叙述是________。（2005 年 4 月）

A）查询是一个预先定义好的 SQL SELECT 语句文件

B）视图是一个预先定义好的 SQL SELECT 语句文件

C）查询和视图是同一种文件，只是名称不同

D）查询和视图都是一个存储数据的表

解析：查询就是预先定义好的一个 SQL SELECT 语句，视图是操作表的一种手段，通过视图可以查询表，也可以更新表。视图是数据库中的一个特有功能，只有在包含视图的数据库打开时，才能使用视图。

答案：A

【真题 6】在 Visual FoxPro 中，以下关于视图描述中错误的是________。（2005 年 4 月）

A）通过视图可以对表进行查询　　B）通过视图可以对表进行更新

C）视图是一个虚表　　D）视图就是一种查询

解析：视图是根据表定义的，是一种虚拟表。视图是操作表的一种手段，通过视图可以查询表，也可以更新表。

答案：D

【真题 7】以下关于视图的描述正确的是________。（2005 年 9 月）

A）视图保存在项目文件中　　B）视图保存在数据库文件中

C）视图保存在表文件中　　D）视图保存在视图文件中

解析：数据库包括表、本地视图、远程视图、连接、存储过程，所以视图保存在数据库文件中。

答案：B

【真题 8】在 Visual FoxPro 中，以下叙述正确的是______。（2006 年 4 月）

A）利用视图可以修改数据　　B）利用查询可以修改数据

C）查询和视图具有相同的作用　　D）视图可以定义输出去向

解析：视图与表相类似的是可以用来更新其中的信息，可以修改数据；查询只可以用来从一个或多个相关联的表中提取有用信息但不可以修改数据；查询和视图的作用不完全相同；视图设计器中没有“查询去向”的问题。

答案：A

【真题 9】以下关于“视图”的描述正确的是________。（2006 年 9 月）

A）视图保存在项目文件中　　B）视图保存在数据库中

C）视图保存在表文件中　　D）视图保存在视图文件中

解析：视图是数据库中的一个特有功能，只有在包含视图的数据库打开时，才能使用视图，所以视图保存在数据库中。

答案：B

【真题 10】在 Visual FoxPro 中，视图可以分为本地视图和________视图。（2006 年 9 月）

解析：Visual FoxPro 视图分为本地视图和远程视图，使用当前数据库之外的数据源中的表建立的视图是远程视图，使用当前数据库中 Visual FoxPro 表建立的视图是本地视图。

答案：远程

【真题 11】在 Visual FoxPro 中，为了通过视图修改基本表中的数据，需要在视图设计器的________选项卡设置有关属性。（2006 年 9 月）

解析：由于视图是可以用于更新的，所以在视图设计器中多了一个“更新条件”选项卡。

答案：更新条件

题型点睛

1. 视图的概念

在 VFP 中视图是一个定制的虚拟表，可以是本地的、远程的或带参数的。视图是可以更新的，它可引用远程表。在关系数据库中，视图也称作窗口，即视图是操作表的窗口，可以把它看作是从表中派生出来的虚表。它依赖于表，但不独立存在。

视图兼有“表”和“查询”的特点，与查询相类似的地方是，可以用来从一个或多个相关联的表中提取有用信息；与表相类似的地方是，可以用来更新其中的信息，并将更新结果永久保存在磁盘上。视图是操作表的一手段，通过视图可以查询表，也可以更新表。视图是根据表定义的，因此视图基于表，而视图可以使应用更灵活，因此它又超越表。视图是数据库中的一个特有功能，只有在包含视图的数据库打开时，才能使用视图。

2. 创建视图

(1) 命令建立视图

```
CREATE VIEW view-name
AS select-statement
```

select-statement 可以是任意的 SELECT 查询语句，它说明和限定了视图中的数据；视图的字段名与 select-statement 中指定的字段名或表中的字段名同名。视图是根据表定义或派生出来的，所有在涉及到视图的时候，常把表称作基本表。

1) 从单个表派生出的视图；

2) 从多个表派生出的视图；

3）视图中的虚字段：用一个查询来建立一个视图的 SELECT 子句可以包含算术表达式或函数，这些表达式或函数与视图的其他字段一样对待，由于它们是计算得来的，并不存储在表内，所以称为虚字段。

(2) 设计器建立视图

可以用 CREATE VIEW 命令打开视图设计器建立视图。

视图设计器和查询设计器有以下几点不同：

查询设计器的结果是将查询以 qpr 扩展名的文件保存在磁盘中；而视图设计器建立视图后，在磁盘上找不到类似的文件，视图的结果保存在数据库中；

由于视图是可以用于更新的，所以它有更新属性需要设置，因此在视图设计器中多了一个“更新条件”选项卡；

在视图设计器中没有“查询去向”的问题。

3. 视图的删除命令

DROP VIEW <视图名>

在关系数据库中，视图始终不真正含有数据，它总是原来表的一个窗口。

虽然视图可以象表一样进行各种查询，但是插入、更新和删除操作在视图上却有一定限制，在一般情况下，当一个视图是由单个表导出时可以进行插入和更新操作，但不能进行删除操作。当视图是从多个表导出时，插入、更新和删除操作都不允许进行。

即学即练

【试题 1】查询设计器与视图设计器的主要不同表现在________。

A）查询设计器有“更新条件”选项卡，有“查询去向”选项卡

B）查询设计器没有“更新条件”选项卡，有“查询去向”选项卡

C）视图设计器没有“更新条件”选项卡，有“查询去向”选项卡

D）视图设计器有“更新条件”选项卡，没有“查询去向”选项卡

【试题 2】通过 Visual FoxPro 的视图，不仅可以查询数据库表，还可以_______数据库表。

【试题 3】建立远程视图必须首先建立与远程数据库的________。

【试题 4】视图不能单独存在，它必须依赖于________。

【试题 5】在 Visual FoxPro 中，删除视图的命令是：_____ VIEW <视图名> 。

TOP89：综合查询

真题分析

【真题 1】到【真题 12】使用的数据表如下：

当前盘目录下有数据库：学院 dbc，其中有“教师”表和“学生”表。

“教师”表：

职工号	系号	姓名	工资	主讲课程
11020001	01	肖海	3408	数据结构
11020002	02	王岩盐	4390	数据结构
11020003	01	刘星魂	2450	C 语言
11020004	03	张月新	3200	操作系统
11020005	01	李明玉	4520	数据结构
11020006	02	孙民山	2976	操作系统
11020007	03	钱无名	2987	数据库
11020008	04	呼延军	3220	编译原理
11020009	03	王小龙	3980	数据结构
11020010	01	张国梁	2400	C 语言
11020011	04	林新月	1800	操作系统
11020012	01	乔小廷	5400	网络技术
11020013	02	周兴池	3670	数据库
11020014	04	欧阳秀	3345	编译原理

“学院”表：

系号	系名
01	计算机
02	通信
03	信息管理
04	数学

【真题 1】为“学院”表增加一个字段“教师人数”的 SQL 语句是______。(2004 年 9 月)

A) CHANGE TABLE 学院 ADD 教师人数 I

B) ALTER STRU 学院 ADD 教师人数 I

C) ALTER TABLE 学院 ADD 教师人数 I

D) CHANGE TABLE 学院 INSERT 教师人数 I

解析:为“学院”表增加一个字段“教师人数”属于修改表结构,而修改表结构的命令为:

ALTER TABLE <表名>

答案:C

【真题 2】将“欧阳秀”的工资增加 200 元的 SQL 语句是______。(2004 年 9 月)

A) REPLACE 教师 WITH 工资=工资+200 WHERE 姓名="欧阳秀"

B) UPDATE 教师 SET 工资=工资+200 WHEN 姓名="欧阳秀"

C) UPDATE 教师 WITH 工资+200 WHERE 姓名="欧阳秀"

D) UPDATE 教师 SET 工资=工资+200 WHERE 姓名="欧阳秀"

解析:SQL 的数据更新命令格式如下:

UPDATE <表名> SET 字段=<表达式> WHERE <条件>

WHERE 指定条件,以更新满足条件的一些记录的字段值,并且一次可以更新多个字段,如果不使用 WHERE 子句,则更新全部记录。

答案:D

【真题 3】下列程序段输出结果是______。(2004 年 9 月)

```
CLOSE DATA
a=0
USE 教师
GO TOP
DO WHILE .NOT.EOF()
IF 主讲课程="数据结构".OR.主讲课程="C 语言"
a=a+1
ENDIF
SKIP
```

```
ENDDO
?a
```

A）4　　B）5　　C）6　　D）7

解析：本题程序的功能是统计教师表中主讲课程为“C 语言”或者为“数据结构”的记录共有多少条，最后将结果存入变量 a 中。其执行过程为：首先关闭数据库，将变量 a 的值初始化为 0，然后打开教师表，用 GO TOP 命令将记录指针指向第一条记录，再用 DO WHILE 循环结构判断整个教师表，主讲课程是否等于“数据结构”或者“C 语言”来逐条记录进行判断。如果该条记录满足主讲课程字段是“数据结构”或者“C 语言”，那么变量 a 的值便自动加 1，直至结束。最后显示变量 a 的值。

答案：C

【真题 4】有 SQL 语句：

```
SELECT * FROM 教师 WHERE NOT(工资>3000.OR.工资<2000)
```

与如上语句等价的 SQL 语句是_______。（2004 年 9 月）

A）SELECT * FROM 教师 WHERE 工资 BETWEEN 2000 AND 3000

B）SELECT * FROM 教师 WHERE 工资>2000 AND 工资<3000

C）SELECT * FROM 教师 WHERE 工资>2000.OR.工资<3000

D）SELECT * FROM 教师 WHERE 工资<=2000 AND 工资>=3000

解析：题目中的 WHERE 所设定的条件是 NOT(工资>3000 AND 工资<2000)，其含义是在 2000 到 3000 之间，BETWEEN 函数所设定的查询条件的值包含两个端点的值，所以工资应该大于等于 2000 并且小于等于 3000。

答案：A

【真题 5】为“教师”表的职工号字段添加有效性规则：职工号的最左边三位字符是 110，正确的 SQL 语句是_______。（2004 年 9 月）

A）CHANGE TABLE 教师 ALTER 职工号 SET CHECK LEFT(职工号，3)="110"

B）ALTER TABLE 教师 ALTER 职工号 SET CHECK LEFT(职工号，3)="110"

C）ALTER TABLE 教师 ALTER 职工号 CHECK LEFT(职工号，3)="110"

D）CHANGE TABLE 教师 ALTER 职工号 SET CHECK OCCURS(职工号，3)="110"

解析：实现对表的字段进行有效性设置，可以用命令 ALTER TABLE，其格式为：

ALTER TABLE <表名> ALTER <字段> SET CHECK <表达式>

“ALTER 职工号”表示对已有的职工号字段进行修改，CHECK 为字段值说明了有效性规则。

答案：B

【真题 6】有 SQL 语句：

SELECT DISTINCT 系号 FROM 教师 WHERE 工资>=

ALL(SELECT 工资 FROM 教师 WHERE 系号="02")

该语句的执行结果是系号_______。（2004 年 9 月）

A）"01"和"02"　　B）"01"和"03"

C）"01"和"04"　　D）"02"和"03"

解析：本题 SQL 语句的功能是查询教师表中教师工资大于或等于系号为“02”的所有教师工资的系号。工资>=ALL(SELECT 工资 FROM 教师 WHERE 系号="02")表示查询那些工资比 02 系工资都高的教师所在的系号。这是一个嵌套查询，DINSTINCT 表示不允许出现重复字段。

答案：A

【真题 7】建立一个视图 salary，该视图包括了系号和（该系的）平均工资两个字段，正确的是 SQL 语句是_______。（2004 年 9 月）

A）CREATE VIEW salary AS 系号，AVG(工资) AS 平均工资 FROM 教师 GROUP BY 系号

B）CREATE VIEW salary AS SELECT 系号，AVG(工资) AS 平均工资 FROM 教师 GROUP BY 系名

C）CREATE VIEW salary SELECT 系号，AVG(工资) AS 平均工资 FROM 教师 GROUP BY 系号

D）CREATE VIEW salary AS SELECT 系号，AVG(工资) AS 平均工资 FROM 教师 GROUP BY 系号

解析：SQL 中创建视图的命令为：

CREATE VIEW <视图名>AS <SELECT 查询语句>

AVG（工资）求工资的平均值，将所得结果按系号分组用 GROUP BY，只显示系号和平均工资两个字段。

答案：D

【真题 8】删除视图 salary 的命令是_______。（2004 年 9 月）

A）DROP salary VIEW　　B）DROP VIEW salary

C）DELETE salary VIEW　　D）DELETE salary

解析：SQL 中删除视图的命令格式为：

DROP VIEW <视图名>

答案：B

【真题 9】有 SQL 语句：

SELECT 主讲课程，COUNT(*) FROM 教师 GROUP BY 主讲课程

该语句执行结果含有的记录个数是______。（2004 年 9 月）

A）3　　B）4　　C）5　　D）6

解析：本题 SQL 的功能是统计教师表中主讲课程的人数，并显示主讲课程和 COUNT(*)两个字段。"GROUP BY 主讲课程"表示以主讲课程进行分组。

答案：D

【真题 10】有 SQL 语句：

SELECT COUNT(*)AS 人数，主讲课程 FROM 教师 GROUP BY 主讲课程 ORDER BY 人数 DESC

该语句执行结果的第一条记录的内容是______。（2004 年 9 月）

A）4　数据结构　　B）3　操作系统

C）2　数据库　　D）1　网络技术

解析：本题中 SQL 语句的功能是分组统计教师表中主讲课程的教师的人数，用 AS 子句定义一个新的人数字段，并且人数进行降序排列。

答案：A

【真题 11】有 SQL 语句：

SELECT 学院，系名，COUNT(*) AS 教师人数 FROM 教师，学院

WHERE 教师.系号=学院.系号 GROUP BY 学院.系名

与如上语句等价的 SQL 语句是______。（2004 年 9 月）

A）SELECT 学院.系名，COUNT(*) AS 教师人数

FROM 教师 INNER JOIN 学院

教师.系号=学院.系号 GROUP BY 学院.系名

B）SELECT 学院.系名，COUNT(*) AS 教师人数

FROM 教师 INNER JOIN 学院

ON 系号 GROUP BY 学院.系名

C）SELECT 学院.系名，COUNT(*) AS 教师人数
FROM 教师 INNER JOIN 学院
ON 教师.系号=学院.系号 GROUP BY 学院.系名

D）SELECT 学院.系名，COUNT(*) AS 教师人数
FROM 教师 INNER JOIN 学院
ON 教师.系号=学院.系号

解析：本题 SQL 语句的功能是统计每个系的教师人数，并显示学院中的系名和教师人数两个字段。指定两表关键字进行联接时，JOIN 短语应与 ON 短语连用，格式如下：

SELECT…FROM <表名> INNER JOIN <表名> ON <连接表达式> WHERE…

答案：C

【真题 12】有 SQL 语句：

SELECT DISTINCT 系号 FROM 教师 WHERE 工资>=
ALL(SELECT 工资 FROM 教师 WHERE 系号="02")

与如上语句等价的 SQL 语句是______。（2004 年 9 月）

A）SELECT DISTINCT 系号 FROM 教师 WHERE 工资>=
(SELECT MAX(工资) FROM 教师 WHERE 系号="02")

B）SELECT DISTINCT 系号 FROM 教师 WHERE 工资>=
(SELECT MIN(工资) FROM 教师 WHERE 系号="02")

C）SELECT DISTINCT 系号 FROM 教师 WHERE 工资>=
ANY(SELECT 工资 FROM 教师 WHERE 系号="02")

D）SELECT DISTINCT 系号 FROM 教师 WHERE 工资>=
SOME(SELECT 工资 FROM 教师 WHERE 系号="02")

解析：本题 SQL 语句的功能是：查询教师大于等于系号为“02”的教师所在的系号。用（SELECT MAX（工资）FROM…WHERE…）选择出最高工资。ANY、SOME 和 ALL 是量词，其中 ANY 和 SOME 是同义词，在进行比较运算时只要子查询中有一行能使结果为真，则结果就为真，ALL 则要求子查询中的所有行都使结果为真时，结果才为真。这是一个嵌套查询，求最高工资应该用 MAX()函数。

答案：A

【真题 13】到【真题 19】使用如下三个表：

职员.DBF：职员号 C（3），姓名 C（6），性别 C（2），组号 N（1），职务 C（10）

客户.DBF：客户号 C（4），客户名 C（36），地址 C（36），所在城市 C（36）

订单.DBF：订单号 C（4），客户号 C（4），职员号 C（3），签订日期 D，金额 N（6.2）

【真题 13】查询金额最大的那 10%订单的信息。正确的 SQL 语句是______。（2005 年 9 月）

A）SELECT * TOP 10 PERCENT FROM 订单

B）SELECT TOP 10% FROM 订单 ORDER BY 金额

C）SELECT TOP 10% PERCENT FROM 订单 ORDER BY 金额

D）SELECT TOP 10 PERCENT * FROM 订单 ORDER BY 金额 DESC

解析：在 SQL 中，Top <数值> PERCENT 表示查询符合条件的所有记录中，指定百分比的记录。ORDER BY 短语用来对查询的结果进行排序。DESC 将所得结果按降序排列。

答案：D

【真题 14】查询订单在 3 个以上、订单的平均金额在 200 元以上的职员号。正确的 SQL 语句是______。（2005 年 9 月）

A）SELECT 职员号 FROM 订单 GROUP BY 职员号 where HAVING COUNT(*)>3 AND AVG(金额)>200

B）SELECT 职员号 FROM 订单 GROUP BY 职员号 HAVING COUNT(*)>3 AND AVG(金额)>200

C）SELECT 职员号 FROM 订单 GROUP BY 职员号 HAVING COUNT(*)>3 AND WHERE AVG(金额)>200

D）SELECT 职员号 FROM 订单 GROUP BY 职员号 WHERE COUNT(*)>3 AND AVG(金额)>200

解析：AVG()函数用来对指定字段求平均值，AVG(金额)>200 指定订单的平均金额大于 200 元。在 SQL 中，GROUP BY 表示按指定字段分组，HAVING 用来进一步限定分组的条件，HAVING COUNT(*)>3 指定查询结果中必须满足在 3 个以上的信息。

答案：B

【真题 15】显示 2005 年 1 月 1 日后签订的订单，显示订单的订单号、客户名以及签订日期。正确的 SQL 语句是______。（2005 年 9 月）

A）SELECT 订单号，客户名，签订日期 FROM 订单 JOIN 客户 ON 订单.客户号

=客户.客户号 WHERE 签订日期>{^2005-1-1}

B）SELECT 订单号，客户名，签订日期 FROM 订单 JOIN 客户 WHERE 订单.客户号=客户.客户号 AND 签订日期>{^2005-1-1}

C）SELECT 订单号，客户名，签订日期 FROM 订单，客户 WHERE 订单.客户号=客户.客户号 AND 签订日期<{^2005-1-1}

D）SELECT 订单号，客户名，签订日期 FROM 订单，客户 ON 订单.客户号=客户.客户号 AND 签订日期<{^2005-1-1}

解析：SQL 中进行多表查询，指定两表关键字进行联接时，JOIN 短语应该与 ON 短语连用。WHERE 签订日期>{^2005-1-1}表示签订日期必须在 2005 年 1 月 1 日之后。

答案：A

【真题 16】显示没有签订任何订单的职员信息（职员号和姓名），正确的 SQL 语句是______。（2005 年 9 月）

A）SELECT 职员.职员号，姓名 FROM 职员 JOIN 订单 ON 订单.职员号=职员.职员号 GROUP BY 职员.职员号 HAVING COUNT(*)=0

B）SELECT 职员.职员号，姓名 FROM 职员 LEFT JOIN 订单 ON 订单.职员号=职员.职员号 GROUP BY 职员.职员号 HAVING COUNT(*)=0

C）SELECT 职员号，姓名 FROM 职员 WHERE 职员号 NOT IN (SELECT 职员号 FROM 订单)

D）SELECT 职员.职员号，姓名 FROM 职员 WHERE 职员.职员号<>(SELECT 订单.职员号 FROM 订单)

解析：SQL 中，进行多表查询，指定两表关键字进行联接时，JOIN 短语应该与 ON 短语连用。GROUP BY 职员.职员号是对职员表中的职员号进行分组，HAVING COUNT（*）=0 表示没有签订任何订单。

答案：A

【真题 17】有以下 SQL 语句：

SELECT 订单号，签订日期，金额 FROM 订单，职员 WHERE 订单.职员号=职员.职员号 AND 姓名="李二"

与如上语句功能相同的 SQL 语句是______。（2005 年 9 月）

A）SELECT 订单号，签订日期，金额 FROM 订单 WHERE EXISTS(SELECT* FROM 职员 WHERE 姓名="李二")

B）SELECT 订单号，签订日期，金额 FROM 订单 WHERE EXISTS(SELECT* FROM 职员 WHERE 职员号=订单.职员号 AND 姓名="李二")

C）SELECT 订单号，签订日期，金额 FROM 订单 WHERE IN(SELECT 职员号 FROM 职员 WHERE 姓名="李二")

D）SELECT 订单号，签订日期，金额 FROM 订单 WHERE IN(SELECT 职员号 FROM 职员 WHERE 职员号=订单.职员号 AND 姓名="李二")

解析：本题中的 SQL 语句的功能是：查询姓名为“李二”的订单的职员信息，并显示订单号、签订日期和金额字段。

答案：B

【真题 18】从订单表中删除客户号为“1001”的订单记录，正确的 SQL 语句是______。（2005 年 9 月）

A）DROP FROM 订单 WHERE 客户号="1001"

B）DROP FROM 订单 FOR 客户号="1001"

C）DELETE FROM 订单 WHERE 客户号="1001"

D）DELETE FROM 订单 FOR 客户号="1001"

解析：SQL 中，删除数据的命令如下：

DELETE FROM <表名> [WHERE <条件>]

FROM 指定从哪个表中删除数据，WHERE 指定删除的记录所满足的条件。

答案：C

【真题 19】将订单号为“0060”的订单金额改为 169 元，正确的 SQL 语句是______。（2005 年 9 月）

A）UPDATE 订单 SET 金额=169 WHERE 订单号="0060"

B）UPDATE 订单 SET 金额 WITH 169 WHERE 订单号="0060"

C）UPDATE FROM 订单 SET 金额=169 WHERE 订单号="0060"

D）UPDATE FROM 订单 SET 金额 WITH 169 WHERE 订单号="0060"

解析：SQL 的数据更新命令格式如下：

UPDATE TableName

SET Column-Namel=eExpression1[Column-Name2= eExpression2…]

WHERE Condition

WHERE 子句指定条件，以更新满足条件的一些记录的字段值，并且一次可以更新多个字段。SET 金额=169 表示将金额改为 169。

答案：A

【真题 20】到【真题 28】使用的数据表如下：

当前盘当前目录下有数据库：大奖赛.dbc，其中有数据库表“歌手.dbf”、“评分.dbf”

“歌手”表：

歌手号	姓名
1001	王蓉
2001	许巍
3001	周杰伦
4001	林俊杰
…	…

“评分”表：

歌手号	分数	评委号
1001	9．8	101
1001	9．6	102
1001	9．7	103
1001	9．8	104
…	…	…

【真题 20】为“歌手”表增加一个字段“最后得分”的 SQL 语句是______。（2006 年 9 月）

A）ALTER TABLE 歌手 ADD 最后得分 F（6，2）

B）ALTER DBF 歌手 ADD 最后得分 F（6，2）

C）CHANGE TABLE 歌手 ADD 最后得分 F（6，2）

D）CHANGE TABLE 学院 INSERT 最后得分 F（6，2）

解析：修改表结构的命令是 ALTER TABLE，该格式可以添加（ADD）新的字段或修改（ALTER）已有的字段。

答案：A

【真题 21】插入一条记录到“评分”表中，歌手号、分数和评委号分别是“1001”、9.9 和“105”，正确的 SQL 语句是________。(2006 年 9 月)

A）INSERT VALUES("1001"，9.9，"105")INTO 评分(歌手号，分数，评委号)

B）INSERT TO 评分(歌手号，分数，评委号)VALUES("1001"，9.9，"105")

C）INSERT INTO 评分(歌手号，分数，评委号)VALUES("1001"，9.9，"105")

D）INSERT VALUES("1001"，9.9，"105")TO 评分(歌手号，分数，评委号)

解析: SQL 中插入记录的格式为: INSERT INTO 表名(字段名列表)VALUES(字段值)，字段名列表与后面的字段值相对应。

答案: C

【真题 22】假设每个歌手的“最后得分”的计算方法是：去掉一个最高分和一个最低分，取剩下分数的平均分。根据“评分”表求每个歌手的“最后得分”并存储于表 TEMP 中。表 TEMP 中有两个字段：“歌手号”和“最后得分”，并且按最后得分降序排列，生成表 TEMP 的 SQL 语句是________。(2006 年 9 月)

A）SELECT 歌手号，(COUNT(分数)－MAX(分数)－MIN(分数))/(SUM(*)－2)最后得分；FROM 评分 INTO DBF TEMP GROUP BY 歌手号 ORDER BY 最后得分 DESC

B）SELECT 歌手号，(COUNT(分数)－MAX(分数)－MIN(分数)）/(SUM(*)－2)最后得分；FROM 评分 INTO DBF TEMP GROUP BY 评委号 ORDER BY 最后得分 DESC

C）SELECT 歌手号，(SUM(分数)－MAX(分数)－MIN(分数))/(COUNT(*)－2)最后得分；FROM 评分 INTO DBF TEMP GROUP BY 评委号 ORDER BY 最后得分 DESC

D）SELECT 歌手号，(SUM(分数)－MAX(分数)－MIN(分数))/(COUNT(*)－2)最后得分；FROM 评分 INTO DBF TEMP GROUP BY 歌手号 ORDER BY 最后得分 DESC

解析: 歌手平均分的计算应该是总分数减去一个最高分和一个最低分除以“评委总数-2”，即 COUNT(*)-2，求每个歌手的最后得分所以按歌手号进行分组。

答案: D

【真题 23】与“SELECT * FROM*歌手 WHERE NOT(最后得分>9.00 OR 最后得分<=8.00)”等价的语句是________。(2006 年 9 月)

A）SELECT * FROM 歌手 WHERE 最后得分 BETWEEN 9.00 AND 8.00

B）SELECT * FROM 歌手 WHERE 最后得分>=8.00 AND 最后得分<=9.00

C）SELECT * FROM 歌手 WHERE 最后得分>9.00 OR 最后得分<8.00

D）SELECT * FROM 歌手 WHERE 最后得分<=8.00 AND 最后得分>=9.00

解析：本题语句的功能是查询最后得分大于等于 8.00 并且小于等于 9.00，即查询最后得分不大于 9.00 或者不小于 8.00 的记录。

答案：B

【真题 24】为“评分”表的“分数”字段添加有效性规则“分数必须大于等于 0 并且小于等于 10”，正确的 SQL 语句是______。（2006 年 9 月）

A）CHANGE TABLE 评分 ALTER 分数 SET CHECK 分数>=0 AND 分数<=10

B）ALTER TABLE 评分 ALTER 分数 SET CHECK 分数>=0 AND 分数<=10

C）ALTER TABLE 评分 ALTER 分数 CHECK 分数>=0 AND 分数<=10

D）CHANGE TABLE 评分 ALTER 分数 SET CHECK 分数>=0 OR 分数<=10

解析：修改表结构的命令是 ALTER TABLE …ALTER…SET CHECK …，根据题意选 B。

答案：B

【真题 25】根据“歌手”表建立视图 myview，视图中含有包括了“歌手号”左边第一位是“1”的所有记录，正确的 SQL 语句是______。（2006 年 9 月）

A）CREATE VIEW myview AS SELECT * FROM 歌手 WHERE LEFT(歌手号, 1)="1"

B）CREATE VIEW myview AS SELECT * FROM 歌手 WHERE LIKE("1"歌手号)

C）CREATE VIEW myview SELECT * FROM 歌手 WHERE LEFT(歌手号, 1)="1"

D）CREATE VIEW myview SELECT * FROM 歌手 WHERE LIKE("1"歌手号)

解析：创建视图的命令：CREATE VIEW…AS…，所以排除选项 C 和 D，LEFT(歌手号, 1)="1"表示歌手号的第一位是“1”。

答案：A

【真题 26】删除视图 myview 的命令是______。（2006 年 9 月）

A）DELETE myview VIEW　　B）DELETE myview

C）DROP myview VIEW　　D）DROP VIEW myview

解析：删除视图的命令为：

DROP VIEW <视图名>

答案：D

【真题 27】假设 temp. dbf 数据表中有两个字段“歌手号”和“最后得分”，下面程序的功能是：将 temp. dbf 中歌手的“最后得分”填入“歌手”表对应歌手的“最后得分”字段中（假设已增加了该字段）在划线处应该填写的 SQL 语句是________。（2006 年 9 月）

```
USE 歌手
DO WHILE .NOT. EOF()
________
REPLACE 歌手 最后得分 WITH a[2]
SKIP
ENDDO
```

A）SELECT * FROM temp WHERE temp.歌手号=歌手.歌手号 TO ARRAY a

B）SELECT * FROM temp WHERE temp.歌手号=歌手.歌手号 INTO ARRAY a

C）SELECT*FROM temp WHERE temp.歌手号=歌手.歌手号 TO FILE a

D）SELECT * FROM temp WHERE temp.歌手号=歌手.歌手号 INTO FILE a

解析：INTO ARRAY 短语将查询结果存放到数组中，由 REPLACE 歌手 最后得分 WITH a[2]可知，数据通过数组进行传递，TO FILE 短语将查询结果存放到文本文件中。

答案：B

【真题 28】与“SELECT DISTINCT 歌手号 FROM 歌手 WHERE 最后得分>ALL(SELECT 最后得分 FROM)歌手 WHERE SUBSTR(歌手号，1，1)="2")”等价的 SQL 语句是________。（2006 年 9 月）

A）SELECT DISTINCT 歌手号 FROM 歌手 WHERE 最后得分>=(SELECT MAX(最后得分)FROM 歌手 WHERE SUBSTR (歌手号，1，1)="2")

B）SELECT DISTINCT 歌手号 FROM 歌手 WHERE 最后得分>=(SELECT MIN(最后得分)FROM 歌手 WHERE SUBSTR (歌手号，1，1)="2")

C）SELECT DISTINCT 歌手号 FROM 歌手 WHERE 最后得分>=ANY (SELECT MAX(最后得分)FROM 歌手 WHERE SUBSTR (歌手号, 1, 1)="2")

D）SELECT DISTINCT 歌手号 FROM 歌手 WHERE 最后得分>=SOME (SELECT MAX(最后得分)FROM 歌手 WHERE SUBSTR (歌手号, 1, 1)="2")

解析：本题查询“歌手号”的第一位数字大于“2”的所有歌手的“最后得分”，满足大于其中的最高得分即可，MAX(最后得分)表示最后得分的最高分。

答案：A

题型点睛

学习了上面关于 SQL 各个短语和函数后，灵活应用它们和整合它们成了目标，对待这个问题我们只有多学多练才可以掌握。

即学即练

【试题 1】至【试题 4】使用如下三个表：

学生.DBF：学号 C（8），姓名 C（12），性别 C（2），出生日期 D，院系 C（8）

课程.DBF：课程编号 C（4），课程名称 C（10），开课院系 C（8）

学生成绩.DBF：学号 C（8），课程编号 C（4），成绩 I

【试题 1】查询每门课程的最高分，要求得到的信息包括课程名称和分数。正确的命令是________。

A）SELECT 课程名称，SUM(成绩)AS 分数 FROM 课程，学生成绩
WHERE 课程.课程编号=学生成绩.课程编号 GROUP BY 课程名称

B）SELECT 课程名称，MAX（成绩） 分数 FROM 课程，学生成绩
WHERE 课程.课程编号=学生成绩.课程编号 GROUP BY 课程名称

C）SELECT 课程名称，SUM（成绩） 分数 FROM 课程，学生成绩
WHERE 课程.课程编号=学生成绩.课程编号 GROUP BY 课程.课程编号

D）SELECT 课程名称，MAX（成绩）AS 分数 FROM 课程，学生成绩
WHERE 课程.课程编号=学生成绩.课程编号 GROUP BY 课程编号

【试题 2】统计只有 2 名以下（含 2 名）学生选修的课程情况，统计结果中的信息包括课程名称、开课院系和选修人数，并按选课人数排序。正确的命令是________。

A）SELECT 课程名称，开课院系，COUNT（课程编号） AS 选修人数
FROM 学生成绩，课程 WHERE 课程.课程编号=学生成绩.课程编号
GROUP BY 学生成绩.课程编号 HAVING COUNT（*）<=2
ORDER BY COUNT（课程编号）

B）SELECT 课程名称，开课院系，COUNT（学号） 选修人数
FROM 学生成绩，课程 WHERE 课程.课程编号=学生成绩.课程编号

GROUP BY 学生成绩，学号 HAVING COUNT（*）<=2

ORDER BY COUNT（学号）

C）SELECT 课程名称，开课院系，COUNT（学号） AS 选修人数

FROM 学生成绩，课程 WHERE 课程.课程编号=学生成绩.课程编

GROUP BY 课程名称 HAVING COUNT（学号）<=2

ORDER BY 选修人数

D）SELECT 课程名称，开课院系，COUNT（学号） AS 选修人数;

FROM 学生成绩，课程 HAVING COUNT（课程编号）<=2

GROUP BY 课程名称

ORDER BY 选修人数

【试题 3】查询所有目前年龄是 22 岁的学生信息：学号，姓名和年龄，正确的命令组是________。

A）CREATE VIEW AGE_LIST AS

SELECT 学号，姓名，YEAR(DATE())-YEAR(出生日期)AS 年龄 FROM 学生

SELECT 学号，姓名，年龄 FROM AGE_LIST WHERE 年龄=22

B）CREATE VIEW AGE_LIST AS;

SELECT 学号，姓名，YEAR(出生日期) FROM 学生

SELECT 学号，姓名，年龄 FROM AGE_LIST WHERE YEAR(出生日期)=22

C）CREATE VIEW AGE_LIST AS;

SELECT 学号，姓名，YEAR(DATE())-YEAR(出生日期) 年龄 FROM 学生

SELECT 学号，姓名，年龄 FROM 学生 WHERE YEAR(出生日期)=22

D）CREATE VIEW AGE_LIST AS STUDENT;

SELECT 学号，姓名，YEAR(DATE())-YEAR(出生日期) 年龄 FROM 学生

SELECT 学号，姓名，年龄 FROM STUDENT WHERE 年龄=22

【试题 4】设有学生选课表 SC(学号，课程号，成绩)，用 SQL 语言检索每门课程的课程号及平均分的语句是

SELECT 课程号，AVG(成绩) FROM SC__________。（关键字必须拼写完整）

【试题 5】查询订购单号首字符是“P”的订单信息，应该使用命令______。

A）SELECT*FROM 订单 WHERE HEAD (订购单号，1)="P"

B）SELECT * FROM 订单 WHERE LEFT(订购单号，1)="P"

C）SELECT*FROM 订单 WHERE"P"$订购单号

D）SELECT*FROM 订单 WHEREE RIGHT(订购单号，1)="P"

【试题 6】SQL 支持集合的并运算，在 Visual FoxPro 中，SQL 并运算的运算符是________。

A）PLUS　　B）UNION　　C）+　　D）U

【试题 7】查询职工实发工资的正确命令是________。

A）SELECT 姓名，(基本工资 + 津贴 + 奖金 - 扣除)AS 实发工资 FROM 工资

B）SELECT 姓名，(基本工资 + 津贴 +奖金 - 扣除)AS 实发工资 FROM 工资
WHERE 职工.职工号=工资.职工号

C）SELECT 姓名，(基本工资 + 津贴 + 奖金 - 扣除)AS 实发工资 FROM 工资，职工 WHERE 职工.职工号=工资.职工号

D）SELECT 姓名，(基本工资 + 津贴 + 奖金 - 扣除)AS 实发工资
FROM 工资 JOIN 职工 WHERE 职工.职工号=工资.职工号

【试题 8】查询 1962 年 10 月 27 日出生的职工信息的正确命令是_____。

A）SELECT * FROM 职工 WHERE 出生日期={^1962-10-27}

B）SELECT*FROM 职工 WHERE 出生日期=1962-10-27

C）SELECT*FROM 职工 WHERE 出生日期="1962-10-27"

D）SELECT*FROM 职工 WHERE 出生日期=（"1962-10-27"）

【试题 9】查询每个部门年龄最长者的信息，要求得到的信息包括部门名和最长者的出生日期，正确的命令是________。

A）SELECT 部门名，MIN(出生日期)FROM 部门 JOIN 职工
ON 部门.部门号=职工.部门号 GROUP BY 部门名

B）SELECT 部门名，MAX(出生日期)FROM 部门 JOIN 职工
ON 部门.部门号=职工.部门号 GROUP BY 部门名

C）SELECT 部门名，MIN(出生日期)FROM 部门 JION 职工
WHERE 部门.部门号=职工.部门号 GROUP BY 部门名

D）SELECT 部门名，MAX(出生日期)FROM 部门 JOIN 职工
WHERE 部门.部门号=职工.部门号 GROUP BY 部门名

【试题 10】查询有 10 名以上（含 10 名）职工的部门信息（部门名和职工人数），

并按职工人数降序排序。正确的命令是________。

A）SELECT 部门名，COUNT(职工号)AS 职工人数
FROM 部门，职工 WHERE 部门.部门号=职工.部门号
GROUP BY 部门名 HAVING COUNT(*)>=10
ORDER BY COUNT(职工号)ASC

B）SELECT 部门名，COUNT(职工号)AS 职工人数
FROM 部门，职工 WHERE 部门.部门号=职工.部门号
GROUP BY 部门名 HAVING COUNT(*)>=10
ORDER BY COUNT(职工号)DESC

C）SELECT 部门名，COUNT(职工号)AS 职工人数
FROM 部门，职工 WHERE 部门.部门号=职工.部门号
GROUPBY 部门名 HAVING COUNT(*)>=10
ORDER BY 职工人数 ASC

D）SELECT 部门名，COUNT(职工号)AS 职工人数
FROM 部门，职工 WHERE 部门.部门号=职工.部门号
GROUP BY 部门名 HAVING COUNT(*)>=10
ORDER BY 职工人数 DESC

【试题 11】查询所有目前年龄在 35 岁以上（不含 35 岁）的职工信息（姓名、性别和年龄），正确的命令是________。

A）SELECT 姓名，性别，YEAR(DATE())-YEAR(出生日期) 年龄 FROM 职工
WHERE 年龄>35

B）SELECT 姓名，性别，YEAR(DATE())-YEAR(出生日期) 年龄 FROM 职工
WHERE YEAR(出生日期) >35

C）SELECT 姓名，性别，YEAR(DATE())-YEAR(出生日期) AS 年龄 FROM 职工
WHERE YEAR (DATE())-YEAR(出生日期)>35

D）SELECT 姓名，性别，年龄= YEAR(DATE())-YEAR(出生日期)FROM 职工
WHERE YEAR(DATE())-YEAR(出生日期) >35

【试题 12】为“工资”表增加一个“实发工资”字段的正确命令是________。

A）MODIFY TABLE 工资 ADD COLUMN 实发工资 N(9，2)

B）MODIFY TABLE 工资 ADD FIELD 实发工资 N(9，2)

C）ALTER TABLE 工资 ADD COLUNM 实发工资 N(9，2)

D）ALTER TABLE 工资 ADD FIELD 实发工资 N(9，2)

【试题 13】SQL 的数据操作语句不包括________。

A）INSERT　　B）DELETE

C）UPDATE　　D）CHANGE

【试题 14】SQL 中修改表结构的命令是________。

A）MODIFY TABLE　　B）MODI STRU

C）ALTER STRU　　D）ALTER TABLE

【试题 15】SQL 语句中删除表的命令是________。

A）DROP TABLE　　B）DELETE TABLE

C）ALTER STRU　　D）ALTER TABLE

本章即学即练答案

序号	答案	序号	答案
TOP70	【试题 1】答案：B	TOP71	【试题 1】答案：B
TOP72	【试题 1】答案：B 【试题 2】答案：HAVING 【试题 3】答案：C 【试题 4】答案：D	TOP73	【试题 1】答案：A
TOP74	【试题 1】答案：COUNT 【试题 2】答案：SUM（销售额） 【试题 3】答案：MIN()	TOP75	【试题 1】答案：C 【试题 2】答案：C 【试题 3】答案：B 【试题 4】答案：A
TOP76	【试题 1】答案：A	TOP77	【试题 1】答案：D
TOP78	【试题 1】答案：SOME，WHERE	TOP79	【试题 1】答案：NULL
TOP80	【试题 1】答案：INTO TABLE（或 INTO DBF）	TOP81	【试题 1】答案：A 【试题 2】答案：A 【试题 3】答案：B
TOP82	【试题 1】答案：TO	TOP83	【试题 1】答案：D
TOP84	【试题 1】答案：DELETE，UPDATE 【试题 2】答案：B	TOP85	【试题 1】答案：CHECK

序号	答案	序号	答案
TOP86	【试题 1】答案：DROP	TOP87	【试题 1】答案：ADD 【试题 2】答案：ALTER，CHECK 【试题 3】答案：COLUMN
TOP88	【试题 1】答案：D 【试题 2】答案：更新 【试题 3】答案："连接" 【试题 4】答案：表 【试题 5】答案：DROP	TOP89	【试题 1】答案：D 【试题 2】答案：C 【试题 3】答案：A 【试题 4】答案：GROUP BY 课程号 【试题 5】答案：B 【试题 6】答案：B 【试题 7】答案：C 【试题 8】答案：A 【试题 9】答案：A 【试题 10】答案：D 【试题 11】答案：C 【试题 12】答案：C 【试题 13】答案：D 【试题 14】答案：D 【试题 15】答案：A

第10章　查询与视图

TOP90：查询设计器

真题分析

【真题1】查询设计器中"联接"选项卡对应的SQL短语是________。（2003年9月）

A）WHERE　　B）JOIN

C）SET　　D）ORDER BY

解析： 查询设计器中"联接"选项卡对应的SQL短语是JOIN，WHERE是查询设计器中"筛选"选项卡对应的SQL短语，ORDER BY是查询设计器中"排序"选项卡对应的SQL短语，SET用于赋值。

答案： B

【真题2】在Visual FoxPro的查询设计器中，"筛选"选项卡对应的SQL短语是________。（2004年4月）

A）WHERE　　B）JOIN

C）SET　　D）ORDER BY

解析： 在Visual FoxPro的查询设计器中，"联接"选项卡对应的SQL短语是JOIN，"筛选"选项卡对应的SQL短语是WHERE，"排序"选项卡对应的SQL短语是ORDER BY，SET用于赋值。

答案： A

【真题3】以下关于查询描述正确的是________。（2004年4月）

A）不能根据自由表建立查询

B）只能根据自由表建立查询

C）只能根据数据库表建立查询

D）可以根据数据库表和自由表建立查询

解析： 建立查询的数据源可以是数据库表、自由表，也可以是视图。

答案：D

【真题 4】有关查询设计器，正确的描述是________。（2004 年 9 月）

A）“联接”选项卡与 SQL 语句的 GROUP BY 短语对应

B）“筛选”选项卡与 SQL 语句的 HAVING 短语对应

C）“排序依据”选项卡与 SQL 语句的 ORDER BY 短语对应

D）“分组依据”选项卡与 SQL 语句的 JOIN ON 短语对应

解析：查询设计器中，“联接”选项卡对应于 SQL 语句的 JOIN 短语；“筛选”选项卡对应于 SQL 语句的 WHERE 短语；“排序依据”选项卡与 SQL 语句的 ORDER BY 短语对应。“分组依据”选项卡对应于 SQL 语句的 GROUP BY 短语。

答案：C

【真题 5】在 Visual FoxPro 中，要运行查询文件 query1.qpr，可以使用命令______。（2005 年 9 月）

A）DO query1　　B）DO query1.qpr

C）DO QUERY query1　　D）RUN query1

解析：运行查询文件命令格式如下：

DO QueryFile

其中 QueryFile 是查询文件名，此时必须给出查询文件的扩展名 .qpr。

答案：B

题型点睛

查询就是预先定义好的一个 SQL SELECT 语句，在不同的需要场合可以直接或反复使用，从而提高效率。

建立查询的方法有以下几种：

1. 可以用 CREATE QUERY 命令打开查询设计器建立查询；

2. 可以选择“文件”菜单下的“新建”，或单击“常用”工具栏上的“新建”按钮，打开“新建”对话框，然后选定“查询”并单击“新建文件”打开查询设计器建立查询；

3. 可以在项目管理器的“数据”选项卡下选定“查询”，然后单击“新建”命令按钮打开查询设计器建立查询；

4. 如果读者熟悉 SQL SELECT，还可以直接编辑 QPR 文件建立查询。

查询设计器界面的选项卡和 SQL SELECT 语句的各短语是相对应的：

“字段”选项卡对应于 SELECT 短语，指定所要查询的数据；

“联接”选项卡对应于 JOIN ON 短语，用于编辑联接条件；

"筛选"选项卡对应于WHERE短语，用于指定查询条件；

"排序依据"选项卡对应于ORDER BY短语，用于指定排序的字段和排序方式；

"分组依据"选项卡对应于GROUP BY短语HAVING，用于分组；

"杂项"选项卡可以指定是否要重复记录，及列在前面的记录等。

运行查询的命令为：

DO <查询文件名>，查询文件名必须带扩展名.qpr。

即学即练

【试题1】以纯文本形式保存设计结果的设计器是______。

A）查询设计器　　B）表单设计器

C）菜单设计器　　D）以上三种都不是

【试题2】以下关于查询的描述正确的是______。

A）不能根据自由表建立查询

B）只能根据数据库表建立查询

C）只能根据自由表建立查询

D）可以根据数据库表和自由表建立查询

【试题3】在Visual FoxPro的查询设计器中，______选项卡对应的SQL短语是WHERE。

TOP91：查询文件的保存

真题分析

【真题1】下面关于查询描述正确的是______。（2002年9月）

A）可以使用CREATE VIEW打开查询设计器

B）使用查询设计器可以生成所有的SQL查询语句

C）使用查询设计器生产的SQL语句存盘后将存放在扩展名为QPR的文件中

D）使用DO语句执行查询时，可以不带扩展名

解析：可以使用CREATE QUERY打开查询设计器建立查询，查询设计器只能建立一些简单的比较规则的查询，复杂的查询是不能使用查询设计器生成的，使用DO语句

执行查询时，必须加上扩展名.qpr。查询是以扩展名为 QPR 的文件保存在磁盘上的，这是一个文本文件。

答案：C

【真题 2】以下关于“查询”的描述正确的是________。（2006 年 4 月）

A）查询保存在项目文件中　　B）查询保存在数据库文件中

C）查询保存在表文件中　　D）查询保存在查询文件中

解析：查询是以扩展名为 QPR 的文件保存在磁盘上的，这是一个文本文件，它的主体是 SQL SELECT 语句，另外还有和输出定向有关的语句，所以，“查询”保存在查询文件中。

答案：D

题型点睛

查询是从指定的表或视图中提取满足条件的记录，然后按照想得到的输出类型定向输出查询结果，一般设计一个查询总要反复使用，查询以扩展名为 qpr 的文件保存在磁盘上，这是一个文本文件。

即学即练

【试题 1】VFP 的查询设计器是将查询存储在______和______中的工具，其扩展名为______。

TOP92：视图

真题分析

【真题 1】在 Visual FoxPro 中，关于视图的正确叙述是________。（2003 年 4 月）

A）视图与数据库表相同，用来存储数据

B）视图不能同数据库表进行连接操作

C）在视图上不能进行更新操作

D）视图是从一个或多个数据库表导出的虚拟表

解析：视图兼有“表”和“查询”的特点，但与数据库表不同，它可以用来更新其中的信息，并将更新结果永久保存在磁盘上。可以用视图使数据暂时从数据库中分离成为自由数据，以便在主系统之外收集和修改数据。视图是根据表定义的。只有在包含视图的数据库打开时，才能使用视图。

答案：D

【真题 2】建立一个由零件名称、数量、项目号、项目名称字段构成的视图，视图中只包含项目号为“s2”的数据，应该使用的 SQL 语句是（2004 年 4 月）

CREATE VIEW item_view ________;

SELECT 零件.零件名称，使用零件.数量，使用零件.项目号，项目.项目名称;

FROM　零件 INNER JOIN 使用零件;

INNER JOIN ________;

ON　使用零件.项目号 = 项目.项目号;

ON　零件.零件号 = 使用零件.零件号;

WHERE 项目.项目号='s2'

解析：创建视图的命令为：

CREATE VIEW <视图名> AS 查询语句

利用 JOIN 联接两个数据表，根据题意连接的表名是项目。

答案：AS，项目

【真题 3】在 Visual FoxPro 中，关于查询和视图的正确叙述是________。（2005 年 4 月）

A）查询是一个预先定义好的 SQL SELECT 语句文件

B）视图是一个预先定义好的 SQL SELECT 语句文件

C）查询和视图是同一种文件，只是名称不同

D）查询和视图都是一个存储数据的表

解析：查询就是预先定义好的一个 SQL SELECT 语句，视图是操作表的一种手段，通过视图可以查询表，也可以更新表。视图是数据库中的一个特有功能，只有在包含视图的数据库打开时，才能使用视图。

答案：A

【真题 4】在 Visual FoxPro 中，以下关于视图描述中错误的是________。（2005 年 4 月）

A）通过视图可以对表进行查询　　B）通过视图可以对表进行更新

C）视图是一个虚表　　D）视图就是一种查询

解析： 视图是根据表定义的，是一种虚拟表。视图是操作表的一种手段，通过视图可以查询表，也可以更新表。

答案： D

【真题 5】以下关于视图的描述正确的是______。（2005 年 9 月）

A）视图保存在项目文件中　　B）视图保存在数据库文件中

C）视图保存在表文件中　　D）视图保存在视图文件中

解析： 数据库包括表、本地视图、远程视图、连接、存储过程，所以视图保存在数据库文件中。

答案： B

【真题 6】在 Visual FoxPro 中，以下叙述正确的是______。（2006 年 4 月）

A）利用视图可以修改数据　　B）利用查询可以修改数据

C）查询和视图具有相同的作用　　D）视图可以定义输出去向

解析： 视图与表相类似的是可以用来更新其中的信息，可以修改数据；查询只可以用来从一个或多个相关联的表中提取有用信息但不可以修改数据；查询和视图的作用不完全相同；视图设计器中没有“查询去向”的问题。

答案： A

【真题 7】以下关于“视图”的描述正确的是______。（2006 年 9 月）

A）视图保存在项目文件中　　B）视图保存在数据库中

C）视图保存在表文件中　　D）视图保存在视图文件中

解析： 视图是数据库中的一个特有功能，只有在包含视图的数据库打开时，才能使用视图，所以视图保存在数据库中。

答案： B

【真题 8】在 Visual FoxPro 中，视图可以分为本地视图和______视图。（2006 年 9 月）

解析： Visual FoxPro 视图分为本地视图和远程视图，使用当前数据库之外的数据源中的表建立的视图是远程视图，使用当前数据库中 Visual FoxPro 表建立的视图是本地视图。

答案： 远程

【真题 9】在 Visual FoxPro 中，为了通过视图修改基本表中的数据，需要在视图设计器的________选项卡设置有关属性。(2006 年 9 月)

解析：由于视图是可以用于更新的，所以在视图设计器中多了一个“更新条件”选项卡。

答案：更新条件

题型点睛

1. 视图的概念

视图兼有“表”和“查询”的特点，与查询相类似的地方是，可以用来从一个或多个相关联的表中提取有用信息；与表相类似的地方是，可以用来更新其中的信息，并将更新结果永久保存在磁盘上。视图是操作表的一种手段，通过视图可以查询表，也可以更新表。视图是根据表定义的，因此视图基于表，而且使应用更灵活，因此它又超越表。视图是数据库中的一个特有功能，只有在包含视图的数据库打开时，才能使用视图。

2. 建立视图

可以用 CREATE VIEW 命令打开视图设计器建立视图。

视图设计器和查询设计器有以下几点不同：

查询设计器的结果是以 qpr 扩展名的文件保存在磁盘中；而视图的结果保存在数据库中；

由于视图是可以用于更新的，它有更新属性需要设置，因此在视图设计器中多了一个“更新条件”选项卡；

在视图设计器中没有“查询去向”的问题。

即学即练

【试题 1】查询设计器与视图设计器的主要不同表现在________。

A）查询设计器有“更新条件”选项卡，有“查询去向”选项卡

B）查询设计器没有“更新条件”选项卡，有“查询去向”选项卡

C）视图设计器没有“更新条件”选项卡，有“查询去向”选项卡

D）视图设计器有“更新条件”选项卡，没有“查询去向”选项卡

【试题 2】通过 Visual FoxPro 的视图，不仅可以查询数据库表，还可以________数据库表。

【试题 3】建立远程视图必须首先建立与远程数据库的________。

【试题 4】视图不能单独存在，它必须依赖于________。

A）视图　　B）数据库

C）查询　　D）数据表

本章即学即练答案

序号	答案	序号	答案
TOP90	【试题 1】答案：A 【试题 2】答案：D 【试题 3】答案：筛选	TOP91	【试题 1】答案：表，视图，qpr
TOP92	【试题 1】答案：D 【试题 2】答案：更新 【试题 3】答案：连接 【试题 4】答案：B		

第 11 章　程序设计基础

TOP93：程序的基本结构—选择结构

真题分析

【真题 1】下列程序段的输出结果是________。（2005 年 9 月）

```
ACCEPT TO A
IF A=[123456]
        S=0
ENDIF
S=1
? S
RETURN
```

A）0　　　　B）1

C）由 A 的值决定　　　　D）程序出错

解析：ACCEPT 命令从屏幕接收字符串数据，该命令只接受字符串。在输入字符串时不需要加定界符，否则系统会把定界符作为字符串本身的一部分。本题中 S 的赋值与 A 的值无关。RETURN 语句是结束当前程序的执行，返回到它的上级程序，如果没有上级程序则返回到命令窗口。

答案：B

题型点睛

程序的基本结构有：顺序结构、选择结构和循环结构。这里只介绍前两种结构，在后面的考点，我们再介绍循环结构。

1. 顺序结构

顺序结构是最简单、最基本的结构，用户只需将处理过程的各个步骤详细列出，之后将有关命令按处理的逻辑顺序自上而下排列起来，VFP 即可按顺序执行。绝大多数问题仅仅用顺序结构是无法解决的，还需要用到选择结构和循环结构。

2. 选择结构

支持选择结构的语句有条件语句和分支语句。

1）条件语句格式：

```
IF <条件>
      <语句序列 1>
[ELSE
      <语句序列 2>]
ENDIF
```

有 ELSE 子句时，两组可供选择的代码分别是<语句序列 1>和<语句序列 2>。如果<条件>成立，则执行<语句序列 1>；否则，执行<语句序列 2>。然后转向 ENDIF 的下一条语句。

无 ELSE 子句时，可看作第二组代码不包含任何命令。如果<条件>成立，则执行<语句序列 1>，然后转向 ENDIF 的下一条语句；否则，直接转向 ENDIF 的下一条语句。

IF 和 ENDIF 必须成对出现，IF 是本结构的入口，ENDIF 是本结构的出口。

条件语句可以嵌套，但不能出现交叉。

2）分支结构语句格式：

```
DO CASE
   CASE <条件 1>
         <语句序列 1>
   CASE <条件 2>
         <语句序列 2>
         ⋮
   CASE<条件 n>
         <语句序列 n>
   [OTHERWISE
         <语句序列>]
ENDCASE
```

语句执行时，依次判断 CASE 后面的条件是否成立，当发现某个 CASE 后面的条件成立时，就执行该 CASE 和下一个 CASE 之间的命令序列，然后执行 ENDCASE 后面的命令。如果所有的条件都不成立，则执行 OTHERWISE 与 ENDCASE 之间的命令序列，然后转向 ENDCASE 后面的语句。

即学即练

【试题 1】有一分支程序为：

```
IF S>100
  DO P1. PRG
ELSE
      IF S>10
        DO P2. PRG
      ELSE
            IF S>1
              DO P3. PRG
            ELSE
              DO P4. PRG
            ENDIF
      ENDIF
ENDIF
```

分别写出执行 P2、P3、P4 子程序的条件表达式：

DO P1. PRG 条件为：S>100　　DO P2. PRG 条件为：________

DO P3. PRG 条件为：________　　DO P4. PRG 条件为：________

TOP94：循环结构—DO WHILE

真题分析

【真题 1】如下程序段的输出结果是________。（2004 年 4 月）

```
i=1
DO  WHILE i<10
  i=i+2
ENDDO
```

```
?i
```

解析：将 i 值初始化为 1，采用 DO WHILE 循环，当 i 的值小于 10，则将变量的值自动加 2，循环直到 i 的值大于 10 结束，最后显示 i 的值。

答案：11

【真题 2】如下程序显示的结果是________。(2005 年 4 月)

```
s=1
i=0
do while i<8
    s=s+i
    i=i+2
enddo
?s
```

解析：首先将 S、I 初始化为 1、0，执行 DO WHILE 循环，当 I 的值大于 8 时，退出循环体。每执行一次循环，I 的值便自动加 2，S 的值为计算后的 S 值加上 I 的值，该循环体一共执行了 4 次所以 S 的值为 13。

答案：13

【真题 3】执行下列程序，显示的结果是________。(2007 年 4 月)

```
one="WORK"
two=" "
a=LEN(one)
i=a
DO WHILE i>=1
    two=two+SUBSTR(one，i，1)
    i=i-1
ENDDO
? two
```

解析：这段程序的功能是从字符串“WORK”的最后一个字符开始，依次从后向前读取并连接第一个字符，即反向显示字符串的内容。

答案：KROW

【真题 4】假设用户名和口令存储在自由表“口令表”中，当用户输入用户名和口令并单击“登录”按钮时，若用户名输入错误，则显示“用户名错误”；若用户名输入正确，而口令输入错误，则提示“口令错误”。若命令按钮“登录”的 Click 事件中代码如下：________。（2004 年 9 月）

```
USE 口令表
GO TOP
flag=0
DO WHILE .not.EOF()
  IF Alltrim（用户名）=Alltrim（Thisform.Text1.Value）
    IF Alltrim（口令）=Alltrim（Thisform.Text2.Value）
        WAIT "欢迎使用" WINDOW TIMEOUT 2
    ELSE
        WAIT "口令错误" WINDOW TIMEOUT 2
    ENDIF
      flag=1
      EXIT
  ENDIF
  SKIP
ENDDO
IF ________
    WAIT "用户名错误" WINDOW TIMEOUT 2
ENDIF
```

则在横线处应填写的代码是

A）flag=-1　　B）flag=0

C）flag=1　　D）flag=12

解析：首先将变量 flag 初始化为 0，在 DO WHILE 循环中嵌套 IF…ENDIF 语句，用 IF 语句判断如果文本框中输入的用户名与数据表中的用户名一致，则变量 flag 的值自动加 1，否则变量 flag 的值仍然为 0。然后再通过变量 flag 的值判断是否用户名被正确输入，如果 flag=0，则提示用户名错误。

答案：B

【真题 5】下列程序执行以后，内存变量 y 的值是________。（2006 年 9 月）

```
x=34567
y=0
DO WHILE x>0
    y=x%10+y*10
    x=int（x/10）
ENDDO
```

A）3456　　B）34567

C）7654　　D）76543

解析：首先给 x，y 分别赋值 34567，0；当第一次循环时，y=34567%10+0*10=7，x=3456；当第二次循环时，y=3456%10+7*10=76，x=345；依次循环，最后得到结果 76543。

答案：D

【真题 6】下列程序中，与上题的程序段对 Y 的计算结果相同的是______。（2006 年 9 月）

A）
```
X=34567
Y=0
flag=.T.
DO WHILE flag
  Y=X%10+Y*10
  X=INT（X/10）
      IF X>0
          Flag=.F.
      ENDIF
ENDDO
```

B）
```
X=34567
Y=0
flag=.T.
DO WHILE flag
  Y=X%10+Y*10
  X=INT（X/10）
      IF X=0
          Flag=.F.
      ENDIF
ENDDO
```

C）
```
X=34567
Y=0
flag=.T.
DO WHILE !flag
Y=X%10+Y*10
X=INT（X/10）
    IF X>0
```

D）
```
X=34567
Y=0
flag=.T.
DO WHILE !flag
Y=X%10+Y*10
X=INT（X/10）
    IF X=0
```

```
        Flag=.F.                    Flag=.F.
      ENDIF                       ENDIF
    ENDDO                       ENDDO
```

解析：选项 A 中 Y 的运算结果为 7，选项 C 中，循环条件为假，不执行循环，Y 的运算结果为 0，选项 D 为死循环。

答案：B

题型点睛

DO WHILE—ENDDO 语句格式：

```
DO WHILE<条件>
    <语句序列 1>
  [LOOP]
    <语句序列 2>
  [EXIT]
    <语句序列 3>
ENDDO
```

如果第一次判断条件时，条件即为假，则循环体一次都不执行。如果循环体包含 LOOP 命令，那么当遇到 LOOP 时，就结束循环体的本次执行，不再执行其后面的语句，而是转回 DO WHILE 处重新判断条件。如果循环体包含 EXIT 命令，那么当遇到 EXIT 时，就结束该语句的执行，转去执行 ENDDO 后面的语句。通常 LOOP 或 EXIT 出现在循环体内嵌套的选择语句中，根据条件来决定是 LOOP 回去，还是 EXIT 出去。

即学即练

【试题 1】在 DOWHILE-ENDDO 循环结构中，LOOP 命令的作用是________。

A）退出过程，返回程序开始处

B）转移到 DO WHILE 语句行，开始下一个判断和循环

C）终止循环，将控制转移到本循环结构 ENDDO 后面的第一条语句继续执行

D）终止程序执行

【试题 2】在 DO WHILE-ENDDO 循环结构中，EXIT 命令的作用是________。

A）退出过程，返回程序开始处

B）转移到 DO WHILE 语句行，开始下一个判断和循环

C）终止循环，将控制转移到本循环结构 ENDDO 后面的第一条语句继续执行

D）终止程序执行

TOP95：循环结构—SCAN 与 FOR

真题分析

【真题 1】如果在命令窗口中输入并执行命令："LIST 名称" 后在主窗口中显示

记录号	名称
1	电视机
2	计算机
3	电话线
4	电冰箱
5	电线

假定名称字段为字符型，宽度为 6，那么下面程序段的输出结果是________。（2005 年 9 月）

```
GO 2
SCAN NEXT 4 FOR LEFT(名称，2)="电"
IF RIGHT(名称，2)="线"
  LOOP
ENDIF
??名称
ENDSCAN
```

A）电话线　　B）电冰箱

C）电冰箱电线　　D）电视机电冰箱

解析：本题 SCAN-ENDSCAN 循环中嵌套使用 IF-ENDIF 语句，从第二条记录开始执行，记录指针自动、依次地在当前的指定范围内满足条件的记录上移动，对每一条记录执行循环体内的命令，如果名称的最后一个字是"线"则结束本次循环；开始下一次循环；找到符合条件的记录。

答案：B

【真题 2】在 Visual FoxPro 中，可以使用________语句跳出 SCAN-ENDSCAN 循环体外执行 ENDSCAN 后面的语句。（2005 年 9 月）

解析：SCAN-ENDSCAN 循环语句一般用于处理表中记录。SCAN-ENDSCAN 循环体中，LOOP、EXIT 都可以跳出循环体，LOOP 是跳出循环体外重新执行 SCAN 语句，EXIT 是跳出循环体执行 ENDSCAN 后的语句。

答案：EXIT

【真题 3】如果在命令窗口执行命令：LIST 名称，主窗口中显示：

记录号	名称
1	电视机
2	计算机
3	电话线
4	电冰箱
5	电线

假设名称字段为字符型、宽度为 6，那么下面程序段的输出结果是________。（2006 年 4 月）

```
GO 2
SCAN NEXT 4 FOR LEFT(名称，2)="电"
  IF RIGHT(名称，2)="线"
     EXIT
  ENDIF
ENDSCAN
? 名称
```

A）电话线　　B）电线

C）电冰箱　　D）电视机

解析：GO 2 表示定位到第 2 条记录，SCAN NEXT 4 FOR LEFT(名称，2)="电"通过 SCAN 循环从第 2 条记录开始向下 4 条记录中寻找最左边是“电”的记录，IF RIGHT(名称，2)="线"表示如果最右边是“线”就满足条件，跳出循环，所以最后显示“电话线”。

答案：A

题型点睛

1. SCAN—ENDSCAN 语句格式：

```
SCAN[<范围>][FOR<条件 1>][WHILE<条件 2>]
    <循环体>
ENDSCAN
```

该循环语句一般用于处理表中记录。<范围>的默认值是 ALL。EXIT 和 LOOP 命令同样可以出现在该循环语句的循环体内。

2. FOR 循环

格式：

```
FOR <循环变量>=<初值> TO <终值> [STEP<步长>]
    <循环体>
ENDFOR|NEXT
```

执行该语句时，系统首先将初值赋给循环变量，然后判断循环条件是否成立，如果成立，则执行循环体，之后变量增加一个步长，并再次判断循环条件是否成立，以确定是否再次执行循环体：如果不成立，则执行 END FOR 后面的语句。如果步长为正值，循环条件为<循环变量><=<终值>；若步长为负数，循环条件为<循环变量>>=<终值>。

即学即练

【试题 1】在 Visual FoxPro 中，如果希望跳出 SCAN-ENDSCAN 循环体，执行 ENDSCAN 后面的语句，应使用________。

A）LOOP 语句　　B）EXIT 语句

C）BREAF 语句　　D）RETURN 语句

【试题 2】求 1+2+……+20 的值，请将程序填写完整。

```
CLEAR
A=0
FOR________
S=S+N
ENDFOR
?S
RETURN
```

【试题 3】有下列程序：

```
FOR I=1 TO 6
   ??I
 ENDFOR
```

此程序的执行结果是________。

A）1　　B）6　　C）123456　　D）654321

TOP96：参数传递

真题分析

【真题 1】在 Visual FoxPro 中参数传递的方式有两种，一种是按值传递，另一种是按引用传递，将参数设置为按引用传递的语句是：SET UDFPARMS________。（2004 年 4 月）

解析：在 Visual FoxPro 中参数传递按引用传递的格式为：

SET UDFPARMS TO REFERENCE

TO REFERENCE：按引用传递。形参变量值改变时，实参变量值也随之改变。

答案：TO REFERENCE

【真题 2】下列程序段的输出结果是_______。（2004 年 9 月）

```
CLEAR
STORE 10 TO A
STORE 20 TO B
SET UDFPARMS TO REFERENCE
DO SWAP WITH A，(B)
? A，B
PROCEDURE SWAP
PARAMETERS X1，X2
  TEMP=X1
  X1=X2
  X2=TEMP
```

ENDPROC

A）10　20　　B）20　20

C）20　10　　D）10　10

解析：首先将A、B分别赋值为10、20，SET UPFPARAMS TO REFERFNCE命令表示参数传递方式为按引用传递，即形参变量值改变时，实参变量值也随之改变。执行DO SWAP WITH A，（B）时，调用过程中变量A是按引用传递，变量B用括号括起来始终是按值传递，模块SWAP的功能将X1，X2两个变量交换。X1=20，X2=10由于变量A是按引用传递，因此交换后变量A指向B的地址，返回主程序后A的值为20，变量B为按值传递，形参数值的变化不影响实参的变化，模块结束后，其值为20，返回主程序后，变量A和B值均为20。

答案：B

【真题3】使用调试器调试上一题的程序，如果想在过程SWAP执行时观察X1的值，可以在其中安置一条命令，程序执行到该命令时，系统将计算X1的值，并将结果在调试输出窗口中显示，这条命令的正确写法是______。(2004年9月)

A）DEBUGOUT X1　　B）DEBUG X1

C）OUT　X1　　D）TEST X1

解析：调试输出窗口可以在模块程序中安置一些DEBUGOUT命令：

DEBUGOUT<表达式>

答案：A

【真题4】下列程序段执行以后，内存变量A和B的值是______。(2006年9月)

```
CLEAR
A=10
B=20
SET UDFPARMS TO REFERENCE
DO SQ WITH(A)，B     &&参数是值传送，B 是引用传送
?A，B
PROCEDURE SQ
PARAMETERS  X1，Y1
X1=X1*X1
Y1=2*X1
```

```
ENDPROC
```

A）10 200　　B）100 200

C）100 20　　D）10 20

解析：参数传递有两种方式：按值传递和按引用传递。当按值传递时，形参变量值改变时，不会影响实参变量的值；当按引用传递时，形参变量值改变时，实参变量值也随之改变，因为在按引用传递时形参变量和实参变量使用的是相同的变量地址。

答案：A

【真题 5】在 Visual FoxPro 中，如下程序的运行结果（即执行命令 DO main 后）是______。（2004 年 9 月）

```
*程序文件名：main.prg
SET TALK OFF
CLOSE ALL
CLEAR ALL
mX="Visual FoxPro"
mY="二级"
DO S1
?mY+mX
RETURN

*子程序文件名：s1.prg
PROCEDURE s1
LOCAL mX
mX="Visual FoxPro DBMS 考试"
mY="计算机等级"+mY
RETURN
```

解析：子程序 s1 的功能是将 mX、mY 两个字符串首尾连接起来，用 LOCAL 命令声明的变量是局部变量，局部变量只能在建立它的模块中使用，当建立它的模块程序运行结束时，局部变量自动释放。所以主程序执行完 DO S1 这行代码时，变量 mY 的值为“计算机等级”，最后表达式的值是将 mY 和 mX 两个字符串首尾相连，所以结果为“计算机等级二级 Visual FoxPro”。

答案：计算机等级二级 Visual FoxPro

题型点睛

1. 调用模块程序的格式为：

格式 1：

DO < 文件名>/<过程名> WITH <实参 1>[，<实参 2>，…]

格式 2：

<文件名>/<过程名> (<实参 1>[，<实参 2>，…])

实参可以是常量、变量，也可以是一般形式的表达式。调用模块程序时，系统会自动把实参传递给对应的形参。形参的数目不能少于实参的数目，否则系统会产生运行错误。如果形参的数目多于实参的数目，那么多余的形参取初值逻辑假。

采用格式 1 调用模块程序时，如果实参是常量或一般形式的表达式，系统会计算出实参的值，并把它们赋值给相应的形参变量。这种情形称为按值传递。如果实参是变量，那么传递的将不是变量的值，而是变量的地址。这时形参和实参实际上是同一个变量，在模块程序中对形参变量值的改变，同样是对实参变量值的改变，这称为按引用传递。

采用格式 2 调用模块程序时，默认情况下都以按值方式传递参数。如果实参是变量，可以通过 SET UDFPARMS 命令重新设置参数传递的方式，格式如下：

SET UDFPARMS TO VALUE/REFERENCE

TO VALUE：按值传递。形参变量值的改变不会影响实参变量的值。

TO REFERENCE：按引用传递。形参变量值改变时，实参变量值也随之改变。

2. 应用程序一般包含多个程序模块。通常，把被其他模块调用的模块称为子模块，把调用其他模块而没有被其他模块调用的模块称为主程序。

模块可以是命令文件也可以是过程。定义过程的格式如下：

PRCEDURE|FUNCTION <过程名>

<命令序列>

[RETURN[<表达式>]]

[ENDPROC|ENDFUNC]

过程文件包含过程，在调用前，过程文件必须处于打开状态。打开过程文件的命令是：

SET PROCEDURE TO [<过程文件 1>[，过程文件 2]，……][ADDITIVE]

不带任何文件名的命令 SET PROCEDURE TO ，将会关闭所有过程文件。

关闭个别过程文件，使用命令：

RELEASE PROCEDURE <过程文件 1>[，<过程文件 2>，……]

即学即练

【试题 1】在 Visual FoxPro 中，关于过程调用的叙述正确的是________。

A）当实参的数量少于形参的数量时，多余的形参初值取逻辑假

B）当实参的数量多于形参的数量时，多余的实参初被忽略

C）实参与形参的数量必须相等

D）上面的 A 和 B 都正确

【试题 2】在 Visual FoxPro 中，有如下程序:

```
*程序名:TEST.PRG
*调用方法: DO TEST
SET TALK OFF
CLOSE ALL
CLEAR ALL
mX="Visual FoxPro"
mY="二级"
DO SUB1 WITH mX
?mY+mX
RETURN
*子程序:SUB1.PRG
PROCEDURE SUB1
PARAMETERS mX1
LOCAL mX
mX=" Visual FoxPro DBMS 考试"
mY="计算机等级"+mY
RETURN
```

执行命令 DO TEST 后，屏幕的显示结果为________。

A）二级 Visual FoxPro

B）计算机等级二级 Visual FoxPro DBMS 考试

C）二级 Visual FoxPro DBMS 考试

D）计算机等级二级 Visual FoxPro

【试题 3】下面关于过程调用的叙述中，正确的是________。

A）实参与形参的数量必须相等

B）当实参的数量多于形参的数量时，多余的实参被忽略

C）当形参的数量多于实参的数量时，多余的形参取逻辑假

D）以上都不对

【试题 4】若调用过程文件 W11.PRG 中的一个过程 AA，必须首先调用________命令打开这个过程文件，然后用________命令运行它。

TOP97：变量的作用域

真题分析

【真题 1】在程序中不需要使用 public 等命令明确声明和建立，可直接使用的内存变量是________。（2004 年 9 月）

A）局部变量　　B）公共变量

C）私有变量　　D）全局变量

解析： 私有变量是可以在程序中直接使用（没有通过 PUBLIC 和 LOCAL 命令事先声明）而由系统自动隐含建立的变量。

答案： C

【真题 2】执行如下命令序列后，最后一条命令的显示结果是________。（2006 年 4 月）

```
DIMENSION M（2，2）
M（1，1）=10
M（1，2）=20
M（2，1）=30
M（2，2）=40
?M（2）
```

A）变量未定义的提示　　B）10

C）20　　D）.F.

解析： DIMENSION M （2，2）表示二维数组 M 含 4 个元素，M （1，1）=10 表

示给第一个元素赋值 10，M （1，2）=20 表示给第二个元素赋值 20，M （2，1）=30 表示给第三个元素赋值 30，M（2，2）=40 表示给第四个元素赋值 40，M（2）表示第二个元素的值，所以结果为 20。

答案：C

【真题 3】在 Visual FoxPro 中，将只能在建立它的模块中使用的内存变量称为________。（2006 年 4 月）

解析：局部变量只能在建立它的模块中使用，不能在上层或下层模块中使用。

答案：局部变量

【真题 4】从内存中清除内存变量的命令是________。（2006 年 9 月）

A）Release　　B）Delete

C）Erase　　D）Destroy

解析：清除内存变量的命令有：CLEAR MEMORY 和 RELEASE，所以选 A。

答案：A

【真题 5】如果定义 LOCAL data，data 的初值是________。（2006 年 9 月）

A）整数 0　　B）不定值

C）逻辑真　　D）逻辑假

解析：局部变量用 LOCAL 命令建立，该命令建立指定的局部内存变量，并为它们赋初值逻辑假.F.。

答案：D

【真题 6】在 Visual FoxPro 中，如果希望内存变量只能在本模块（过程）中使用，不能在上层或下层模块中使用，说明该种内存变量的命令是________。（2007 年 4 月）

A）PRIVATE　　B）LOCAL

C）PUBLIC　　D）不用说明，在程序中直接使用

解析：内存变量有公共变量（PUBLIC）、私有变量（PRIVATE）和局部变量（LOCAL）。局部变量只能在建立它的模块中使用，不能在上层或下层模块中使用，

答案：B

题型点睛

在 VFP 中，以变量的作用域来分，内存变量可分为私有变量、局部变量和公共变量三类。

1. 私有变量：用 PRIMARY 声明

在程序中直接使用（没有通过 PUBLIC 和 LOCAL 命令事先声明）而由系统自动隐含建立的变量都是私有变量。私有变量的作用域是建立它的模块及其下属的各层模块。一旦建立它的模块程序运行结束，这些私有变量将自动清除。

2. 局部变量：用 LOCAL 声明

局部变量只能在建立它的模块中使用，不能在上层或下层模块中使用。当建立它的模块程序运行结束时，局部变量自动释放。

该命令建立指定的局部内存变量，并为它们赋初值逻辑假，由于 LOCAL 与 LOCATE 前四个字母相同，所以这条命令不能缩写。

3. 公共变量：用 PUBLIC 声明

建立公共的内存变量，并为它们赋初值逻辑假。公共变量一旦建立就一直有效，即使程序运行结束返回到命令窗口也不会消失。只有当执行 CLEAR MEMORY、RELEASE、QUIT 命令后，公共变量才被释放。

即学即练

【试题 1】将内存变量定义为全局变量的 Visual FoxPro 命令是______。

A）LOCAL　　B）PRIVATE

C）PUBLIC　　D）GLOBAL

【试题 2】在 Visual FoxPro 中，如果希望一个内存变量只限于在本过程中使用，说明这种内存变量的命令是________。

A）PRIVATE

B）PUBLIC

C）LOCAL

D）在程序中直接使用的内存变量

【试题 3】说明公共变量的命令关键字是______（关键字必须拼写完整）。

TOP98：调试器环境

真题分析

【真题 1】使用“调试器”调试程序时，用于显示正在调试的程序文件的窗口是______。(2004 年 9 月)

A）局部窗口　　B）跟踪窗口

C）调用堆栈窗口　　D）监视窗口

解析：局部窗口用于显示模块程序，调用堆栈窗口用于显示当前处于执行状态的程序、过程和方法程序中的内存变量的信息。跟踪窗口用于显示正在调试的程序文件的窗口。监视窗口用于监视表达式在程序调试执行过程中取值变化情况。

答案：B

题型点睛

1. 调用调试器的方法一般有两种：

选择“工具”菜单中的“调试器”命令。

在命令窗口输入DEBUG 命令。

2. 各子窗口的作用和使用特点：

跟踪窗口：用于显示正在调试执行的程序文件。

监视窗口：用于监视指定表达式在程序调试执行过程中的取值变化情况。

局部窗口：用于显示模块程序（程序、过程和方法程序）中的内存变量（简单变量、数组、对象）的名称、当前取值和类型。

调用堆栈窗口：用于显示当前处于执行状态的程序、过程或方法程序。若正在执行的程序是一个子程序，那么主程序和子程序的名称都会显示在该窗口中。

调试输出窗口：DEBUGOUT <表达式>当模块程序调试到此命令时，会计算出表达式的值，并将计算结果送入调试输出窗口。

即学即练

【试题 1】在 VFP 中，可以通过在命令窗口输入________命令来调用调试器。

本章即学即练答案

序号	答案	序号	答案
TOP93	【试题 1】答案：S>10，S>1，S<=1	TOP94	【试题 1】答案：B 【试题 2】答案：C
TOP95	【试题 1】答案：B 【试题 2】答案：N=1 TO 20 【试题 3】答案：C	TOP96	【试题 1】答案：A 【试题 2】答案：D 【试题 3】答案：C 【试题 4】答案：SET PROCEDURE TO W11 DO　AA
TOP97	【试题 1】答案：C 【试题 2】答案：C 【试题 3】答案：PUBLIC	TOP98	【试题 1】答案：DEBUG

第 12 章　表单设计与应用

TOP99：面向对象的概念

真题分析

【真题 1】下面关于类、对象、属性和方法的叙述中，错误的是________。（2005 年 9 月）

A）类是对一类相似对象的描述，这些对象具有相同种类的属性和方法

B）属性用于描述对象的状态，方法用于表示对象的行为

C）对于同一个类产生的两个对象可以分别设置自己的属性值

D）通过执行不同对象的同名方法，其结果必然是相同

解析：类是对一类相似对象的性质描述，这些对象具有相同的性质相同种类的属性以及方法；属性用来表示对象的形态；方法用来描述对象行为的过程，是对当某个对象接受了某个消息后所采取的一系列操作的描述。

答案：D

题型点睛

对象和类是面向对象方法的两个最基本的概念。

1. 对象

使用面向对象的方法解决问题的首要任务，就是要从客观世界里识别出相应的对象，并抽象出为解决问题所需要的对象属性和对象方法。属性用来表示对象的状态，方法用来描述对象的行为。方法是描述对象行为的过程，是对当某个对象接受了某个消息后所采取的一系列操作的描述。

2. 类

类和对象关系密切，但并不相同。类是对一类相似对象的性质描述，这些对象具有相同的性质，即相同种类的属性以及方法。类好比一类对象的模板，有了类定义后，基于类就可以生成这类对象中任何一个对象。这些对象虽然采用相同的属性来表示状态，

但它们在属性的取值上完全可以不同。这些对象一般有着不同的状态，且彼此之间相对独立。

即学即练

【试题 1】______用来表示对象的状态，______用来描述对象的行为。

TOP100：容器及控件

真题分析

【真题 1】假设表单上有一选项组：⊙男○女，其中第一个选项按钮“男”被选中。请问该选项组的 Value 属性值为________。（2006 年 4 月）

A）.T.　　B）"男"

C）1　　D）"男"或 1

解析： Value 属性用于指定选项组中哪个选项按钮被选中。该属性值的类型可以是数值型的，也可以是字符型的。若为数值型 N，则表示选项组中第 N 个选项按钮被选中，在该题中应该是 1，若为字符型 C，则表示选项组中 CAPTION 属性值为 C 的选项按钮被选中，这里应是男。

答案： C

【真题 2】假设表单上有一选项组：●男○女，如果选中第二个按钮“女”，则该项组 Value 属性的值为________。（2006 年 9 月）

A）.F.　　B）女

C）2　　D）女 或 2

解析： Value 属性的值可以是数值型，也可以是字符型。当为数值时，表示单选按钮中第几个按钮被选中，这里应是 2；当为字符型时，表示选中的是单选按钮的 CAPTION 属性值，这里应是女。

答案： D

题型点睛

1. VFP 中的类一般可分为两种类型：容器类和控件类。

2. VFP 中常用的容器对象包括：表单集、表单、表格、列、页框、页、命令按钮组、选项按钮组、Container 对象。常用的控件对象包括：表单集中的表单、工具栏，表单中的任意控件以及页框、Container 对象、命令按钮组、选项按钮组、表格等对象，表格中的列，列中的标头和除表单集、表单、工具栏、定时器及其他列之外的任意对象，页框中的页，页中的任意控件以及 Container 对象、命令按钮组、选项按钮组、表格等对象，命令按钮组中的命令按钮，选项按钮组中的选项按钮，Container 对象中的任意控件以及页框、命令按钮组、选项按钮组、表格等对象。

3. 下面是常用的几个属性或关键字：

Parent：当前对象的直接容器对象；

This：当前对象；

ThisForm：当前对象所在的表单；

ThisFormSet：当前对象所在的表单集。

即学即练

【试题 1】下列控件均为数据绑定型控件，但其中除________控件外，都是通过 ControlSource 属性与数据源绑定。

A）ListBox　　B）Grid

C）CommandGroup　　D）TextBox

【试题 2】假定一个表单里有一个文本框 Text1 和一个命令按钮组 CommandGroup1，命令按钮组是一个容器对象，其中包含 Command1 和 Command2 两个命令按钮。如果要在 Command1 命令按钮的某个方法中访问文本框的 Value 属性值，下面正确的是________。

A）ThisForm.Text1.Value　　B）This.Parent.Value

C）Parent.Text1.Value　　D）This.Parent.Text1.Value

TOP101：事件

真题分析

【真题 1】在 Visual FoxPro 中，为了将表单从内存中释放（清除），可将表单中退出命令按钮的 Click 事件代码设置为________。（2003 年 4 月）

A）ThisForm.Refresh　　　　B）ThisForm.Delete

C）ThisForm.Hide　　　　　D）ThisForm.Release

解析：ThisForm 表示当前表单。Refresh 方法重新绘制表单或控件，并刷新它的所有值。Release 方法将表单从内存中释放（清除）。Hide 方法隐藏表单。

答案：D

【真题 2】有关控件对象的 Click 事件的正确叙述是____。（2003 年 9 月）

A）用鼠标双击对象时引发

B）用鼠标单击对象时引发

C）用鼠标右键单击对象时引发

D）用鼠标右键双击对象时引发

解析：Click 事件用鼠标单击对象时引发。用鼠标双击对象时引发的是 DblClick 事件。用鼠标右键单击对象时引发的是 RightClick 事件。

答案：B

题型点睛

VFP 基类的最小事件集：

Init：当对象生成时引发；

Destroy：当对象从内存中释放时引发；

Error：当方法或事件代码出现运行错误时引发。

即学即练

【试题 1】下面哪个不属于 VFP 基类的最小事件集________。

A）Init　　　　B）Destroy

C）Error　　　　D）Load

TOP102：表单设计器

真题分析

【真题 1】新创建的表单默认标题为 Form1，为了修改表单的标题，应设置表单

的________。（2003 年 9 月）

A）Name 属性　　B）Caption 属性

C）Closable 属性　　D）AlwaysOnTop 属性

解析：表单的 Name 属性指定表单的对象名称。Caption 属性用来指定标题的内容。Closable 属性指定表单是否可以通过单击或双击控制菜单框来关闭表单。AlwaysOnTop 属性指定表单是否总位于其他打开窗口之上。

答案：B

【真题 2】在表单设计器中可以通过______工具栏中的工具快速对齐表单中的控件。（2006 年 9 月）

解析：利用“布局”工具栏中的按钮，可以快速调整表单窗口中控件的大小或相对位置。

答案：布局

【真题 3】为使表单运行时在主窗口中居中显示，应设置表单的 AutoCenter 属性值为______。（2007 年 4 月）

解析：AutoCenter 属性指定表单初始化是否自动在主窗口中居中显示，当值为.T.时，表单居中显示。

答案：.T.

题型点睛

1. 表单设计器窗口

“表单设计器”窗口内含正在设计的表单的表单窗口。用户可以在表单窗口上可视化地添加和修改控件。表单窗口只能在“表单设计器”窗口内移动。

2. Name 属性指定表单的对象名称。Closable 属性指定表单是否可以通过单击或双击控制菜单框来关闭表单。Caption 属性用来指定标题的内容。AlwaysOnTop 属性指定表单是否总位于其他打开窗口之上。AutoCenter 属性指定表单初始化是否自动在主窗口中居中显示，当值为.T.时，表单居中显示。

3. 利用“布局”工具栏中的按钮，可以快速调整表单窗口中控件的大小或相对位置。

即学即练

【试题 1】在 Visual FoxPro 中为表单指定标题的属性是________。

【试题 2】在表单设计器中，要快速地对齐表单中的控件，可以通过______工具栏中的工具。

TOP103：创建表单

真题分析

【真题 1】在将设计好的表单存盘时，系统将生成扩展名分别是 SCX 和______的两个表。（2004 年 9 月）

解析：设计好的表单将被保存在一个表单备注文件和一个表单文件里。表单备注文件的扩展名为 SCT，表单文件的扩展名为 SCX。

答案：SCT（或.SCT）

【真题 2】在 Visual FoxPro 中，运行当前文件夹下的表单 T1.SCX 的命令是_______。（2003 年 9 月）

解析：运行表单命令为：

DO FORM <表单名>

表单文件可以是文件名也可以使用全名。

答案：DO FORM T1（DO FORM T1.SCX）

【真题 3】如果在运行表单时，要使表单的标题显示“登录窗口”，则可以在 Form1 的 Load 事件中加入语句_______。（2004 年 9 月）

A）THISFORM.CAPTION="登录窗口"

B）FORM1.CAPTION="登录窗口"

C）THISFORM.NAME="登录窗口"

D）FORM1.NAME="登录窗口"

解析：表单的 CAPTION 属性用来设置表单的标题，NAME 用来指定对象名称，THISFORM 表示当前的表单。

答案：A

题型点睛

1. 使用表单设计器创建表单有以下三种方法：

1）在项目管理器环境下调用。

2）菜单方式调用。

3）在命令窗口输入 CREATE FORM 命令。

要保存设计好的表单，可以在表单设计器环境下，选择“文件”菜单中的“保存”命令，然后在打开的“另存为”对话框中指定表单文件的文件名，设计的表单将被保存在一个表单文件和一个备注文件里。表单文件的扩展名是.scx，表单备注文件的扩展名是.sct。

2. 运行表单有以下两种方式：在设计时运行表单；在程序中调用表单，或在命令窗口输入命令：DO FORM <表单文件名>

即学即练

【试题 1】表单也称为______或________。

【试题 2】在 Visual FoxPro 中，运行表单 T1.SCX 的命令是________。

A）DO T1　　　　B）RUN FORM T1

C）DO FORM T1　　　　D）DO FROM T1

TOP104：常用事件

真题分析

【真题 1】下面对表单若干常用事件的描述中，正确的是________。（2004 年 9 月）

A）释放表单时，Unload 事件在 Destrory 事件之前引发

B）运行表单时，Init 事件在 Load 事件之前引发

C）单击表单的标题栏，引发表单的 Click 事件

D）上面的说法都不对

解析：释放表单时，先引发表单的 Destrory 事件，然后引发命令按钮的 Destrory 事件，最后引发 Unload 事件；运行表单时，先引发表单的 Load 事件再引发 Init 事件。单击表单的标题栏，不会引发表单的 Click 事件。

答案：D

【真题 2】在 Visual FoxPro 中，表单的 Load 事件发生在 Init 事件之____。（2004 年 9 月）

解析：在 Visual FoxPro 中，Init 事件在对象建立时引发。Load 事件在表单对象建立之前引发，即先引发 Load 事件，再引发 Init 事件。

答案：前

【真题 3】要将一个弹出式菜单作为某个控件的快捷菜单，通常是在该控件的________事件代码中添加调用弹出式菜单程序的命令。（2006 年 4 月）

解析：RightClick 事件通常是用鼠标右键单击对象时引发，在选定对象的 RightClick 事件代码中添加调用快捷菜单程序的命令。

答案：RightClick

【真题 4】如果运行一个表单，以下事件首先被触发的是________。（2006 年 9 月）

A）Load　　B）Error

C）Init　　D）Click

解析：Load 在表单对象建立之前触发，运行表单时，先触发 Load 事件，再触发 Init 事件，Error 事件和 Click 事件在表单运行时触发。即，运行一个表单时，最先触发的是 Load 事件。

答案：A

【真题 5】在 Visual FoxPro 中，释放表单时会引发的事件是________。（2007 年 4 月）

A）UnLoad 事件　　B）Init 事件

C）Load 事件　　D）Release 事件

解析：在 Visual FoxPro 中，UnLoad 事件在释放表单时引发；Init 事件在建立表单时引发；Load 事件在建立表单之前引发；Release 是释放表单时引用的方法而不是事件。

答案：A

题型点睛

1. Init 事件

在对象建立时引发。在表单对象的 Init 事件引发之前，将先引发它所包含的控件对象的 Init 事件，所以在表单对象的 Init 事件代码中能够访问它所包含的所有控件对象。

2. Destroy 事件

在对象释放时引发。表单对象的 Destroy 事件在它所包含的控件对象的 Destroy 事件引发之前引发，所以在表单对象的 Destroy 事件代码中能够访问它所包含的所有控件对象。

3. Error 事件

当对象方法或事件代码在运行过程中产生错误时引发。

4. Load 事件

在表单对象建立之前引发，即运行表单时，先引发表单的 Load 事件，再引发表单的 Init 事件。

5. Unload 事件

在表单对象释放时引发，是表单对象释放时最后一个要引发一事件。

6. GotFocus 事件

当对象获得焦点时引发。对象可能会由于用户的动作或代码中调用 SetFocus 方法而获得焦点。

7. Click 事件

用鼠标单击对象时引发。

8. DblClick 事件

用鼠标双击对象时引发。

9. RightClick 事件

用鼠标右键单击对象时引发。

10. InteradtiveChange 事件

当通过鼠标或键盘交互式改变一个控件的值时引发。

即学即练

【试题 1】运行表单时，Load 事件是在 Init 事件之________被引发。

【试题 2】为表单建立了快捷菜单 mymenu，调用快捷菜单的命令代码 DO mymenu.mpr WITH THIS 应该放在表单的哪个事件中________。

A）Destory 事件　　B）Init 事件

C）Load 事件　　D）RightClick 事件

TOP105：常用方法

真题分析

【真题 1】能够将表单的 Visible 属性设置为.T.，并使表单成为活动对象的方法是________。（2002 年 9 月）

A）Hide B）Show

C）Release D）SetFocus

解析：Show 方法用于显示表单，该方法将表单的 Visible 属性设置为.T.，并使表单成为活动对象；Hide 方法用于隐藏表单，该方法将表单的 Visible 属性设置为.F.；Release 方法用于将表单从内存中释放（清除）；SetFocus 方法用于让控件获得焦点，使其成为活动对象。

答案：B

【真题 2】关闭当前表单的程序代码是 ThisForm.Release，其中的 Release 是表单对象的________。（2003 年 9 月）

A）标题 B）属性

C）事件 D）方法

解析：Release 是用于将表单从内存中释放（清除）的一种方法。

答案：D

【真题 3】在 Visual FoxPro 中，释放和关闭表单的方法是________。（2004 年 4 月）

A）RELEASE B）CLOSE

C）DELETE D）DROP

解析：在 Visual FoxPro 中，释放和关闭表单的方法是 RELEASE 方法。在 Visual FoxPro 中 CLOSE、DELETE、DROP 方法是不存在的。

答案：A

【真题 4】让控件获得焦点，使其成为活动对象的方法是________。（2004 年 9 月）

A）Show B）Release

C）SetFocus D）GotFocus

解析：Show 方法显示表单。Release 方法用于将控件从内存中释放（清除）。SetFocus 方法让控件获得焦点，使其成为活动对象。GotFocus 事件当对象获得焦点时引发。

答案：C

【真题 5】假设某个表单中有一个命令按钮 cmdClose，为了实现当用户单击此按钮时能够关闭该表单的功能，应在该按钮的 Click 事件中写入语句________。（2005 年 4 月）

A）ThisForm.Close B）ThisForm.Erase

C）ThisForm.Release D）ThisForm.Return

解析：Release 方法用于将控件从内存中释放（清除），即该方法 RELESE 方用于释放和关闭表单。

答案：C

题型点睛

1. Release 方法

将表单从内存中释放（清除）。

2. Refresh 方法

重新绘制表单或控件，并刷新它的所有值。当表单被刷新时，表单上的所有控件也都被刷新。当页框被刷新时，只有活动页被刷新。

3. Show 方法

显示表单。该方法将表单的 Visible 属性设置为.T.，并使表单成为活动对象。

4. Hide 方法

隐藏表单。该方法将表单的 Visible 属性设置为.F.。

5. SetFocus 方法

让控件获得焦点，使其成为活动对象。

即学即练

【试题 1】在 Visual FoxPro 中释放和关闭表单的方法是__________。

【试题 2】在表单运行中，当结果发生变化时，应刷新表单，刷新表单使用的命令是________。

A）DELETE　　B）RELEASE　　C）REFRESH　　D）PACK

【试题 3】能够将表单的 VISIBLE 属性设置为真，并使表单成为活动对象的方法是________。

A）SHOW　　B）HIDE　　C）SETFOCUS　　D）RELEASE

TOP106：数据环境

真题分析

【真题 1】以下叙述与表单数据环境有关，其中正确的是________。（2003 年 9 月）

A）当表单运行时，数据环境中的表处于只读状态，只能显示不能修改

B）当表单关闭时，不能自动关闭数据环境中的表

C）当表单运行时，自动打开数据环境中的表

D）当表单运行时，与数据环境中的表无关

解析：通常情况下，数据环境中的表或视图会随着表单的打开或运行而打开，可以修改，并随着表单的关闭或释放而关闭，可以用数据环境设计器来设置表单的数据环境。

答案：C

【真题 2】以下关于表单数据环境叙述错误的是______。（2004 年 4 月）

A）可以向表单数据环境设计器中添加表或视图

B）可以从表单数据环境设计器中移出表或视图

C）可以在表单数据环境设计器中设置表之间的联系

D）不可以在表单数据环境设计器中设置表之间的联系

解析：通常情况下，可以用数据环境设计器来设置表单的数据环境（包括设置表和视图以及表之间的关系）。

答案：D

题型点睛

可以为表单建立数据环境，数据环境中能够包含与表单有联系的表和视图以及表之间的关系。通常情况下，数据环境中的表或视图会随着表单的打开或运行而打开，并随着表单的关闭或释放而关闭。

1. 数据环境中常用的两个属性：

AutoOpenTables：当运行或打开表单时，是否打开数据环境中的表和视图。

AutoCloseTables：当释放或关闭表单时，是否关闭由数据环境指定的表和视图。

2. 在数据环境中设置关系

如果添加到数据环境的表之间具有在数据库中设置的永久关系，这些关系也会自动添加到数据环境中。如果表之间没有永久关系，可以根据需要在数据环境设计器下为这些表设置关系。

即学即练

【试题 1】下面关于表单数据环境的叙述，其中错误的是________。

A）可以在数据环境中加入与表单操作有关的视图

B）数据环境是表单的容器

C）可以在数据环境中建立表之间的联系

D）表单运行时自动打开其数据环境中的表

TOP107：标签控件

真题分析

【真题 1】对于标签控件，要指定标题文本在控件中显示为中央对齐，应将 Alignment 属性设置为______。(2002 年 4 月)

解析：Alignment 属性指定文本在控件中显示的对齐方式。属性值为 2 时，为中央对齐。

答案：2

【真题 2】在当前表单的 LABEL1 控件中显示系统时间的语句是______。(2004 年 4 月)

A）THISFORM.LABEL1.CAPTION=TIME( )

B）THISFORM.LABEL1.VALUE=TIME( )

C）THISFORM.LABEL1.TEXT=TIME( )

D）THISFORM.LABEL1.CONTROL=TIME( )

解析：标签控件的 CAPTION 属性指定标签的标题文本。

THISFORM.LABEL1.CAPTION= TIME( )设置当前标签控件的标题为系统时间。

答案：A

题型点睛

常用的标签属性：

1. Caption 属性：指定标签的标题文本。

在设计代码时，应该用 Name 属性值（对象名称）而不能用 Caption 属性值来引用对象。在同一作用域内两个对象可以有相同的 Caption 属性值，但不能有相同的 Name 属性值。用户在产生表单或控件对象时，系统给予对象的 Caption 属性值和 Name 属性值是相同的。

2. Alignment 属性：指定标题文本在控件中显示的对齐方式。对不同的控件，该属性的设置情况不同，对标签属性的设置值如下：

0：（默认值）左对齐，文本显示在区域的左边。

1：右对齐，文本显示在区域的右边。

2：中央对齐，将文本居中排放，使左右两边的空白相等。

即学即练

【试题 1】用当前窗体的 LABEL1 控件显示系统时间的语句是

THISFORM.LABEL1.________ = TIME( )

TOP108：命令按钮控件

真题分析

【真题 1】在表单中确定控件是否可见的属性是________。(2003 年 4 月)

解析：Visible 属性指定对象是可见还是不可见。在表单设计器中，默认值为.T.，即对象是可见的；在程序代码中，默认值为.F.，即对象是不可见的。

答案：Visible

【真题 2】以下所列各项属于命令按钮事件的是______。(2006 年 4 月)

A）Parent　　B）This

C）ThisForm　　D）Click

解析：Parent、This 和 ThisForm 都是容器对象中的几个属性或关键字。Click 属于命令按钮事件。

答案：D

题型点睛

1. 常用的命令按钮属性

Default 属性和 Cancel 属性：Default 属性值为.T.的命令按钮称为“确认”按钮。命令按钮的 Default 属性默认值为.F.。Cancel 属性值.T.的命令按钮称为“取消”按钮。命令按钮的属性默认值为.F.。在“取消”按钮所在的表单激活的情况下，按 ESC 键可以激活“取消”按钮，执行该按钮的 Click 事件代码。

Enabled 属性：指定表单或控件能否响应由用户引发的事件。默认值为.T.，即对象是有效的，能被选择，能响应用户引发的事件。

Visible 属性：指定对象是可见还是隐藏。在表单设计器中，默认值为.T.，即对象是可见的；在程序中，默认值为.F.，即对象是隐藏的。

2. 常用的命令组控件属性

ButtonCount 属性：指定命令组中命令按钮的数目。该属性在设计和运行时可用。

Buttons 属性：用于存取命令组中各按钮的数组。该属性数组在创建命令组时建立，用户可以利用该数组为命令组中的命令按钮设置属性或调用其方法。

Value 属性：指定命令组当前的状态。该属性的类型可以是数值型，也可以是字符型。

即学即练

【试题 1】指定表单或控件能否响应由用户引发的事件的属性是________。

TOP109：文本框控件

真题分析

【真题 1】如果想在运行表单时，向 Text2 中输入字符，回显字符显示的是“*”号，则可以在 Form1 的 Init 事件中加入语句________。（2004 年 9 月）

A）FORM1.TEXT2.PASSWORDCHAR="*"

B）FORM1.TEXT2.PASSWORD="*"

C）THISFORM .TEXT2.PASSWORD="*"

D）THISFORM .TEXT2.PASSWORDCHAR="*"

解析：PasswardChar 属性指定文本框控件内是显示用户输入的字符或是显示占位符。THISFORM 表示当前表单。

THISFORM .TEXT2.PASSWORDCHAR="*"表示文本框内只显示占位符，而不显示用户输入的实际内容。

答案：D

【真题 2】如果文本框的 InputMask 属性值是#99999，允许在文本框中输入的是________。（2004 年 9 月）

A）+12345　　B）abc123　　C）$1345　　D）abcdef

解析：InputMask 属性指定在一个文本框中如何输入和显示数据。当文本框的 InputMask 属性值是#99999，表示允许输入正负号和数字。

答案： A

题型点睛

常用的文本框控件属性如下：

1. ControlSource 属性：利用该属性为文本框指定一个字段或内存变量。运行时，文本框首先显示该变量的内容。而用户对文本框的编辑结果，也会最终保存到该变量中。该属性在设计和运行时可用。

2. Value 属性：返回文本框的当前内容。该属性的默认值是空串。如果 ControlSource 属性指定了字段或内存变量，则该属性将与 ControlSource 属性指定的变量具有相同的数据和类型。

3. PasswordChar 属性：指定文本框控件内是显示用户输入的字符还是显示占位符，并指定用作占位符的字符。该属性的默认值是空串，没有占位符，文本框内显示用户输入的内容。当为该属性指定一个字符后，文本框内将只显示占位符，而不会显示用户输入的实际内容。该属性在设计和运行时可用，仅适用于文本框。

4. InputMask 属性：指定在一个文本框中如何输入和显示数据。InputMask 属性值是一个字符串。InputMask 属性值中也可包含其他字符，这些字符在文本框内将会原样显示。该属性在设计和运行时可用。

即学即练

【试题 1】文本框的 PasswardChar 属性值设置为星号(*)，那么，当在文本框中输入“计算机等级考试”时，文本框中显示的是________。

A）计算机等级考试　　　　B）*******

C）**************　　　　D）错误设置，无法输入

TOP110：编辑框控件

真题分析

【真题 1】下面对编辑框（EditBox）控制属性的描述正确的是________。（2002 年 9 月）

A）SelLength 属性的设置可以小于 0

B）当 ScrollBars 的属性值为 0 时，编辑框内包含水平滚动条

C）SelText 属性在做界面设计时不可用，在运行时可读写

D）ReadOnly 属性值为.T.时，用户不能使用编辑框上的滚动条

解析：SelLength 属性的有效取值范围在 0 与编辑区中的字符总数之间，若小于 0，将产生一个错误。ScrollBars 属性指定编辑框是否具有滚动条，当属性值为 0 时，编辑框没有滚动条，当属性值为 2 时，编辑框包含垂直滚动条。ReadOnly 属性指定用户能否编辑编辑框中的内容。属性值为真时，不能编辑编辑框中的内容；属性值为假时，能够编辑编辑框中的内容。

答案：C

【真题 2】编辑框（EditBox）中 AllowTabs 属性指定编辑框控件中能否使用________。（2003 年 4 月）

解析：AllowTabs 属性指定编辑框控件中能否使用 Tab 键。属性值为真时，编辑框里允许使用 Tab 键；属性值为假时，编辑框里不能使用 Tab 键。

答案：Tab 键

题型点睛

常用的编辑框控件属性如下：

1. AllowTabs 属性：指定编辑框控件中能否使用 Tab 键。属性值为真时，编辑框里允许使用 Tab 键；属性值为假时，编辑框里不能使用 Tab 键。

2. ReadOnly 属性：指定用户能否编辑编辑框中的内容。属性值为真时，不能编辑编辑框中的内容；属性值为假时，能够编辑编辑框中的内容。

3. ScrollBars 属性：指定编辑框是否具有滚动条。当属性值为 0 时，编辑框没有滚动条；当属性值为 2（默认值）时，编辑框包含垂直滚动条。该属性在设计时可用，在运行时可读写。

4. SelLength 属性：返回用户在控件的文本输入区中所选定字符的数目，或指定要选定的字符数目。属性的取值范围在 0 与编辑区中的字符总数之间，若小于 0，将产生一个错误。该属性在设计时不可用，在运行时可读写。

即学即练

【试题 1】ScrollBars 属性指定编辑框是否具有滚动条。当属性值为_______（默认值）时，编辑框包含垂直滚动条。

TOP111：复选框

真题分析

【真题 1】用来确定复选框是否被选中的属性是________，用来指定显示在复选框旁的文字的属性是 ________。（2002 年 9 月）

解析：复选框的 VALUE 属性用来指明复选框的当前状态——被选中/未被选中，CAPTION 属性用来指定显示在复选框旁边的文字。

答案：VALUE，CAPTION

【真题 2】用来指定显示在复选框旁边的文字的属性是________，用来指明与复选框建立联系的数据源的属性是________，（2003 年 4 月）

解析：复选框的 Caption 属性用来指定显示在复选框旁边的文字，ControlSource 属性指明与复选框建立联系的数据源。

答案：Caption，ControlSource

题型点睛

常用的复选框属性如下：

1. Caption 属性：用来指定显示在复选框旁边的文字。

2. Value 属性：用来指明复选框的当前状态。复选框的 Value 属性值为 0 或.F.，未被选中；Value 属性值为 1 或.T.，被选中；Value 属性值为 2 或.NULL.，不确定，只在代码中有效。

3. ControlSource 属性：指明与复选框建立联系的数据源。作为数据源的字段变量或内存变量，其类型可以是逻辑型或数值型。

即学即练

【试题 1】复选框的 Value 属性值为______时，复选框未被选中；Value 属性值为______时，则被选中。

TOP112：列表框控件

真题分析

【真题 1】下面对控件的描述正确的是________。（2002 年 9 月）

A）用户可以在组合框中进行多重选择

B）用户可以在列表框中进行多重选择

C）用户可以在一个选项组中选中多个选项按钮

D）用户对一个表单内的一组复选框只能选中其中一个

解析：组合框不提供多重选择的功能，没有 MultiSelect 属性。列表框 MultiSelect 属性指定用户能否在列表框控件内进行多重选择。一个选项组中包含若干个选项按钮，但用户只能从中选择一个按钮。复选框用于标记一个两值状态，当处于“真”状态时，复选框内显示一个对勾；否则，复选框内为空白。

答案：B

【真题 2】确定列表框内的某个条目是否被选定应使用的属性是______。（2002 年 9 月）

A）Value　　B）ColumnCount

C）ListCount　　D）Selected

解析：列表框内的 Value 属性返回列表框中被选中的条目，ColumnCount 属性指定列表框的列数，ListCount 属性指明列表框中数据条目的数目，Selected 属性指定列表框内的某个条目处于选定状态。

答案：D

题型点睛

主要的选项组控件属性如下：

1. Value 属性：用于指定选项组中哪个选项按钮被选中。该属性值的类型可以是数值型，也可以是字符型。

2. Buttons 属性：用于存取选项组中每个按钮的数组。

常用的列表框控件属性如下：

1. List 属性：用以存取列表框中数据条目的字符串数组。

2. ListLount 属性：指明列表框中数据条目的数目。

3. ColumnCount 属性：指明列表框的列数。

4. Value 属性：返回列表框中被选中的条目。该属性可以是数值型，也可以是字符型。若为数值型，返回的是被选条目在列表框中的次序号。若为字符型，返回的是被选条目的本身内容，如果列表框不止一列，则返回由 BoundColumn 属性指明的列上的数据项。

5. Selected 属性：指定列表框内的某个条目是否处于选定状态。

6. MultiSelect 属性：指定用户能否在列表框控件内进行多重选择。当属性值为 0 或.F.，不允许多重选择；Value 属性值为 1 或.T.，允许多重选择。

即学即练

【试题 1】确定列表框内的某个条目是否被选定，应使用属性________。

TOP113：表格控件

真题分析

【真题 1】在 Visual FoxPro 的表单设计中，为表格控件指定数据源的属性是______。（2004 年 9 月）

解析：在 Visual FoxPro 的表单设计中，RecordSource 属性用来为表格控件指定数据源。

答案：RecordSource

【真题 2】在 Visual FoxPro 中，如果要把改变表单上表格对象中当前显示的列数，应设置表格的______属性。（2005 年 9 月）

解析：在 Visual FoxPro 中，ColumnCount 属性用来设置表单上表格对象中当前显示的列数。

答案：ColumnCount

题型点睛

表格控件的主要属性如下：

1. RecordSource 属性：RecordSourceType 属性指明表格数据源的类型，RecordSource 属性指定表格数据源。RecordSourceType 属性值为 0 时，表，该表能被自动打开；

RecordSourceType 属性值为1时，别名，数据来源于已打开的表，由RecordSource属性指定该表的别名；RecordSourceType属性值为2时，提示，运行时，由用户根据提示选择表格数据源；RecordSourceType属性值为3时，查询，数据来源于查询，由RecordSource属性指定一个查询文件；RecordSourceType属性值为4时，SQL语句，数据来源于SQL语句，由RecordSource属性指定一个SQL语句。

2. ColumnCount属性：指定表格的列数，也即一个表格对象所包含的列对象的数目。该属性的默认值为-1。

即学即练

【真题1】在表单中为表格控件指定数据源的属性是______。

A）DataSource　　B）Record Source

C）DataFrom　　D）RecordFrom

本章即学即练答案

序号	答案	序号	答案
TOP99	【试题1】答案：属性，方法	TOP100	【试题1】答案：B 【试题2】答案：A
TOP101	【试题1】答案：D	TOP102	【试题1】答案：CAPTION 【试题2】答案：布局
TOP103	【试题1】答案：屏幕，窗口 【试题2】答案：C	TOP104	【试题1】答案：前 【试题2】答案：D
TOP105	【试题1】答案：RELEASE 【试题2】答案：C 【试题3】答案：A	TOP106	【试题1】答案：B
TOP107	【试题1】答案：CAPTION	TOP108	【试题1】答案：Enabled
TOP109	【试题1】答案：C	TOP110	【试题1】答案：2
TOP111	【试题1】答案：0（或.F.），1（或.T.）	TOP112	【试题1】答案：Selected
TOP113	【试题1】答案：B		

第13章　菜单设计与应用

TOP114：系统菜单

真题分析

【真题1】为了从用户菜单返回到系统菜单应该使用命令________。(2004年4月)

A）SET DEFAULT SYSTEM　　B）SET MENU TO DEFAULT

C）SET SYSTEM TO DEFAULT　　D）SET SYSMENU TO DEFAULT

解析：在 Visual FoxPro 中，恢复系统菜单命令为：

SET SYSMENU TO DEFAULT

答案：D

【真题2】为了从用户菜单返回到默认的系统菜单应该使用命令 SET________TO DEFAULT。(2004年4月)

解析：返回默认的系统菜单可以使用命令：

SET SYSMENU TO DEFAULT

答案：SYSMENU

【真题3】以下是与设置系统菜单有关的命令，其中错误的是________。(2006年4月)

A）SET SYSMENU DEFAULT　　B）SET SYSMENU TO DEFAULT

C）SET SYSMENU NOSAVE　　D）SET SYSMENU SAVE

解析：SET SYSMENU TO DEFAULT 将系统菜单恢复为缺省配置；SET SYSMENU NOSAVE：将缺省配置恢复成 VFP 系统菜单的标准配置；SET SYSMENU SAVE：将当前的系统菜单配置指定为缺省配置。

答案：A

题型点睛

1. VFP 支持两种类型的菜单：条形菜单和弹出式菜单。

VFP 系统菜单是一个典型的菜单系统，其主菜单是一个条形菜单。

2. 恢复系统菜单的命令为：

```
SET SYSMENU TO DEFAULT
```

SET SYSMENU TO 命令将屏蔽系统菜单，使系统菜单不可用。

即学即练

【试题 1】要将 Visual FoxPro 系统菜单恢复成标准配置，可先执行________命令，然后再执行________命令。

【试题 2】快捷菜单实质上是一个弹出式菜单。要将某个弹出式菜单作为一个对象的______事件代码中添加调用该弹出式菜单程序的命令。

TOP115：菜单设计器

真题分析

【真题 1】在菜单设计器中生成的菜单文件的扩展名为________。（2002 年 9 月）

解析：菜单文件的扩展名为 mnx 。

答案：mnx

【真题 2】在 Visual FoxPro 中，使用“菜单设计器”定义菜单，最后生成的菜单程序的扩展名是________。（2003 年 4 月）

A）MNX　　B）PRG　　C）MPR　　D）SPR

解析：在“菜单设计器”定义菜单，菜单定义保存到.MNX 文件中，但它本身是一个表文件，不能运行，要根据菜单定义生成可执行的菜单程序文件.MPR 文件。

答案：C

题型点睛

在“菜单设计器”中定义菜单，菜单定义保存到.MNX 文件中，我们称之为菜单文件，但它本身是一个表文件，不能运行，要根据菜单定义生成可执行的菜单程序文件.MPR

文件。

即学即练

【试题 1】在菜单设计器中最后生成以扩展名为________的菜单文件。

TOP116：菜单设计的基本过程

真题分析

【真题 1】扩展名为 mnx 的文件是________。（2005 年 9 月）

A）备注文件　　B）项目文件

C）表单文件　　D）菜单文件

解析：菜单文件的扩展名为 mnx，备注文件扩展名为 fpt，项目文件扩展名为 pjx，表单文件扩展名为 sct。

答案：D

【真题 2】在 Visual FoxPro 中，要运行菜单文件 menu1.mpr，可以使用命令________。（2006 年 4 月）

A）DO menu1　　B）DO menu1.mpr

C）DO MENU menu1　　D）RUN menu1

解析：运行菜单程序的命令为：DO <文件名>，但文件名的扩展名.mpr 不能省略。

答案：B

题型点睛

1. 调用菜单设计器

选择“文件”菜单中的“新建”命令；在“新建”对话框中选定“菜单”单选按钮，然后单击“新建文件”按钮；在“新建菜单”对话框中选择“菜单”按钮。菜单定义文件为.mnx 文件。也可以用命令 MODIFY MENU <文件名>，<文件名>指菜单定义文件，默认扩展名.mnx 允许缺省，如果<文件名>为新文件，则为建立菜单，否则为打开菜单。

2. 定义菜单

定义好菜单后，将菜单定义保存到.mnx 文件中。

3. 生成菜单程序

菜单定义文件存放着菜单的各项定义，但其本身是一个表文件，并不能运行。要根据菜单产生可执行的菜单程序文件（.mpr 文件）。

4. 运行菜单程序

可使用命令“DO　<文件名>”运行菜单程序，但文件名的扩展名不能省略。

即学即练

【试题 1】假设已经生成了名为 mymenu 的菜单程序文件，执行该菜单文件的命令是______。

A）DO　mymenu　　B）DO　mymenu.mpr

C）DO　mymenu.pjx　　D）DO　mymenu.mnx

TOP117：定义菜单

真题分析

【真题 1】如果菜单项的名称为“统计”，热键是 T，在菜单名称一栏中应输入______。(2003 年 9 月)

A）统计（\<T）　　B）统计（Ctrl+T）

C）统计（Alt+T）　　D）统计（T）

解析：为菜单项设置热键，方法是在要作为热键的字符前加上“\<”两个字符。

答案：A

【真题 2】弹出式菜单可以分组，插入分组线的方法是在“菜单名称”项中输入______两个字符。(2003 年 9 月)

解析：将弹出式菜单的菜单项分组，提供的分组手段是插入分组线，方法是在相应的“菜单名称”列上输入“\-”两个字符。

答案：\-

题型点睛

1. “菜单设计器”窗口

（1）“菜单名称”列

指定菜单项的名称，也称为标题，用于显示，并非内部名字。

在指定菜单名称时，可以设置菜单项的访问键，方法是在要作为访问键的字符前加上“\<”两个字符。系统提供的分组手段是在两组之间插入一条水平的分组线，方法是在相应行的“菜单名称”列输入“\-”两个字符。

（2）“结果”列

该列用于指定当用户选择该菜单项时的动作，单击该列将出现一个下拉列表框，有命令、过程、子菜单和填充名称或菜单项等四种选择。

（3）“选项”列

每个菜单项的“选项”列都有一个无符号按钮，单击该按钮就会出现“提示选项”对话框，供用户定义菜单项的其他属性。

除此之处，“菜单设计器”窗口中还有以下按钮：

“插入”按钮

“插入栏”按钮

“删除”按钮

“预览”按钮

“移动”按钮

2. “显示”菜单

“常规选项”对话框

“菜单选项”对话框

即学即练

【试题 1】菜单定义保存到________文件中。

本章即学即练答案

序号	答案	序号	答案
TOP114	【试题 1】答案： SET SYSMENU NOSAVE SET SYSMENU TO DEFAULT 【试题 2】答案：RightClick	TOP115	【试题 1】答案：mnx
TOP116	【试题 1】答案：B	TOP117	【试题 1】答案：.MNX

第14章　报表设计

TOP118：报表设计器

真题分析

【真题1】建立报表，打开报表设计器的命令是________。（2003年9月）

A）CREATE REPORT　　B）NEW REPORT

C）REPORT FROM　　D）START REPORT

解析：在VFP中，打开报表设计器的命令是CREATE REPORT。

答案：A

题型点睛

启动报表设计器的方法

1. 菜单方法：在系统菜单中单击“文件”|“新建”命令，在文件类型对话框中选“报表”，单击“新建”按钮。

2. 命令方法:在COMMAND窗口输入如下命令:

CREATE REPORT <文件名>(创建新的报表)或MODIFY REPORT <文件名>（打开一个已有的报表)

3. 在项目管理器中，单击“文档”标签，选中“报表”，单击“新建”或“修改”。

即学即练

【试题1】在报表设计器中，可以使用的控件是________。

A）标签、文本框和线条　　B）标签、域控件和列表框

C）标签、域控件和线条　　D）布局和数据源

TOP119：创建报表

真题分析

【真题 1】Visual FoxPro 的报表文件.FRX 中保存的是________。(2003 年 9 月)

A）打印报表的预览格式　　B）已经生成的完整报表

C）报表的格式和数据　　D）报表设计格式的定义

解析：报表文件.FRX 是报表设计格式的文件，保存的是报表设计格式的定义。

答案：D

【真题 2】为修改已建立的报表文件打开报表设计器的命令是________。(2007 年 4 月)

解析：打开报表设计器修改已建立的报表文件命令是：

MODIFY REPORT

答案：MODIFY REPORT

题型点睛

1. VFP 提供了三种创建报表的方法：使用报表向导创建报表、使用报表设计器创建自定义的报表、使用快速报表创建简单规范的报表。报表文件的扩展名为.frx。

2. 使用报表向导定义报表有以下 6 个步骤：

步骤 1：字段选取，此步骤确定报表中出现的字段。

步骤 2：分组记录，此步骤确定数据分组方式，只有按照分组字段建立索引之后才能正确分组。

步骤 3：选择报表样式。

步骤 4：定义报表布局，此步骤确定报表布局，具体的选项为列数、方向、字段布局。

步骤 5：排序记录，确定记录在报表中出现的顺序，排序字段必须已经建立索引。

步骤 6：完成。

即学即练

【试题 1】下列创建报表的方法，正确的是________。

A）使用报表设计器创建自定义报表

B）使用报表向导创建报表

C）使用快速报表创建简单规范的报表

D）以上三种

TOP120：报表的数据源

真题分析

【真题 1】报表的数据源可以是________。（2005 年 9 月）

A）表或视图　　B）表或查询

C）表、查询或视图　　D）表或其他报表

解析：报表的数据源可以是数据库中的表或自由表，也可以是视图、查询或临时表。

答案：C

题型点睛

设置报表数据源

“数据环境设计器”窗口中的数据源将在每一次运行报表时被打开，而不必以手工方式打开所使用的数据源。前面用报表向导和创建快速报表的方法建立报表文件时，已经指定了相关的表作为数据源。在使用报表设计器创建一个空报表，并直接设计报表时已经指定了相关的表作为数据源。

即学即练

【试题 1】报表以视图或查询为数据源是为了对输出记录进行________。

A）分组　　B）排序　　C）筛选　　D）以上三种均对

TOP121：报表的布局

真题分析

【真题 1】默认情况下，报表设计器不包含的基本带区为________。（2003 年 9 月）

A）页标头　　B）页注脚　　C）标题　　D）细节

解析：报表中带区的作用是控制数据在页面上的打印位置。在打印时，系统会以不同的方式处理各个带区的数据。默认情况下，报表设计器中包含3个基本带区:页标头、细节和页注脚。若想显示其他带区，则单击“报表”菜单中的命令。

答案：C

题型点睛

设计报表布局

在报表设计器中，报表包括若干个带区，有：标题，页标头，细节，页注脚，总结，组标头，组注脚，列标头，列注脚。

带区的作用主要是控制数据在页面上的打印位置。在打印或预览报表时，系统会以不同的方式处理各个带区的数据。对于“页标头”带区，系统将在每一页上打印一次该带区所包含的内容；而对于“标题”带区，则只是在报表开始时打印一次该带区的内容。在每一个报表中可以添加或删除若干个带区。

“页标头”，“细节”，“页注脚”这三个带区是快速报表默认的基本带区。如果要使用其他带区，可以由用户自己设置。

即学即练

【试题1】对报表进行分组后，报表会自动包含的带区是_______。

A）细节

B）细节、组标头和组注脚

C）组标头和组注脚

D）标题、细节、组标头和组注脚

【试题2】报表主要包括两个部分：数据源和________。

TOP122：报表中使用的控件

真题分析

【真题1】为了在报表中打印当前时间，这时应该插入一个_________。（2004年4月）

A）表达式控件　　B）域控件

C）标签控件　　D）文本控件

解析：在报表中打印当前时间，应插入一个域控件。域控件用于打印表或视图中的字段、变量和表达式的计算结果。

答案：B

【真题 2】为了在报表中插入一个文字说明，应该插入一个________控件。（2006年9月）

解析：标签是用以显示文本的图形控件，被显示的文本在 Caption 属性中指定，称为标题文本，每个字段前的说明性文字、报表标题都是用标签控件来完成的。

答案：标签

题型点睛

1. 标签控件

标签控件在报表中的使用是相当广泛的。

2. 线条、矩形和圆角矩形

报表仅仅包含数据不够美观，可以使用“报表控件”工具栏中所提供的线条，矩形或圆角矩形按钮，在报表适当的位置上添加相应的图形线条控件使其效果更好。

3. 域控件

用于打印表或视图中的字段、变量和表达式的计算结果。

4. OLE 对象

即学即练

【试题 1】为了在报表中打印表中的字段，这时应该插入一个________。

A）表达式控件　　B）域控件

C）标签控件　　D）文本控件

TOP123：报表输出

真题分析

【真题 1】在 Visual FoxPro 中，可以用 DO 命令执行的文件不包括________。（2006

年 4 月）

A）PRG 文件　　B）MPR 文件

C）FRX 文件　　D）QPR 文件

解析：FRX 文件是报表文件，预览报表用 REPORT 命令，不用 DO 命令；PRG（程序文件）、MPR（菜单文件）和 QPR（查询文件）都是可以用 DO 命令来执行的。

答案：C

【真题 2】在 Visual FoxPro 中，在屏幕上预览报表的命令是________。（2007 年 4 月）

A）PREVIEW REPORT

B）REPORT FORM … PREVIEW

C）DO REPORT … PREVIEW

D）RUN REPORT … PREVIEW

解析：Visual FoxPro 中，预览报表的命令是：

REPORT FORM … PREVIEW

答案：B

题型点睛

1. 设置报表的页面

报表打印之前，应该考虑页面的外观，例如页边距、纸张类型和所需的布局等。如果更改了纸张的大小和方向设置，应该确认该方向适用于所选纸张的大小。

2. 预览报表

报表按数据源中记录出现的内容和顺序处理记录。

3. 打印输出报表

在命令窗口中使用 REPORT FORM <报表文件名> [PREVIEW]。

即学即练

【试题 1】调用报表格式文件 PP1 预览报表的命令是________。

A）REPORT FROM PP1 PREVIEW

B）DO FROM PP1 PREVIEW

C）REPORT FORM PP1 PREVIEW

D）DO FORM PP1 PREVIEW

本章即学即练答案

序号	答案	序号	答案
TOP118	【试题 1】答案：C	TOP119	【试题 1】答案：D
TOP120	【试题 1】答案：D	TOP121	【试题 1】答案：C 【试题 2】答案：布局
TOP122	【试题 1】答案：B	TOP123	【试题 1】答案：C

第 15 章　开发应用程序

TOP124：程序文件的建立与执行

真题分析

【真题 1】建立程序文件的命令是________。（2002 年 4 月）

A）DO COMMAND <文件名>

B）MODIFY COMMAND <文件名>

C）CREATE COMMAD <文件名>

D）USE COMMAND <文件名>

解析：Visual FoxPro 中，创建和修改程序文件的格式都为 MODIFY COMMAND <文件名>。

答案：B

【真题 2】在一个程序中，运行程序文件的命令是_______。（2002 年 9 月）

A）CREAT <文件名>　　B）DO <文件名>

C）MODIFY <文件名>　　D）USE <文件名>

解析：Visual FoxPro 中，运行程序文件的命令为 DO，其格式为 DO <文件名>。

答案：B

题型点睛

1. 建立程序文件

一般通过调用系统内置的文本编辑器来创建，此外也可通过项目管理器来创建程序文件，或者在命令窗口中，使用 MODIFY COMAND 命令修改程序文件，命令格式：

MODIFY COMMAND　<文件名>。

2. 执行程序文件

有两种常用方式：菜单方式或命令方式。 命令格式：DO <文件名>。

当程序文件被执行时，文件包含的命令被依次执行，直到所有的命令被执行完毕，或执行到以下命令：

(1) CANCEL：终止程序运行，清除所有的私有变量，返回命令窗口。

(2) DO：转去执行另外一个程序。

(3) RETURN：结束当前程序的执行，返回到调用它的上级程序。

(4) QUIT：退出 VFP 系统，返回到操作系统。

即学即练

【试题 1】执行如下程序：

```
SET TALK OFF
STORE 0 TO X,Y
USE 成绩
SCAN
IF 成绩>60 .AND. 成绩<90
LOOP
IF 成绩 <=60
X=X+1
ENDIF
Y=Y+1
ENDSCAN
? X,Y
SET TALK ON
```

该程序执行的功能是__________。

TOP125：输入输出命令

真题分析

【真题 1】下列程序段的输出结果是________。(2005 年 9 月)

```
ACCEPT TO A
IF A=[123456]
```

```
 S=0
ENDIF
S=1
?S
RETURN
```

A）0　　　　B）1

C）由 A 的值决定　　　　D）程序出错

解析：ACCEPT 命令从屏幕接收字符串数据，该命令只接收字符串。在输入字符串时不需要加定界符，否则系统会把定界符作为字符串本身的一部分。本题中 S 的赋值与 A 的值无关。RETURN 语句是结束当前程序的执行，返回到它的上级程序，如果没有上级程序则返回到命令窗口。

答案：B

题型点睛

INPUT 命令

格式：INPUT [<字符表达式>] TO <内存变量>

输入的数据可以是变量、常量，也可以是一般的表达式，但不能不输入任何内容而直接按回车键。功能是暂停执行程序，将键盘输入的数据送入指定的内存变量后再继续执行。

ACCEPT 命令

格式：ACCETP [<字符表达式>] TO <内存变量>

该命令只能接受字符串，输入字符串时不需要加定界符，否则系统会把定界符当作字符串的一部分。功能是暂停执行程序，将键盘输入的字符串送入指定内存变量后继续执行。

WAIT 命令

格式：WAIT [<字符表达式>] TO <内存变量>

功能是暂停执行程序，直到用户按任意键或单击鼠标时为止。

即学即练

【试题 1】在 VFP 中，只能接收字符串的输入命令是________。

【试题 2】在 WAIT 命令给内存变量输入数据时，内存变量获得的数据为________。

A）任意长度的字符串　　　　B）一个字符串和一个回车符

C）数值型数据　　D）一个字符

TOP126：连编应用程序

真题分析

【真题 1】如果添加到项目中的文件标识为“排除”，表示________。（2005 年 9 月）

A）此类文件不是应用程序的一部分

B）生成应用程序时不包括此类文件

C）生成应用程序时包括此类文件，用户可以修改

D）生成应用程序时包括此类文件，用户不能修改

解析：“排除”与“包含”是相对的。将一个项目编译成一个应用程序时，所有项目包含的文件将组合为一个单一的应用程序文件。在项目连编后，那些在项目中标记为“包含”的文件将变为只读文件，用户不能修改。如果应用程序中包含需要用户修改的文件，必须将该文件标为“排除”。

答案：C

【真题 2】Visual FoxPro 是一种__________。（2007 年 4 月）

A）数据库系统　　B）数据库管理系统

C）数据库　　D）数据库应用系统

解析：Visual FoxPro 是一种数据库管理系统，可以对数据库的建立、使用和维护进行管理。

答案：B

题型点睛

设置文件的“排除”与“包含”

添加的数据库文件左侧有一个排除符号Ø，表示此项从项目中排除。

“排除”与“包含”相对。将一个项目编译成一个应用程序时，所有项目包含的文件将组合为一个单一的应用程序文件。在项目连编之后，那些在项目中标记为“包含”的文件将变为只读文件。如果应用程序中包含需要用户修改的文件，必须将该文件标为“排除”。

即学即练

【试题 1】有关连编应用程序，下面的描述正确的是________。

A）项目连编以后应将主文件视做只读文件

B）一个项目中可以有多个主文件

C）数据库文件可以被指定为主文件

D）在项目管理器中文件名左侧带有符号 Ø 的文件在项目连编以后是只读文件

TOP127：连编项目

真题分析

【真题 1】根据“职工”项目文件生成 emp_sys.exe 应用程序的命令是________。（2004 年 4 月）

A）BUILD EXE emp_sys FROM 职工

B）BUILD APP emp_sys.exe FROM 职工

C）LINK EXE emp_sys FROM 职工

D）LINK APP emp_sys.exeFROM 职工

解析：连编应用程序的命令为：

BUILD APP 或 BUILD EXE

.exe 是可执行文件。

答案：B

【真题 2】连编应用程序不能生成的文件是________。（2004 年 9 月）

A）.app 文件　　B）.exe 文件

C）.dll 文件　　D）.prg 文件

解析：.prg 文件是 Visual FoxPro 中的程序文件，不是连编后生成的文件。.app 文件是生成的应用程序文件，.exe 文件是可执行文件，.dll 文件是 Windows 动态链接库。

答案：D

【真题 3】在 Visual FoxPro 中，BUILD________命令连编生成的程序可以脱离开

Visual FoxPro 在 Windows 环境下运行。(2004 年 9 月)

解析：连编应用程序的命令为：

BUILD APP 或 BUILD EXE

EXE 程序可以连编后可以脱离开 Visual FoxPro 独立运行。

答案：EXE

题型点睛

由于在文件系统阶段时，数据文件依赖于对应的程序，数据文件之间不能建立任何联系，不能被多个程序所共享，导致数据的通用性很差，冗余量很大。在网络发达的今天，加强数据的通用性、减少数据的冗余量，最终达到数据可以为多个应用所共享已显得尤为重要。因此，数据库设计的根本目标就是要解决数据共享问题。

即学即练

【试题 1】连编后可以脱离开 Visual FoxPro 独立运行的程序是________。

A）APP 程序　　B）EXE 程序

C）FXP 程序　　D）PRG 程序

【试题 2】根据项目文件 mysub 连编生成 APP 应用程序的命令是

BUILD APP mycom ________ mysub。

本章即学即练答案

序号	答案	序号	答案
TOP124	【试题 1】答案：统计成绩<=60 或成绩>=90 的学生记录	TOP125	【试题 1】答案：ACCEPT 【试题 2】答案：D
TOP126	【试题 1】答案：A	TOP127	【试题 1】答案：B 【试题 2】答案：FROM